GIANNA MILANI
Commissario Tasso treibt den Winter aus

Weitere Titel der Autorin:

Commissario Tasso auf dünnem Eis
Commissario Tasso stochert im Nebel

GIANNA
MILANI

Commissario Tasso treibt den Winter aus

KRIMINALROMAN

LÜBBE

Die Bastei Lübbe AG verfolgt eine nachhaltige Buchproduktion. Wir verwenden Papiere aus nachhaltiger Forstwirtschaft und verzichten darauf, Bücher einzeln in Folie zu verpacken. Wir stellen unsere Bücher in Deutschland und Europa (EU) her und arbeiten mit den Druckereien kontinuierlich an einer positiven Ökobilanz.

Originalausgabe

Dieses Werk wurde vermittelt durch die
Michael Meller Literary Agency GmbH, München.

Copyright © 2023 by Gianna Milani
Copyright © 2023 by
Bastei Lübbe AG, Schanzenstraße 6–20, 51063 Köln

Vervielfältigungen dieses Werkes für das Text- und Data-Mining bleiben vorbehalten.

Textredaktion: Dr. Frank Weinreich, Bochum
Umschlaggestaltung: U1berlin/Patrizia Di Stefano
Einband-/Umschlagmotiv: © www.pleesz.com
Satz: hanseatenSatz-bremen, Bremen
Gesetzt aus der Adobe Garamond Pro
Druck und Verarbeitung: GGP Media GmbH, Pößneck

Printed in Germany
ISBN 978-3-7857-2121-6

5   4   3   2   1

Sie finden uns im Internet unter luebbe.de
Bitte beachten Sie auch: lesejury.de

Il Martedì grasso – der Faschingsdienstag

Dem Brauchtum am letzten Tag
  vor der Fastenzeit
    kommt eine besondere Bedeutung zu.

Einige Personen, denen Sie vielleicht begegnen

Bei der Polizia di Stato
Aurelio Tasso, Commissario
Mara Oberhöller, ehemalige Praktikantin
Johann Vierweger, ehemaliger Ispettore, im
  Ruhestand
Dottore Bruno Visconti, Questore
Gianluca Ferrara, Vice-Questore
Valerio Amirante, Ispettore, Tassos
  Schreibtischnachbar
Pino Mancuso, Agente

Dottore Simone Agnelli, Rechtsmediziner

Tramin
Die Familie des Opfers
Benedikt Mayer, Winzer
Sieglinde Mayer, Wirtin Pension Haus Bergblick
Margarete Bozener, älteste Schwester
Sabine Wörndl, Schwester, Thomas' Ehefrau
Rosalie Gruber, Schwester
Georg (Schorsch) Mayer, das Opfer
Stefan Mayer, jüngster Bruder

Jungwinzer der Genossenschaft
Manfred (Fredl) Oberhofer, ein Freund des Toten
Burkhardt Bichler, Nachbar und Freund des Toten
Christoph Wörndl, auch Teil der Schnappviechtruppe
Peter Vogler, außerdem Milchbauer
Franz und Josef Sulzer, Neffen des Bürgermeisters Jakob und
    des Wirtes Anton (Pension Bacchus)

Schnappviechtruppe
Alfons Unterbacher, Pensionswirt Alpenrose
Rudolf Unterbacher, Alfons' Cousin, wohnt in Söll
Christoph Wörndl, auch Jungwinzer
Thomas Wörndl, Christophs Bruder, Sabines Ehemann
Matthias Reschner, Metzger
Laurenz Reschner, der Sohn des Metzgers

Weitere Personen
Veronika (Vreni) Bacher, Maras Freundin
Selma Sulzer (geb. Bacher), Wirtin der Pension Bacchus und
    Veronikas Tante
Anton Sulzer, Wirt der Pension Bacchus, Selmas Ehemann,
    Jakobs Bruder
Jakob Sulzer, Bürgermeister, Antons Bruder
Annegret Kofler, Gemeindesekretärin
Wilhelm Mayr, Wirt im *Goldenen Löwen*
Claudia Silva, Zimmermädchen im *Goldenen Löwen*
Antonio (Tonio) Bianco, Mitarbeiter der Pension Alpenrose
    von Alfons Unterbacher
Werner Rittener, Apfelbauer, »Dorfchronik« von Tramin
Markus Hofer, ehemaliger Knecht Wörndls, Aufrührer

Giulio di Fabar, Carabiniere in Tramin
Maria Donato, Inhaberin einer Pizzeria
Hedwig Vernatscher, Tassos Tante, wohnhaft in Bozen
Ricardo Bosco, Sekretär des Bürgermeisters von Bozen
Salvatore Girolamo, freier Reporter

Prolog, in welchem an einem denkwürdigen Faschingsdienstag eine alte Maske zu neuen Ehren kommt

Dieses Kostüm aus mehreren Lagen Fell und alten Säcken war einfach nur grauenhaft, viel zu dick und unpraktisch. Er bewegte sich darin wie ein tapsiger Bär.

Schnaufend ließ er die schwere Holzmaske sinken und wischte sich den Schweiß von der Stirn. Er hatte noch nie verstanden, was alle Welt daran fand, sich zu verkleiden und dann brüllend und johlend durch die Straßen zu ziehen. Als Kind hatte ihm das gefallen, natürlich. Aber er war dem Ganzen doch schon lange entwachsen. Und einen Grund zum Saufen ließ sich immer finden, was brauchte es dazu diesen Unsinn mit Traditionen und alldem?

Er setzte die Maske wieder auf. Sein Sichtfeld wurde kleiner, bestand nur noch aus zwei waagerechten Schlitzen. Er hörte seinen eigenen Atem, der ihm dazu feucht auf die Haut zurückschlug. Er hätte ein Tuch vor den Mund binden sollen. Aber dafür war es jetzt zu spät. Sie waren schon alle unterwegs, um die Egetmann-Hochzeit zu feiern. Ein Kerl in Frauenkleidern, der eine Puppe heiratete. Wer hatte sich so einen Schmarrn ausgedacht? Dazu diese Wagen – allesamt lächerlich, aber Hauptsache laut und dreckig.

Seine Eltern hatten die Feiern geliebt, waren sogar einige Mal den weiten Weg nach Tramin gefahren, um die Familie zu besuchen und sich den Umzug anzusehen. Und jetzt lebte er hier, und das ganze Dorf erwartete von ihm, dass er das alles mitmachte und auch noch gut fand.

Das waren solche Momente, in denen er die Pläne bereute, die er mit seinem kleinen Bruder geschmiedet hatte. Und schon lange waren es mehr als nur Momente, es war eher ein Dauerzustand des Zweifelns geworden. Wobei er nicht hätte sagen können, woran es genau lag: an Picco, an Tramin, am Wein, an den Rückschlägen.

Er trat durch die Hofeinfahrt auf die Straße, wo bereits Menschenmassen in Richtung Hauptstraße und Rathausplatz pilgerten, um sich die besten Plätze für den Umzug zu sichern.

Und dann sah er sie. Er lächelte ihr breit und herzlich zu, bis ihm einfiel, dass sie das wegen der Maske gar nicht sehen konnte. Aber sie erkannte ihn – Kunststück, die Maske kam von ihrer Familie, irgendein altes Ding von einem Krampuslauf der letzten Jahre – und trat auf ihn zu.

Sie beugte sich zu ihm und zischte ihm ins Ohr. »Heiz ihm ordentlich ein. Verpass ihm eine Abreibung!«

Er langte nach ihr und gab ihr einen kräftigen Klaps auf ihren ausladenden Hintern. »Zu Befehl.«

Lachend schlug sie ihm aufs Handgelenk. »Heb's dir für später auf.« Schon war sie in der Menge verschwunden.

Er reihte sich in den Menschenstrom Richtung Rathaus ein. Das kleine Sichtfeld machte ihn nervös, und er ruckelte vergeblich an der Holzmaske herum. Um überhaupt etwas zu sehen, musste er den Kopf ständig hin und her bewegen. Dann fand er die Clique. Sie waren zu siebt. Der eine, auf den er es abgesehen hatte, zwei Mädchen und noch vier andere Burschen.

In der folgenden Zeit hielt er sich ständig in ihrer Nähe auf. Er musste auf eine Gelegenheit warten, bei der sie sich trennten.

Er tastete unter den Felllagen nach dem Messer an seinem Gürtel. Sie wusste nicht, dass er sich inzwischen anders entschieden hatte. Sein Bruder ahnte schon gar nichts, der würde nur wieder herumheulen, dass sie zu weit gingen und das nicht tun sollten. So was konnte er nicht gebrauchen.

Aber er war sicher, dass es nur diese eine Lösung gab. Falls sich eine Gelegenheit ergab, würde er das Problem ein für alle Mal aus der Welt schaffen.

»Gleich geht's los!«, rief jemand.

Ein paar Leute klatschten. In der Ferne erklang Blasmusik. Eine Ladung Sägespäne flog in die Menge. Um ihn herum wurde gejubelt und gegrölt, Wein- und Obstbrandflaschen kreisten.

Die Clique bewegte sich mitsamt der Menschenmasse Richtung Rathaus. Noch immer blieben sie alle zusammen.

Er umschloss den Griff des Messers und folgte ihnen.

Er war bereit.

1. Kapitel, in welchem Tasso sich wie in einem Alptraum fühlt

Aurelio Tasso hob den Kopf und blickte in ein riesiges Maul. Zähne, teils schwarz, stachen vor dem blutroten Schlund hervor. Das Maul schloss sich. Die Kiefer krachten aufeinander.

SCHNAPP!

Schon ging das Riesenmaul wieder auf.

SCHNAPP!

Vor Schreck sprang Tasso einen Satz zurück. Eine Wolke schlechten Atems stieg ihm in die Nase.

»Pass doch auf, wo du hintrampelst!«

Er bekam einen rüden Stoß in den Rücken und konnte sich gerade noch auf den Beinen halten. Ein Mann mit schrecklichem Mundgeruch rannte an ihm vorbei. Übermütiges Lachen erklang ringsumher. Zum Glück war das Schnappviech inzwischen weitergewandert und versuchte, ein etwa sechsjähriges Mädchen zu erschrecken, das vor Vergnügen jauchzte.

Tasso spürte eine schwere Hand auf der Schulter.

»Schau mal da: Die Kleine schlägt sich sehr viel wackerer als du. Na, Commissario, wer beschützt hier wen?« Johann Vierweger streckte einen Arm aus und zeigte auf das Mädchen, das dem Schnappviech eine Fratze zog, während dessen Maul eifrig auf und zu klapperte. »Gebt acht, ihr Leut', die gefährlichen Schnappviecher geh'n um!« Vierweger senkte die Stimme zu einem dramatischen Grollen.

»Sei nicht albern. Ich hab mich nur erschreckt.« Tasso
zupfte die Ärmel seines Anzugs zurecht und strich über die
Hemdmanschette. Ein altes Hemd, ein kaputter Anzug,
selbstredend.

Vierweger musterte ihn. »War das nicht dein bester Drei-
teiler? Was ist damit passiert?«

»Den habe ich mir im Dezember erst ruiniert, während
einer Ermittlung.« Die Details verschwieg Tasso lieber. Sein
ehemaliger Ispettore musste nichts davon erfahren, wie er
hinter seiner eifrigen Praktikantin Mara Oberhöller über einen Hang am Misurina-See geklettert war.

»Nun, für einen Egetmann-Umzug ist er im perfekten Zustand. Aurelio, der Lumpenpolizist.«

Und wie um Vierwegers Worte zu bestätigen, sprangen
zwei alte Weiber – oder waren es als alte Weiber verkleidete
junge Männer? – auf Tasso zu und schmierten ihm johlend
Ruß ins Gesicht.

Vierweger lachte schallend. Er reckte sich, schaffte es jedoch trotz seiner beachtlichen Größe nicht, außer Reichweite
zu kommen. Schon zierten drei schwarze Streifen seine Wangen. Die »Weiber« waren längst wieder fort.

Tasso schüttelte den Kopf. »Was soll ich daran gut finden?
Oder amüsant? Es ist lächerlich.«

»Es ist Fasching! Fasnacht, *carnevale*, nenn es, wie du willst.
Und jetzt komm und lass uns einen guten Platz sichern, sonst
verpassen wir noch alles.« Energisch stapfte Tassos ehemaliger Kollege voran, sodass ihm nichts anderes übrig blieb, als
zu folgen, wenn er nicht am Auto warten wollte. Zwischen
Gruppen grölender junger Männer, die Weinflaschen kreisen
ließen, Eltern mit kleinen Kindern an der Hand und weiteren
unzähligen Verkleideten schlenderten sie in Richtung Rathaus.

Zwei Schnappviecher näherten sich von hinten. Respektvoll trat Tasso zur Seite und ließ sie passieren. Natürlich wusste er, dass diese Gestalten nichts anderes waren als riesige Holzköpfe mit klappernden Mäulern. Sie wurden von Männern getragen, die sich in grobes Leinen oder Säcke gehüllt hatten und die Köpfe mit Stangen über sich hielten, sodass sie eine imposante Höhe von ungefähr drei Metern erreichten.

»Jetzt zieh nicht so ein Gesicht, Aurelio. Das ist eine Feier, entspann dich. Du bist nicht im Dienst.«

»Ich kann diesen Traditionen einfach nichts abgewinnen.« Und hätte Vierweger nicht so beharrlich auf ihn eingeredet, er müsse auf andere Gedanken kommen, so stünde er jetzt auch nicht hier in Tramin. Einen solchen Umzug mit alpenländischer Folklore hätte er niemals freiwillig besucht. Dazu erinnerte er sich nur zu gut an den Fasching in seiner Kindheit. Zu dieser Zeit war seine Mutter einige Male von Rom nach Bozen gereist, um ihre Schwester Hedwig Vernatscher zu besuchen. Den kleinen Aurelio hatte sie mitgenommen. Vermutlich hatte sie gedacht, dieses bunte Spektakel würde ihm gefallen. In Wahrheit war es ihm zu laut gewesen, zu hektisch. Schon als Kind hatte er sich in Menschenmengen nicht sonderlich wohlgefühlt. Inzwischen hielt er es zwar ganz gut aus, aber als angenehm empfand er es nicht.

Noch schlimmer war der Krampuslauf gewesen, den er als Achtjähriger erlebt hatte. Der Lärm und die grausigen Masken hatten ihm zugesetzt. Und schon damals hatten die Erwachsenen ihn ausgelacht.

Tasso wusste nicht einmal mehr, in welchem Ort das gewesen war, ob überhaupt in Südtirol oder möglicherweise in Österreich oder Bayern. Aber nein, es musste Südtirol gewesen sein. In den Dreißigern waren die Läufe vielerorts vom faschistischen Regime verboten worden. Das hatte die Menschen natürlich nicht davon abgehalten, sich diese Masken aufzusetzen und zu feiern. Im Gegenteil, in manchen Dörfern wurde es geradezu als eine Pflicht angesehen, sich dagegen aufzulehnen. Genau das klang ganz nach Tante Hedwig, die vermutlich damals die Idee gehabt hatte, dem Lauf beizuwohnen. Ob sie auch heute hier in Tramin war?

SCHNAPP!

Tasso zuckte zusammen. Das nächste Schnappviech überholte sie und verschwand in der Gasse neben dem Rathaus. Zum Glück hatte Vierweger das nicht mitbekommen, da sein pensionierter Kollege einen Schritt vor ihm ging. Diese Schnappviecher waren den Krampussen eindeutig zu ähnlich.

Tief durchatmen, sagte Tasso sich und zündete sich eine Zigarette an. Er würde auch das hier überstehen. So ein Faschingsumzug war ja nichts Gefährliches.

Sie erreichten den Platz am Rathaus des kleinen Ortes, auf dem sich schon eine beachtliche Menge versammelt hatte. Vierweger zog Tasso zu der Häuserreihe gegenüber der Rathaustreppe. »Komm, stellen wir uns an die Wand vom *Goldenen Löwen*. Da ist nicht so ein Gewühl, und wir können das Protokoll verfolgen.«

»Was für ein Protokoll?«

»Hast du vorhin die Männer in Frack gesehen? Das sind die Ratsherren. Einer von denen wird sich dort vorn am Brunnen auf eine Leiter stellen und das Protokoll verlesen.« Er deutete nach links.

Tasso brummte nur und beäugte misstrauisch die verkleideten Menschen um sich herum. Es kamen immer noch ständig Neuankömmlinge hinzu. Es wurde gerufen, gejohlt und mit Ratschen, Kuhglocken oder Topfdeckeln Lärm gemacht. Aus der Ferne erklang Blasmusik.

»Hier, trink.« Vierweger hielt ihm eine Taschenflasche unter die Nase.

Tasso nahm einen tiefen Schluck und spürte, wie sich der Schnaps seine Kehle hinunterbrannte. Es war verdammt kalt, immerhin lag kein Schnee mehr.

»Mal sehen, ob sie auch ein Wudele schlachten.«

»Ein was?«

»Na, die Schnappviecher, die heißen Wudele. Da vorne, der Mann im blauen Schurz und mit dem rot karierten Hemd ist ein Metzger.«

Tasso schaute in die angegebene Richtung. Ein kräftiger Mann mit rundem Gesicht und Hakennase stolzierte dort umher, als warte er auf etwas. In der Rechten hielt er ein mit roter Farbe verschmiertes riesiges Metzgerbeil.

»Das ist hoffentlich eine Attrappe.«

»Davon gehe ich aus.«

Das Spektakel nahm seinen Lauf. Phantasievoll dekorierte Wagen wurden von knatternden Traktoren an der Menge vorbeigezogen. Die Männer auf den Ladeflächen verteilten Wolken aus Sägespänen, Mehl und Ruß über das Publikum. Flaschen wurden herumgereicht, der Alkohol floss in Strömen, und außer Tasso schienen sich alle zu amüsieren. Besser gesagt, fast alle. Er entdeckte drei Leidensgenossen: Carabinieri in schwarzen Uniformen, die verstreut in der Menge standen und sich sichtlich unwohl fühlten. Alle drei wirkten so jung, dass Tasso sich im Stillen fragte, ob sie die Erlaubnis ihrer Eltern hatten, hier zu sein.

Vermutlich waren die Carabinieri außer ihm auch die Einzigen, die von diesem Hochzeitsprotokoll des Egetmann-Hansl, das kurz darauf verlesen wurde, kein Wort verstanden.

Die »Ratsherren«, fünf junge Männer in Fräcken – einer mit einem Regenschirm, dessen Sinn sich Tasso nicht erschloss – beendeten ihre Scharade und wurden mit tosendem Jubel und Geschrei verabschiedet.

Vierweger schlug Tasso auf die Schulter. »Gut, oder?«

»Verstehst du diesen Dialekt?«

»Aber sicher.« Vierweger musterte seine mürrische Miene. »Du nicht?«

»Das war doch kein Deutsch!«

Sie wurden von einem begeisterten Aufschrei unterbrochen. Rechter Hand tauchte rund ein Dutzend Schnappviecher auf der Straße auf. Mehrere Burschen hielten ein Seil gespannt und taten so, als versuchten sie, die monströsen Wesen damit in Zaum zu halten. Der »Metzger« stellte sich ihnen breitbeinig entgegen und schwang sein Beil über den Kopf. Ein Wudele brach aus der Herde aus, überrannte den Burschen, der das Seil hielt, und wurde von dem Metzger gestoppt, der ihm beherzt in den Weg trat. Mehrere Männer, auch Zuschauer, liefen hinzu und streckten das Unwesen auf dem Kopfsteinpflaster nieder. Ein Bottich mit rot gefärbtem Wasser wurde herangeschleppt und zusammen mit Sägespänen in die Menge gespritzt.

In Wellen drängten sich die Zuschauerinnen und Zuschauer immer näher, feuerten den Metzger lauthals an.

Tasso flüchtete sich gegen die Hauswand des *Goldenen Löwen* und pflückte Sägespäne von seinen Lippen. »Widerlich. Und das ist ja Rotwein! Was für eine Verschwendung!«

»Ach komm, das ist sicher irgendein vergorener Fusel, Abfall. Das gute Zeug wird getrunken, keine Sorge.«

»Ich glaube, ich hatte jetzt genug Abwechslung, Johann. Ich warte im Auto auf dich. Lass dir Zeit.« Tasso stieß sich ab und versuchte, seinen Platz bei dem Gebäude zu verlassen. Dabei schwankte er leicht. Die Hälfte von Vierwegers Taschenflasche ging vermutlich auf sein Konto.

Inzwischen waren zwei weitere Schnappviecher ausge-
brochen. Eines flüchtete mitten durch die Menge, aber sein
Gefährte musste dran glauben und wurde niedergestreckt.
Schon lag das Wudele auf der Straße und klappte erbärmlich
das große Maul auf und zu. Dabei stieß es spitze Schmer-
zensschreie aus, die in Tassos Ohren etwas zu echt klan-
gen.

Er blieb stehen und lauschte. War das gar nicht das
Schnappviech? Diese Schreie kamen von weiter links, von
dort, wo sein Gefährte sich noch durch die Menschen
kämpfte und in alle Richtungen schnappte. Die Schreie
steigerten sich zu einem grausigen Höhepunkt und brachen dann unvermittelt ab. Tasso starrte angestrengt in die
Richtung. Er hatte Mühe, seinen Blick zu fokussieren. Vor
ihm erstreckten sich nur wogende Köpfe. Das Schnappviech
rannte in der Ferne davon und verschwand in eine Toreinfahrt.

Im nächsten Augenblick kam es nur wenige Schritte vor
Tasso zu einem Tumult. Während einige Leute versuchten,
aus dem Gewühl zu entkommen, drängten andere voran, um
der Ursache der Schreie auf den Grund zu gehen. Ein Carabiniere hatte die Hand an den Gürtel mit der Waffe gelegt und
näherte sich aus der entgegengesetzten Richtung.

»Der blutet wie ein abgestochenes Schwein!«, rief jemand
mit schriller Stimme.

»Der atmet nicht mehr!«

»Hilfe!«

»Werner, nimm das Kind da weg!«

»Ein Arzt!«

Tasso zögerte nicht länger. Mit kräftigen Ellbogenstößen
bahnte er sich seinen Weg und erreichte zusammen mit dem
Carabiniere eine Lücke in der Menschenmenge. Dort kniete

ein Bursche neben einem leblosen Körper. Eine rote Lache breitete sich zähflüssig aus. Das war eindeutig kein Rotwein. Ratlos schaute der junge Carabiniere erst auf die beiden Gestalten am Boden und dann in die Menge. Dabei fing er auch Tassos Blick auf.

Der kniende Mann hob seine blutverschmierten Hände und starte wild um sich. »So tut doch was! Er ist verletzt! Der stirbt hier weg!«

Um ihn herum wurde es ruhiger, aber niemand reagierte. Vermutlich war es das unfassbar viele Blut, das die Menschen davon abhielt, sich dem reglosen Körper zu nähern. Nicht einmal der Carabiniere rührte sich.

Tasso sprang nach vorne in die Lücke. »Holen Sie einen Krankenwagen! Verstärkung! Jetzt bewegen Sie sich, Signore!«, herrschte er den Uniformierten an.

Der stutzte kurz und nickte dann. Im nächsten Augenblick war er verschwunden, dafür näherten sich seine beiden Kollegen.

Tasso ging neben dem Knienden, der sinnlos mit den Händen in der Luft herumfuchtelte, in die Hocke. Sein Freund lag mit dem Gesicht nach unten auf dem Pflaster. Beide waren ähnlich mit mehreren Lagen Röcken, einer grünen Schürze und einem Kopftuch bekleidet.

Sanft drehte Tasso den Verletzten auf die Seite. Ein junger Mann, höchstens Mitte zwanzig. Das Hemd war am Hals blutdurchtränkt.

Tasso holte tief Luft, fühlte sich mit einem Schlag wieder nüchtern. Hier zählte jede Sekunde, vielleicht war es sogar schon zu spät. Noch lebte der Verletzte, sein Atem ging stoßweise. Auf den geschminkten Lippen hatten sich schaumigblutige Bläschen gebildet. Die Augen waren weit aufgerissen, die Pupillen panisch geweitet. Immer noch pulsierte das Blut aus dem tiefen Schnitt. Konnte ein Mensch einen solchen Blutverlust überhaupt überleben?

Der kniende Mann hielt plötzlich ein Küchentuch in die Höhe. »Wir müssen die Blutung stillen. Abbinden! Können Sie das? Helfen Sie ihm!« Er beugte sich vor und wollte das Tuch auf die klaffende Wunde drücken.

Tasso schüttelte stumm den Kopf und ließ ihn dann gewähren. Mit der Rechten schlug er ein Kreuz.

»Helfen Sie! Jetzt tun Sie doch was!« Der Mann fuchtelte hilflos mit dem blutverschmierten Lappen. Er wusste gar nicht, was er tat. Tasso fiel ihm in den Arm, drückte ihn nach hinten. Hektisch blickte er sich um, sah die beiden Carabinieri ebenso regungslos am Rand der Menge stehen wie ihr Kollege zuvor.

»Sie da! Halten Sie den Mann zurück! So geht das nicht! Kann mir jemand wirklich helfen? Ansonsten bleiben Sie zurück, alle miteinander!«

Der kleinere Carabiniere reagierte sofort. Er kam Tasso zu Hilfe und schaffte es, den inzwischen haltlos schluchzenden Mann ein Stück wegzuziehen. Tasso schnappte sich den Lappen und versuchte, die Wunde abzudrücken. Er spürte den rasenden Pulsschlag des Verletzten durch den Stoff.

Der zweite Carabiniere hielt sich für clever. Er baute sich breitbeinig über Tasso auf, stemmte beide Hände in die Hüfte und starrte hinab. »Seit wann erteilt uns ein Zivilist Befehle?« Das waren die ersten Worte auf Italienisch, die Tasso an diesem Tag zu hören bekam. Da dieser Grünschnabel aber Deutsch zumindest verstand, gab Tasso seine Antwort in dieser Sprache.

»Müsste ich nicht, wenn Sie Ihre Arbeit machen würden! Können Sie Erste Hilfe?«, bellte er grob.

Das reichte zumindest, um den Carabiniere zum Schweigen zu bringen. Auf die Idee zu helfen kam er jedoch immer noch nicht, sondern begnügte sich damit, wichtig über dem Verletzten aufzuragen.

Kopfschüttelnd angesichts solcher Inkompetenz ignorierte Tasso ihn. Der Verletzte atmete flacher und hatte die Augen geschlossen. Tasso versuchte, das Tuch besser zu platzieren. Mit dem Unterarm wischte er sich den Schweiß von der Stirn. Was konnte er noch tun? Er wagte es nicht einmal mehr, den Verletzten zu bewegen. Seine Erfahrungen aus dem Krieg bezogen sich eher auf Schussverletzungen. Und die Beinwunde seines Commandante Bruno Visconti, nachdem der auf die Granate getreten war, hatte er mit seinem Gürtel abbinden können. Aber hier konnte er dem Verletzten schlecht den Hals abschnüren.

Er schaute auf und erblickte zu seiner Erleichterung Vierweger, der die Menge um fast einen Kopf überragte.

Tasso winkte ihm hektisch zu. »Johann! Kannst du eine Absperrung organisieren?« Er wandte sich an die Menschen und versuchte, so vielen wie möglich direkt in die Augen zu schauen. Noch immer hielten sie respektvollen Abstand, schienen hin- und hergerissen zwischen Sensationsgier und dem schrecklichen Anblick des Verletzten in der beständig größer werdenden Blutlache. Die meisten hielten Tassos bohrendem Blick nicht stand, schauten weg und wichen einen Schritt zurück, sofern das möglich war. Helfen konnte oder wollte niemand.

Tasso richtete sich auf. »Hier wurde jemand verletzt«, erklärte er mit lauter Stimme. »Machen Sie Platz, damit der Krankenwagen durchkommt! Wer etwas gesehen hat, meldet sich mit seinen Personalien bei diesem Carabiniere.« Er streckte den Zeigefinger aus.

Der Angesprochene setzte zu einer abwehrenden Geste

an, bevor er begriff, dass diese Anweisung ziemlich vernünftig war und ihm die Arbeit erleichterte. Also nickte er energisch.

»Alle anderen verlassen jetzt diesen Bereich!«, rief Tasso. »Wir kümmern uns um alles! Machen Sie sich keine Sorgen. Am besten begeben Sie sich nach Hause.« Im Stillen betete er, dass sich jetzt niemand fragte, ob da ein Messerstecher unterwegs war und womöglich nach weiteren Opfern Ausschau hielt. Eine Massenpanik war das Letzte, was sie hier jetzt brauchen konnten.

Aber vermutlich glaubten die meisten an einen Unfall mitten im Gedränge und dass der Mann, der neben dem Verletzten gekniet hatte, der Verursacher war. Er hockte inzwischen eine Armlänge entfernt und schluchzte laut. Der Carabiniere hielt ihn an den Schultern fest, musste jedoch keine Kraft mehr aufwenden.

»Wir regeln das, Commissario.« Vierweger dirigierte vier Burschen mit dem Seil, mit dem zuvor die Schnappviecher im Zaum gehalten worden waren, ein Viereck um die Leiche zu bilden.

Widerstrebend wichen die vorne Stehenden Schritt um Schritt zurück. Der Carabiniere, der Tasso zuvor widersprochen hatte, fand sich mit finsterer Miene an einer Ecke wieder. Er wurde bereits von Frauen und Männern verschiedenen Alters belagert, die alle gleichzeitig auf ihn einredeten. Ein paar Schaulustige trollten sich, doch die meisten blieben, wo sie waren, gafften ungeniert und besprachen untereinander, was sie sahen.

»Gehen Sie nach Hause, oder meinetwegen feiern Sie woanders weiter! Wird's bald?«, wiederholte Tasso. Er zweifelte daran, dass seine Worte Wirkung zeigten, aber einen Versuch war es wert.

Vierweger trat heran. Mit einem scheuen Seitenblick auf

den Verletzten schlug auch er ein Kreuzzeichen. »Was für eine Sauerei«, fügte er pietätlos an.

In der Ferne war endlich die Sirene eines Krankenwagens zu hören.

»Tasso! Commissario? Hier bin ich!«

Tasso hob den Kopf, ohne seine Position zu verändern. Der Pulsschlag unter seinen Händen wurde noch schwächer. Das Tuch war inzwischen komplett rot gefärbt.

Eine junge Frau in einem zerlumpten rosafarbenen Ballkleid hatte sich über das Seil gebeugt und winkte ihm zu. »Benötigen Sie meine Hilfe?«

»Ah, das Fräulein Oberhöller, grüß Gott«, rief Vierweger. »Kennen Sie sich mit Erster Hilfe aus?«

»Nein, tut mir leid.«

Gereizt wollte Tasso sie schon fortschicken, doch dann sah er die Leica in Mara Oberhöllers Hand und erkannte seine Chance. »Lassen Sie die junge Dame bitte durch. Mara, können Sie Fotos machen?«

Wenn der Verletzte erst abtransportiert war, hätte er später wenigstens ein paar Bilder für die Ermittlungen.

Wieso Ermittlungen? Dachte er bereits so weit? Würde er denn welche leiten?

In dem Moment stutzte auch Vierweger neben ihm. »Sag mal, Aurelio, bist du nicht eigentlich immer noch suspendiert?«

2. Kapitel, in welchem Tasso wieder zum Commissario avanciert

An die folgenden Stunden konnte Tasso sich später nur noch bruchstückhaft erinnern. Vor allem blieb ihm im Gedächtnis, dass viele aufgeregte Menschen ständig durcheinanderredeten. Zum Glück schien es sich wirklich um einen einzelnen Zwischenfall zu handeln; einen Unfall oder vielleicht sogar eine gezielte Tat. Jedenfalls war da kein Amoklauf oder etwas Ähnliches geschehen, denn weitere Attacken gab es nicht. Leider hatte aber auch niemand eine blutverschmierte Person gesehen und es gab keine Beschuldigten, sodass sie niemanden verhaften konnten.

Nicht nur der Krankenwagen samt Notarzt und die Carabinieri rückten an, auch die Polizia di Stato war alarmiert worden. Damit war ein Kompetenzgerangel der beiden Polizeiorgane unausweichlich. Und dass Tasso offiziell gar nicht im Amt war, weil die interne Prüfung seiner Schießerei vom Januar sich hinzog, machte es natürlich nicht einfacher. In dem Augenblick, als der forsche Carabiniere begriff, dass er tatsächlich einem Zivilisten gegenübergestanden hatte, zog er ein Gesicht, als wolle er Tasso am liebsten zum Duell fordern.

Zu Tassos – und auch Vierwegers – Erleichterung folgte der Wagenladung Uniformierter aus Bozen eine schwarze Fiat-Limousine, der kein Geringerer als Vice-Questore Gianluca Ferrara entstieg und die Räumung und Absperrung des Rathausplatzes anordnete. In einem Moment seltener Eintracht vertrieben Carabinieri und Staatspolizei die Schaulustigen und sorgten dafür, dass nach dem Verletzten auch der Mann, der neben ihm gekniet hatte, mit einem Krankenwagen abtransportiert werden konnte. Er stand unter Schock. Tasso sorgte geistesgegenwärtig dafür, dass ein Agente abkommandiert wurde, um ihn später im Krankenhaus zu befragen. Oder zu bewachen – wer konnte das zum jetzigen Zeitpunkt schon sagen?

Danach war es jedoch mit dem Frieden vorbei, denn Ferrara zog ungeachtet des Gezeters seitens der ranghöheren Carabinieri die Ermittlungen an sich. Tasso war klug genug, sich nicht einzumischen, während sein Vorgesetzter und ein rotgesichtiger Mann im Rang eines Maggiore das ausdiskutierten. Ferraras kantige Gestalt, an dem der Anzug immer wie an einem Kleiderhaken hing, wirkte schmächtig gegenüber dem massigen Carabiniere. Außerdem war der Vice-Questore nicht halb so besonnen wie Questore Bruno Visconti; sein Temperament glich vielmehr dem des Ätna seiner Heimatinsel Sizilien. An diesem Tag verlegte er sich jedoch auf eine weitgehend diplomatische Argumentation und führte aus, dass seine beiden besten deutschsprachigen Polizisten vor Ort und sie damit für die Befragungen eindeutig im Vorteil wären.

Verwirrt schauten Tasso und Vierweger sich an, bis ihnen bewusst wurde, dass sie gemeint waren; der eine freigestellt, der andere längst im Ruhestand. Auf den wütenden Hinweis des Maggiore, dass er sehr wohl von Tassos Suspendierung wisse, entgegnete Ferrara lediglich mit einem schmalen Lächeln: »Da irren Sie sich. Er ist seit gestern wieder im Dienst.«

Mit diesen Worten wandte er sich an den Mann, der als Ratsherr das Egetmann-Protokoll vorgelesen hatte und sich als Jakob Sulzer, der echte amtierende Bürgermeister von Tramin, entpuppte, und fragte nach einem Besprechungsraum im Rathaus. Mit einer auffordernden Geste in Tassos Richtung folgte er dem Bürgermeister die Freitreppe hinauf und ins Gebäude. Der Maggiore drohte dem Rücken des Vice-Questore mit der Faust und murmelte, er solle sich noch auf ein Nachspiel gefasst machen. Dann gab er scharfe Befehle in alle Richtungen, woraufhin seine Carabinieri nach und nach den Platz räumten. Übrig blieben drei Agenti sowie sechs Zeuginnen und Zeugen, darunter auch Mara Oberhöller und ihre Freundin, deren Namen Tasso vergessen hatte.

»Tasso? Wie lange soll ich noch auf Sie warten?«, hörte er Ferrara vom Rathauseingang her rufen.

»Ich komme.« Tasso wandte sich an Vierweger. »Begleitest du mich?«

»Glaubst du, das lasse ich mir hier entgehen? Ich hoffe nur, dass Ferrara nicht merkt, wie viel Schnaps ich intus habe. Könnte meinem guten Ansehen schaden.« Er lachte reumütig.

»Darum hast du dir noch nie Gedanken gemacht.« Tasso fühlte sich seit dem Anblick des vielen Blutes wieder nüchtern.

»Ach ja, das stimmt. Vermutlich braucht Ferrara mich mal wieder zum Dolmetschen.«

Kopfschüttelnd ging Tasso voraus und gab im Vorbeigehen Mara ein Zeichen.

»Tasso?« Am Absatz der Treppe tauchte Mara hinter ihnen auf. »Heißt das, ich soll mitkommen?«

»Möchten Sie denn? Das ist jetzt schon der dritte Vorfall, den Sie hautnah miterleben.«

»Also eigentlich bin ich ja keine Zeugin. Ich war nicht einmal in der Nähe, als es passiert ist. Aber das meinen Sie vermutlich nicht, oder?«

»Nein, meinte ich nicht.« Dass sie den Anblick des Verletzten mit dem vielen Blut – zumindest äußerlich – gut wegsteckte, wunderte Tasso jedenfalls inzwischen nicht mehr. Mara hatte sich als seine Praktikantin bei den vorangegangenen Ermittlungen nicht nur als zäh, sondern auch als klug und äußerst nützlich erwiesen.

Vor dem Eingang versuchte Mara vergeblich, ihr Ballkleid, diesen Alptraum aus verdrecktem rosa Tüll, zu bändigen, damit sie durch die Rathaustür passte. Tasso fand diese Verkleidung recht gut gewählt. In der Zuschauermenge hatte sie sicherlich genug Platz um sich herum.

»Commissario?« Ein Agente tauchte hinter ihm auf der Treppe auf, als er das Gebäude betreten wollte.

Tasso hob eine Augenbraue. »Mancuso, haben Sie auch heute Dienst?«

Sichtlich geschmeichelt lächelte der Angesprochene. »Sie erinnern sich an mich?«

»Machen Sie Witze? Sie sind bei meinem letzten Einsatz dabei gewesen. Seitdem wurde ich suspendiert, Sie zum Glück nicht.« Und er war der Agente, der ein Auge auf Mara geworfen hatte, das war Tasso nicht entgangen. Doch auch ohne diese Erinnerung war sein Aussehen wegen der abstehenden Ohren und der krummen Nase ziemlich markant.

Mancuso wurde ernst. »Es hat nicht viel gefehlt. Questore Visconti hat persönlich dafür gesorgt, dass ich und Mauro keine Konsequenzen zu befürchten hatten.«

»Mauro?«

»Agente Cosentino.«

»Ach, richtig. Das freut mich zu hören. Also, dass es keine Konsequenzen nach sich gezogen hat. Sie beide stehen ja ganz am Anfang ihrer Laufbahn.« Es war überflüssig zu sagen, dass die beiden – genau wie er selbst – disziplinarisch hätten bestraft werden müssen, weil sie eigenmächtig und ohne Befehle gehandelt hatten. Mit der Suspendierung hatte das aber nichts zu tun. Die war eine Folge dessen, dass Tasso die Verantwortung für den Tod eines Faschisten während des Schusswechsels auf sich genommen hatte. Und das würde er niemals und keine einzige Sekunde bereuen.

»Waren Sie auch privat hier?«, fragte Mancuso und warf einen vielsagenden Blick auf Tassos lumpigen Anzug.

In dem Moment rief Mara von drinnen, er solle sich beeilen. Tasso lächelte entschuldigend und ließ Mancuso stehen. Offensichtlich war Ferrara jetzt mit der Geduld am Ende und zu seiner üblicherweise fahrigen Art zurückgekehrt.

»Tasso, kommen Sie hier in dieses Büro, ich möchte Sie kurz unter vier Augen sprechen.« Ferrara schob ihn mit einer raschen Handbewegung durch eine Tür und warf sie zu. Dann fuhr er sich durch die kurzen dunklen Haare, sodass sie zu allen Seiten abstanden. »Was *ist das* da draußen überhaupt? Dantes Inferno?«

»Ein Faschingsumzug. Eine dieser Traditionen hier in Südtirol, das kennen Sie doch.« Da Tasso keine Sitzgelegenheit erblickte, verschränkte er die Arme und blieb stehen.

Ferrara lehnte sich mit der Hüfte gegen einen von Papieren übersäten Schreibtisch. »Ich kenne kirchliche Traditionen, Wallfahrten oder diese weinenden Madonnenfiguren, denen sie in meiner Heimat hinterherrennen. Aber das schlägt alles.«

Tasso erinnerte sich wieder daran, dass Ferrara von sich behauptete, nicht gläubig zu sein. Als er den Vice-Questore einmal dabei überraschte, im Bozner Dom eine Kerze anzuzünden, hatte der abgewiegelt, es schade ja nicht.

»Nun, es sind klassische Bräuche, um den Winter auszutreiben und die Fastenzeit zu beginnen. Außerdem gibt es in Tramin einen ausgezeichneten Wein, und damit lässt es sich eben gut feiern«, erklärte er geduldig, wobei er sich fragte, ob er gerade allen Ernstes dabei war, etwas zu verteidigen, was er selbst lächerlich fand.

Ferrara unterbrach seine Gedanken. »Genug davon. Was ist hier passiert? Was wissen Sie darüber?«

»*Momento*. Fragen Sie mich als Augenzeugen, oder bin ich jetzt tatsächlich wieder im Dienst?«

Ferrara grinste. »Wie ist es Ihnen lieber?«

Tasso schwieg. Er hatte selten mit Bruno Viscontis Stellvertreter zu tun, aber sie kannten einander gut genug. Außerdem legte der Questore gerade hinsichtlich seines Stellvertreters Wert darauf, auf Augenhöhe zusammenzuarbeiten und sich intensiv über alles, was in der Questura vor sich ging, auszutauschen. Die beiden Männer waren ungefähr im gleichen Alter, politisch meistens einer Meinung und respektierten ihre jeweiligen Kompetenzen. Ferraras einziger Makel bestand darin, dass er außer ein paar Wörtern kein Deutsch sprach. Sehr viele Italiener in Behörden und Verwaltung legten keinen Wert darauf, die Sprache zu beherrschen, und warteten lieber geduldig, bis die Menschen in Südtirol endlich vernünftiges Italienisch lernten – seit nunmehr fast fünfundvierzig Jahren vergeblich.

Tasso war eine der wenigen Ausnahmen von dieser Regel. Das wiederum mochte der Hauptgrund sein, warum er hier stand, obwohl er so seine Zweifel hatte, dass er in Tramin mit seinem Hochdeutsch, auf das seine Mutter als Städterin aus Bozen solchen Wert gelegt hatte, weiterkam. »Nun, ich nehme an, dass Sie sich denken können, wie gern ich meinen Dienst wieder aufnehmen würde.«

»Dann ist es entschieden, auch in meinem Sinne.« Ferrara legte die Hände an die Schläfen und stöhnte leise. »Ich werde mich morgen früh mit Bruno zusammensetzen. Wie Sie wissen, soll es noch eine Anhörung seitens des Innenministeriums geben.«

Zum ersten Mal bemerkte Tasso, dass Ferrara bereits graue Sprenkel in den braunen Locken hatte. Auch die Falten um seine Augen und auf der Stirn waren deutlich tiefer, als er sie in Erinnerung hatte. Es führte ihm vor Augen, wie unerbittlich die Zeit voranschritt, für sie alle. Tasso würde in diesem Jahr fünfunddreißig werden. Und die Frage, was er eigentlich Gescheites mit seinem Leben anfangen sollte, außer Polizist zu sein, verlangte immer noch nach einer Antwort.

»Tasso?«

»*Scusi*, was haben Sie gesagt?«

»Ich habe meine Frage wiederholt, was hier passiert ist.«

»Darüber weiß ich bis jetzt nicht viel. Ich hörte Schreie. Als ich bei dem Opfer ankam, war es schon geschehen. Der zweite Mann, der jetzt im Krankenhaus ist, war völlig von Sinnen. Ich habe mich vornehmlich um den Verletzten gekümmert.« Vermutlich vergeblich. Der angespannten Miene des Notarztes nach zu urteilen, hatte es nicht gut ausgesehen.

»Gut, ich überlasse Ihnen das weitere Vorgehen. Machen Sie sich an die Arbeit. Ich hoffe sehr, dass es nur ein Unfall war.« Ferrara schaute an sich hinab. »Habe ich einen Flecken auf dem Hemd? Oder warum starren Sie mich immer noch so an?«

»Nein, Ihr Hemd ist makellos. Ich war in Gedanken. Die Anhörung. Könnte es Probleme geben?«

»Das ist eine sehr gute Frage. Die wichtigen Herren scheinen sich daran zu stören, dass es keine Dienstwaffe war, mit der Sie geschossen haben.«

»Das ist korrekt. Es war eine kleinkalibrige Beretta, die üblicherweise als Sportwaffe benutzt wird. Aber warum ist ausgerechnet das ein Problem? Ricardo Bosco war legal im Besitz der Waffe und hat sie mir geliehen. Ich habe geschossen, ein Mann ist tot. Was noch?«

Ferrara zuckte nur vielsagend mit den Schultern. Dann stieß er sich von der Schreibtischkante ab. »Kommen Sie morgen früh um neun in mein oder Brunos Büro, dann besprechen wir das. Ich lasse Ihnen zwei Männer hier, die Ihnen den Rücken decken, falls es Schwierigkeiten geben sollte, und …«

»Wenn es geht, geben Sie mir Mancuso, das reicht. Und es wäre wirklich hilfreich, wenn Sie etwas arrangieren könnten, damit Vierweger mich unterstützt. Der kennt sich hier auf dem Dorf mit den Leuten besser aus.«

»Meinetwegen. Sie beide hatten als Team einen guten Ruf, da bekomme ich das irgendwie hin. Dann soll er morgen früh auch nach Bozen kommen.«

»Das hilft mir sehr, vielen Dank.«

»Weitere Sonderwünsche? Vielleicht diese fesche Signorina, die da draußen wartet? Die kommt mir bekannt vor.« Ferrara lächelte schmal.

»Das ist Signorina Oberhöller, die Tochter des Bürgermeisters von Meran. Sie hat mich im Dezember während der Ermittlung zum Tod des Malers im Hotel Bellevue unterstützt.«

»Richtig, die Praktikantin. Diese Idee, die Bruno Ende letzten Jahres hatte.« Sein Unterton verriet, dass er in dieser Angelegenheit ausnahmsweise nicht mit dem Questore übereinstimmte und es für eine dumme Idee hielt, eine junge Frau an der Polizeiarbeit teilhaben zu lassen.

Doch Tasso ließ sich davon nicht abschrecken. »Genau genommen musste sie ihr Praktikum Anfang Januar abbrechen, nachdem ich nicht mehr zum Dienst antreten durfte. Es spräche also nichts dagegen, wenn sie …«

»Halt, ich will nichts weiter hören. Für heute ist sie eine

Zeugin wie alle anderen, die da draußen stehen. Machen Sie daraus, was Sie für richtig halten. Alles Weitere soll Bruno klären, ich halte mich raus.« Ferrara riss die Tür auf und stürmte mit einem knappen Gruß aus dem Raum. Tasso hörte, wie er im Flur etwas sagte und Vierwegers tiefe Stimme ihm eine Antwort gab.

Erstaunt bemerkte Tasso, wie sehr er sich darauf freute, dass der breitschultrige Südtiroler ihn unterstützen würde. Ihm war gar nicht bewusst gewesen, wie sehr er seinen Ispettore vermisst hatte.

Er trat auf den Flur und blickte erst Mara, dann Vierweger und auch Mancuso an, der gerade hineingestürmt kam und Mühe hatte, sich sein begeistertes Grinsen zu verkneifen.

Tasso faltete die Hände vor den Bauch. »Also, dann beginnen wir vier mit der Ermittlung. Wir wissen, dass ein Mann Mitte zwanzig in der Zuschauermenge während des Egetmann-Umzugs verletzt wurde. Soweit ich das sehen konnte, hat er einen Schnitt unterhalb des Halses davongetragen. Im Moment gehen wir davon aus, dass es die Folge eines unglücklichen Gerangels war, vielleicht mit dem anderen Mann, der bei ihm war. Das wird zu klären sein.« Er zögerte ein wenig, bevor er weitersprach. »Natürlich wäre es möglich, dass es sich um einen gezielten Angriff handelte. In diesem Fall müssen wir die Hintergründe der Tat klären. So weit verstanden?«

Alle nickten.

»Mara, Sie haben Fotos vom Tatort gemacht, richtig?«

»So ist es.«

»Lassen Sie die möglichst schnell entwickeln, und sehen Sie zu, dass unser Rechtsmediziner Dottore Agnelli Abzüge bekommt. Mancuso, sprechen Sie eigentlich Deutsch?«

»Nur ein wenig, ich bedaure.«

»Na gut. Johann, du und Mancuso, ihr beginnt mit den Befragungen der Leute da draußen und protokolliert alles. Verschafft euch einen Überblick. Ich fahre nach Hause und ziehe mich um. Danach werde ich versuchen, die beiden Burschen im Krankenhaus zu vernehmen.« Dass er mit dem Opfer würde sprechen können, bezweifelte er jedoch sehr.

Vierweger räusperte sich. »Es sind auch schon welche gegangen, nachdem sie ihre Aussage bei dem Carabiniere gemacht haben. Mindestens ein alter Bauer und zwei junge Burschen. Was die zu sagen hatten, habe ich nicht mitbekommen, ich war zu sehr damit beschäftigt, die sensationshungrige Meute in Schach zu halten.«

»Oh, wie großartig. Wer hat eine Idee, wie wir den jungen Kollegen von der Konkurrenz davon überzeugen, diese Informationen herauszurücken?«

3. Kapitel, in welchem Tasso sich fragt, wer eigentlich in einem Krankenhaus gesund werden kann

Es dämmerte bereits, als Tasso vor dem zentralen Hospital im Bozner Westen ankam. Zuvor hatte er in der Questura den Dienstausweis und seine Beretta abgeholt. Zum ersten Mal seit Wochen fühlte er sich wieder vollständig. Der diensthabende Kollege am Empfang hatte ihn außerdem mit den bisherigen spärlichen Informationen versorgt. Immerhin kannte er jetzt den Namen des Opfers und des Zeugen. Falls es möglich war, wollte er mit beiden sprechen.

Tasso betrat das moderne Gebäude und wurde von dem typischen Geruch nach schlechtem Essen, Desinfektionsmitteln und Krankheit empfangen. Ihm wurde von dieser Mischung beinahe übel. Ob alle Krankenhäuser auf der Welt so rochen?

Er hatte gerade an der Pforte, einem gläsernen Kubus mit Gegensprechanlage, nach den Zimmernummern gefragt, als linker Hand eine Doppeltür aufgestoßen wurde und ein ganzer Tross Ärzte in weißen Kitteln hindurchging.

Tasso erkannte einen von ihnen. »Dottore Agnelli! Ist etwas passiert?«

Der Angesprochene, ein hochgewachsener grauhaariger Mann, kam auf ihn zu und nahm seine Hornbrille ab. »Commissario Tasso. Sie kommen zu spät.«

»Was meinen Sie?«

»Ich wurde soeben verständigt. Georg Mayer ist seiner Verletzung erlegen.« Er stockte. »Nicht, dass mich das verwundert. Die Halsschlagader war eröffnet worden. Er ist verblutet, trotz mehrerer Transfusionen. Die Kollegen haben getan, was sie konnten.«

»*Oddio!*« Tasso bekreuzigte sich und senkte den Kopf für einen Moment des Schweigens. Ein Mensch war gestorben. Und um ihn herum, so wurde ihm bewusst, erklangen Geräusche von erschreckender Normalität. Die Schritte der Ärztegruppe quietschten auf dem Linoleumboden. Eine Frau fragte den Pförtner nach jemandem. Die Tür des Fahrstuhls öffnete sich, und die Gummilippen lösten sich mit einem Schmatzen voneinander.

Dottore Agnelli räusperte sich. »Möchten Sie bei der Obduktion dabei sein?«

»Wäre das sinnvoll? Erwarten Sie Überraschungen?«

»Überhaupt nicht. Erste Blutproben haben wir ihm bereits abgenommen, nachdem er eingeliefert wurde. Er war nicht nüchtern, und die Todesursache ist klar ersichtlich. Für Sie wird interessant sein, womit dieser Schnitt ausgeführt wurde. Aber sofern niemand eine Person in der Menge gesehen hat, die mit einer Glasscherbe oder einem Messer herumfuchtelte, hilft Ihnen das vermutlich nicht einmal weiter.«

»Nein, da haben Sie recht.«

»Dann also bekommen Sie morgen Abend die ersten Ergebnisse. Ich empfehle mich.« Dottore Agnelli reichte ihm die Hand zum Abschied.

»Halt, noch etwas. Was ist mit den Angehörigen?«

»Die Mutter Sieglinde Mayer ist noch oben auf der Intensivstation. Sie wird betreut. Wenn Sie mich persönlich fragen, wäre es besser, wenn Sie erst morgen mit ihr sprechen. Das alles hat sie verständlicherweise sehr mitgenommen.«

»Natürlich. Ich fahre morgen nach Tramin und rede mit der Familie.«

»Gut, bis dann. *Arrivederci.*«

Tasso blickte dem Arzt nach, bis er durch eine Schwingtür verschwunden war.

Hätte er mehr tun können? Das Opfer hatte bereits sehr viel Blut verloren, als er eingetroffen war. Die Wunde war riesig gewesen, zumindest in seiner Erinnerung.

Ihm blieb keine Zeit für Schuldgefühle. Er musste sich darauf konzentrieren, den Menschen zu finden, der Georg Mayer das angetan hatte. Derjenige war dafür verantwortlich, niemand anders; ob nun aus Versehen oder mit Absicht. Es war seine Aufgabe, die schuldige Person zu identifizieren.

Er gab sich einen Ruck und ging in Richtung Treppenhaus. Das Zimmer von Manfred Oberhofer, dem Freund des Verstorbenen, lag im vierten Stock. Schon auf dem dritten Absatz ging ihm die Puste aus und dämpfte nach der schlechten Nachricht endgültig die Freude, endlich wieder ermitteln zu dürfen.

Tasso blieb stehen, um zu verschnaufen. Er war doch gehörig außer Form geraten. Was ihn eigentlich nicht wundern dürfte. Es war der 26. Februar, und er saß seit nunmehr sechs Wochen zu Hause und drehte Däumchen. Sogar Bruno Visconti war nach einer vierwöchigen Kur schon eine Woche wieder im Dienst. Wie es dagegen mit ihm nach der Anhörung weiterging, war völlig offen. Vielleicht entschieden die da oben im Innenministerium, dass ein Commissario, der einen Faschisten erschossen hatte, nicht tragbar wäre. Hinzu kam, dass er zu dem Zeitpunkt von diesem unsäglichen Questore aus Trient bereits zum ersten Mal suspendiert gewesen war, und er somit außer Dienst gehandelt hatte. Ein böswilliger Bürokrat könnte das als Akt der Selbstjustiz deuten.

Oder aber sie fanden heraus, dass er nicht die Wahrheit gesagt und Ricardo Bosco die tödliche Kugel abgefeuert hatte.

Dann hätte er niemanden in Notwehr erschossen, sondern nur gelogen. Wäre das schlimmer?

Tasso empfand es nicht so. Aber er hatte bereits mehr als einmal die Erfahrung gemacht, dass solche Beurteilungen nicht immer logisch waren oder einer Moral folgten. Wenn es ein Gesetz oder eine Dienstvorschrift gab, gegen die er verstoßen hatte, weil er die Schuld eines anderen auf sich genommen hatte, würde die ganz bestimmt jemand ausgraben und entsprechende Sanktionen fordern. Besser, wenn niemand davon erfuhr, wie sich diese Sache in Wahrheit abgespielt hatte.

Er streckte den Rücken und atmete tief durch, bevor er die letzten Treppen in Angriff nahm. Eines war ganz sicher: Er würde jederzeit wieder so handeln, wenn das Leben eines geliebten Menschen auf dem Spiel stand. Falls im Innenministerium jemand der Meinung war, dass er mit dieser Einstellung nicht mehr tragbar war, dann würde er eben seinen Hut nehmen. Vielleicht könnte er Vierweger beim Bienenzüchten über die Schulter schauen.

Aber noch war es nicht so weit.

Schon von Weitem sah er einen uniformierten Polizisten im Gang vor einer Tür sitzen. Ein Sovrintendente, den Tasso vom Sehen kannte, an dessen Namen er sich jedoch nicht erinnerte. Er versah normalerweise Innendienst und war mit seinen Anfang vierzig um die Hüften bereits ziemlich außer Form geraten. Sein Doppelkinn war auf die Brust gesunken, und er rührte sich nicht.

»*Buonasera*«, rief Tasso schon von Weitem. »Liegt hier der Manfred Oberhofer, den sie heute Mittag aus Tramin hergebracht haben?«

Der Angesprochene riss den Kopf hoch und starrte ihn mit weit aufgerissenen Augen an, bevor er sich besann, wo er war und warum. Mit einem Satz sprang er auf die Beine. »Signor Commissario, ich war nur einen Moment … Ist es schon Abend?« Er bückte sich und setzte seine Mütze auf, die neben dem Stuhl gelegen hatte. Fehlte nur noch, dass er salutierte.

»Schön, Sie zu sehen, Commissario. Sind Sie wieder zurück im Dienst? Dann übernehmen Sie die Ermittlungen?«

»Wie geht es dem Patienten?« Tasso verspürte kein Verlangen danach, seinen gegenwärtigen Status mit irgendjemandem außer Visconti und Ferrara zu diskutieren.

Zum Glück verzichtete sein Gegenüber auf weitere Nachfragen und zeigte mit dem Daumen auf die Tür. »Sie haben ihm ein Beruhigungsmittel gegeben. Das hat ihn erst mal für einige Zeit umgehauen. Aber vorhin war eine Schwester da und hat ihm Handtücher und ein frisches Nachthemd gebracht. Der war ja komplett blutüberströmt. Kein Wunder, bei der Verletzung.«

»Sie meinen die Verletzung des Opfers?«

»Nein, der hier, der Oberhofer war selbst verletzt. Sie haben ihm eine Stichwunde am Unterarm genäht. Wussten Sie das nicht?«

»Bis jetzt nicht.« Das war ein erstes interessantes Detail. »Ist er denn jetzt ansprechbar?«

»Versuchen Sie es.« Der Polizist öffnete die Tür und machte eine einladende Handbewegung.

Tasso betrat das Zimmer. Der Geruch, der ihm entgegenschlug, überwältigte ihn beinahe. Es stank metallisch nach Blut wie in einem Schlachthaus, außerdem war der Raum völlig überheizt. Es war düster, der Vorhang zugezogen. Oberhofer lag allein in dem Sechsbettzimmer. Auf seinem Nachttisch brannte eine funzelige Lampe, die gelbliches Licht verbreitete.

»*Buonasera*, guten Abend, Signor Oberhofer.« Tasso überwand sich und ging auf das Bett ganz am Ende des Raums neben dem Fenster zu. Er entschied sich, Deutsch zu sprechen. »Manfred Oberhofer? Mein Name ist Aurelio Tasso, ich bin Commissario aus Bozen. Es geht um den Vorfall während des Egetmann-Umzuges.«

»Wie geht es Schorsch? Sie wollen mir nichts sagen.« Der Mann klang teilnahmslos.

»Es … es tut mir leid. Er hat es nicht geschafft.«

Manfred Oberhofer wandte den Kopf ab und stieß einen erstickten Laut aus.

»Darf ich Licht machen?« Er wartete die Antwort nicht ab, sondern drehte den Schalter. Eine Reihe Neonröhren erwachte flackernd zum Leben und tauchte den Raum in grellweißes Licht.

Geblendet zwinkerte Tasso mehrmals. »Ich mache das gleich sofort wieder aus. Je schneller Sie mir alles erzählen, umso schneller bin ich auch wieder verschwunden.«

Endlich drehte sich Manfred Oberhofer ihm zu. »Was soll ich denn erzählen?«

»Was genau passiert ist. Was Sie gesehen haben.«

»Sie waren doch da. Sie haben ihm nicht geholfen. Und jetzt ist er …«

»Ich konnte gar nichts mehr tun.«

»Sind Sie wirklich von der Polizei?«

»Wer sollte ich sonst sein?« Tasso zog seinen Mantel aus und setzte sich auf das freie Nachbarbett. Geduldig wartete er, ob er eine Antwort bekam, dann zeigte er kurz seinen Dienstausweis.

Manfred Oberhofer nickte und sagte immer noch nichts.

Tasso nahm sich die Zeit, sein Gegenüber zu mustern. Oberhofer war jünger, als er bei ihrem ersten Aufeinandertreffen gedacht hatte; vierundzwanzig, wie er von seinem Kollegen in der Questura später erfuhr. Ein rundliches Gesicht mit weichen Zügen unter einem dunkelbraunen Haarschopf, spärlicher Bartwuchs an der Oberlippe. Auf seinen leichenblassen Wangen waren noch Reste von Ruß oder Schminke zu erkennen. Tasso erinnerte sich vage an Frauenkleider, die der junge Mann auf dem Umzug angehabt hatte. Jetzt trug er nur ein Krankenhaushemd. Seine Verkleidung, von der der penetrante Blutgeruch herrührte, lag in einem unordentlichen Haufen auf einem Tisch und war vermutlich reif für die Mülltonne.

Um den linken Unterarm trug Manfred Oberhofer einen Verband, der von reichlich Jod gelb verfärbt war. Ansonsten war ihm nicht mehr anzusehen, dass er noch wenige Stunden zuvor von oben bis unten mit Blut besudelt auf der Straße gehockt hatte.

»Signor Oberhofer ...«

»Sagen Sie Manfred zu mir oder Fredl. So nennen mich alle.«

»Signor Oberhofer, ich muss herausfinden, was genau heute Mittag passiert ist.«

Er bekam keine Antwort.

Tasso entschied sich, erst einmal ein paar unverfängliche Fragen zu stellen, um sein Gegenüber zum Reden zu bringen. »Woher kennen Sie sich? Sie und das Opf... Georg Mayer?«

»Ich bin mit dem zur Schule gegangen. Wir kennen uns doch alle. Ist ein Dorf, da sind am Ende alle mit allen verwandt, heißt es nicht so?« Er grinste zynisch.

»Ich kenne solches Gerede. Waren Sie gut befreundet?«

Zum ersten Mal blickte Manfred Oberhofer ihm geradewegs in die Augen. Sein Blick war glasig und unstet. Das lag vermutlich an den Medikamenten, die man ihm verabreicht hatte. »Sie sind nicht auf einem Dorf aufgewachsen, habe ich recht?«

»Das tut nichts zur Sache. War Georg Mayer ein guter Freund von Ihnen?«

Statt einer Antwort ließ der junge Mann den Kopf sinken und atmete schwer ein.

»Bitte schildern Sie mir, was sich heute abgespielt hat«, forderte Tasso, so behutsam er konnte. Es sah ganz danach aus, als würde seine Geduld sofort bei der Rückkehr in den Dienst auf eine harte Probe gestellt. Als hätte er in den letzten Wochen nicht schon reichlich davon aufbringen müssen.

»Weiß ich gar nicht so genau. Wir waren eigentlich zu siebt, aber Schorsch und ich sind von den anderen getrennt worden.«

»Schorsch ist Georg Mayer?«

»Wer denn sonst?«

»Es könnte auch eine andere Person gemeint sein.«

»Schon gut.«

»Sie waren also zu siebt. Wer sind die anderen? Die Namen bitte.« Tasso angelte in der Innentasche seines Sakkos nach einem Notizheft.

»Also einmal meine Schwester, die Sophie, dann ihr Verlobter Erhard von Schreckenstein. Der ist aus Eppan, genau wie Lukas. Lukas Mayer, der ist aber nicht verwandt mit Schorsch. Und dann noch die Bichlers: Burkhardt und Annamaria, Geschwister vom Nachbarhof.«

»Danke.« Das waren fünf weitere Aussagen, die protokolliert werden mussten. »Sie und Schorsch waren also allein unterwegs.«

»Nein, wir wurden getrennt, das sagte ich doch.«

»Sie sagten, dass Sie beide von den anderen getrennt wurden.«

»Ja. Nein. Ich weiß es nicht mehr. Als es passiert ist, stand Schorsch so zwei oder drei Meter entfernt, weiter vorne Richtung Straße. Ich habe ihn gerufen, aber er hat mich nicht gehört. Also wollte ich zu ihm hin. In dem Moment schreit der schon wie am Spieß und bricht zusammen. Um ihn herum sind die Leute dann in alle Richtungen durcheinandergerannt. Niemand hat ihm geholfen.« Er brach ab. Sein Blick verlor sich.

Tasso biss die Zähne zusammen und wartete ab. Genau jetzt konnte eine unbedacht gestellte Frage schnell in die falsche Richtung führen.

»Das Wudele«, rief Manfred Oberhofer plötzlich.

»Ja? Was ist damit?«

»Das … Dieser Depp hat den Aufruhr verursacht. Der mit der Schnappviechverkleidung ist blindlings durch die Menge gerast. Ich erinnere mich, dass er eine Frau beinahe umgerannt hätte. Und der Mann neben mir hat eine Kopfnuss abbekommen. Vielleicht war der ganz Aufruhr auch deswegen.« Er stockte erneut. »Oder das Schnappviech hat ihn abgestochen.«

»Ist das Ihr Ernst?«

»Warum denn nicht? Was stürmt der denn so durch die Leute? Wissen Sie, wie schwer das Kostüm ist? Das ist ein massives Holzgestell.«

Genau deshalb hatte Tasso seine Zweifel, dass der Träger auch noch mit einem Messer hätte hantieren können. Aber auszuschließen war das natürlich nicht. »Glauben Sie denn, dass es Absicht war? Dass jemand Georg Mayer angegriffen hat, um ihn zu verletzen?«

»Denken Sie das nicht?« Manfred Oberhofer hob den verletzten Arm. »So was hier, das kann ja mal vorkommen. Aber so ein Schnitt am Hals? Kann das aus Versehen passieren? Durch die ganze Verkleidung?«

Tasso ignorierte die Frage. »Wissen Sie, wer das Schnappviech war? Wer unter dem Kostüm steckte?«

»Nein, keine Ahnung. Ich schau dem Egetmann gern zu und feiere mit meiner Clique, aber mit den Gruppen, die da mitmachen, habe ich nichts zu tun.«

»Aber Sie kennen die Leute?«

»Die meisten, natürlich. Ist ja das halbe Dorf beteiligt.«

»Waren um Sie herum Bekannte?«

»Nein.« Die Antwort kam ein wenig zu schnell. »Besser gesagt habe ich nicht darauf geachtet. Eigentlich steht ja alle paar Meter irgendein Nachbar, die Bäckersfrau oder der Bürgermeister. Genau, die Annegret Kofler hab ich kurz zuvor gesehen, zum Beispiel. Aber fragen Sie mich bitte nicht, wo die genau stand, als es passiert ist.«

Tasso notierte auch diesen Namen. »Denken Sie in Ruhe darüber nach. Vielleicht fallen Ihnen weitere Personen ein.«

»Worauf wollen Sie hinaus?«

»Erst einmal auf gar nichts. Ich versuche nur, mir ein vollständiges Bild zu machen. Das Schnappvieh läuft also auf Sie zu. Was ist dann passiert? Haben Sie gesehen, was Schorsch gemacht hat?«

»Nein. Ich hab mehr auf das Schnappvieh geschaut. Ich wollte nicht auch noch umgerannt werden.«

»Was haben Sie getan, nachdem Ihr Freund zusammengebrochen ist?«

»Ich bin sofort zu ihm und habe mich hingekniet. Dann kamen Sie und ... Verzeihung. Ist er wirklich ...? Er ist tot, ja?« Er schluchzte auf.

Schweigend ließ Tasso ihm ein wenig Zeit, sich zu sammeln.

»Entschuldigen Sie.«

»Schon gut, Fredl.« Er wartete noch einen Augenblick, bevor er weiterfragte. »Wie ist Ihre Verletzung entstanden?«

Energisch schüttelte Manfred Oberhofer den Kopf. »Ich

habe keine Ahnung. Ich erinnere mich nicht. Da war überall Blut. Es hat nicht wehgetan, wenn Sie das meinen. Erst seitdem sie es hier genäht haben, pocht es. Seltsam, oder?«

»Nein, durchaus nicht. Die Aufregung verhindert das. Sie blenden alles aus. Erst wenn die Anspannung nachlässt und Sie die Chance haben zu realisieren, was passiert ist, dann spüren Sie auch den Schmerz.«

»Klingt, als hätten Sie damit Erfahrung.« Manfred Oberhofer schaute ihn neugierig an.

Tasso erlaubte sich ein trauriges Lächeln und kurzes Nicken.

»Glauben Sie, dass es dieselbe Person war? Die mich verletzt und Schorsch abgestochen hat?«

»Es ist noch viel zu früh, um solche Mutmaßungen anzustellen.«

Und ganz sicher würde er die nicht mit einem Zeugen oder gar Tatverdächtigen teilen. Wenn es stimmte und hinter dem Vorfall Absicht steckte, wollte er zum jetzigen Zeitpunkt nichts ausschließen. Möglich sogar, dass Manfred Oberhofer einen Grund gehabt hatte, seinen Freund umzubringen, und Tasso hier etwas vormachte, sich gar als weiteres Opfer darstellte, um von sich abzulenken.

»Wer hat das getan, Commissario?«

»Hatte Ihr Freund Schorsch Feinde? Was macht er beruflich? Gab es in letzter Zeit Meinungsverschiedenheiten? Einen Streit? In der Familie, unter Geschwistern? Im Freundeskreis?«

Manfred Oberhofer legte die Stirn in Falten. »Unsere Väter sind beide Winzer. Die Mayers haben eine Pension, die Schorschs Mutter leitet. Natürlich gibt es immer mal Reibereien, aber da war nichts Ungewöhnliches dabei. Von dem, was in der Familie los ist, weiß ich nichts. Da müssten Sie schon bei den Mayers selbst nachfragen.«

Nachdenklich tippte Tasso mit dem Bleistift auf die letzte Seite seines Notizheftes. Es war immer noch möglich, dass es sich um einen tragischen Unfall handelte. Eine Weinflasche zerbricht, jemand macht eine ungelenke Bewegung mit einer Glasscherbe … Wenn diese Person zuvor dem Inhalt der Flasche reichlich zugesprochen hatte, hielt Tasso es sogar für denkbar, dass sie es nicht einmal bemerkte.

Glaubte er an ein Versehen?

»Hatte Georg Mayer Feinde?«, wiederholte er seine Frage.

»Nein. Er war ein aufrechter Kerl. So einer, auf den du dich verlassen kannst. Der immer da ist, nicht lang fragt, wenn du ihn brauchst, sondern sofort anpackt. Wenn Sie verstehen, was ich meine.«

Das waren die ersten Sätze, die Manfred Oberhofer ohne Zögern ausgesprochen hatte.

»Ein echter Freund«, fasste Tasso zusammen.

»Absolut.«

»Wieso denken Sie dann, dass es Absicht war?«

Manfred Oberhofer starrte geradeaus und kaute auf seiner Unterlippe. »Vielleicht war es doch ein Unfall. Ich kann mir eigentlich nicht vorstellen, dass jemand ihm so etwas antun würde.«

»Jetzt machen Sie mal halblang. Niemand kommt mit allen zurecht.«

»Natürlich nicht. Klar gab es welche, die was gegen ihn hatten. Aber denen ist er aus dem Weg gegangen. Und viele waren das nun wirklich nicht.« Er schüttelte nachdrücklich den Kopf. »Es gibt niemanden, den ich jetzt guten Gewissens beschuldigen könnte. Ich hab nicht einmal einen Verdacht. Für mich ist das alles unbegreiflich.« Bei den letzten Worten brach seine Stimme. Er schluckte mehrmals, sodass sein Adamsapfel auf und ab hüpfte.

Tasso wusste nicht so recht, was er von dem jungen Mann halten sollte. Er wollte nichts gesehen haben, konnte sich an nichts erinnern und verdächtigte niemanden. Dabei war er es, der laut vermutet hatte, die Tat könne Absicht gewesen sein. Vielleicht war das alles Taktik, und Tasso unterhielt sich gerade mit einem Mörder. Allerdings konnte er nicht ausschließen, dass der Schock, der Alkohol oder Medikamente Manfred Oberhofer noch gehörig die Sinne vernebelten. Vielleicht war es besser, dieses Gespräch zu einem späteren Zeitpunkt zu wiederholen.

Er steckte das Notizheft ein und erhob sich. »Ich denke, das waren fürs Erste alle Fragen. Erholen Sie sich, schlafen Sie gut.«

»Danke. *Arrivederci*, Commissario.« So wie er das Wort betonte, klang es fast nach einem Rauswurf.

Und erst als Tasso das Hospital verlassen hatte und zu dem knallroten Fiat ging, den er sich für die Fahrt von seiner Tante Hedwig geliehen hatte, wurde ihm bewusst, dass Manfred Oberhofer insgesamt ziemlich gleichgültig gewirkt hatte, als es darum ging, wer seinen Freund attackiert haben könnte. Dabei ging er von einem absichtlichen Angriff aus. Und dann kam da keinerlei Anschuldigung, sondern nur die Aussage, der Schorsch wäre jedermanns Freund gewesen? Keine inständige Bitte à la *Finden Sie den Mörder!* oder so etwas. Warum war er den Fragen nach möglichen Verdächtigen ausgewichen?

4. Kapitel, in welchem Picco begreift, mit was für Monstern er sich da eingelassen hat – echte Schnappviecher wären nichts dagegen

Picco schlug die Schuppentür zu und lehnte sich schwer atmend dagegen. Es war dunkel um ihn herum, nur ein schmaler Streifen Licht verriet, dass die anderen beiden schon da sein mussten. Er war sicher, dass ihn niemand gesehen hatte, wie er hier am frühen Abend am Dorfrand herumschlich – und falls doch, würde sich kaum jemand etwas dabei denken. Heute war der Egetmann-Umzug, alle waren auf den Beinen und inzwischen vermutlich betrunken. Dazu kam Schorschs Zusammenbruch, der einiges Aufsehen erregt hatte. Wen kümmerte es, dass sie sich hier herumtrieben?

Sein Verstand sagte ihm, dass es nichts zu befürchten gab. Es war nur sein Gewissen, das ihn plagte. Jetzt war einer tot, und dazu hätte es nicht kommen dürfen.

Picco stieß sich ab, folgte dem Licht der Sturmlaterne, das zwischen den losen Brettern hindurchschien. Eine provisorische Wand, die den vorderen Teil des ehemaligen Heuschobers vom Rest abtrennte. Vorsichtig tastete er sich voran. Überall stand Gerümpel; überwiegend uralte Heurechen, schimmelnde Pferdegeschirre, aber auch so manche Sense. Nur ein schmaler Pfad führte zum hinteren Teil. Der Bauer, auf dessen Anwesen sich das baufällige Holzgebäude befand, hatte dort bis vor wenigen Jahren illegal ein paar Schweine gehalten. Manchmal meinte Picco, dass der Geruch nach Vieh immer noch in der Luft hing.

Er umrundete die Holzwand. In den ehemaligen Koben hatten sie einen Tisch und drei Stühle gestellt, damit sie sich dort ungestört treffen konnten. Die Sturmlampe warf ein fahlgelbes Licht, daneben standen eine halbvolle Flasche Obstbrand und drei Gläser.

»Da bist du ja!«, empfing ihn die zischende Stimme der Frau. Ihre Schnapsfahne wehte bis zu ihm. »Wurde auch Zeit.« Sein Bruder nannte sie Kaschi. Picco hatte vergessen, wie ihr richtiger Name lautete, weil er am liebsten einen weiten Bogen um sie machte. Sie war einige Jahre älter als die beiden Brüder, und was ihn betraf, könnte sie sogar fast seine Mutter sein.

Er zog einen Stuhl unter dem Tisch hervor und setzte sich. Dabei ließ er den Blick zwischen ihr und dem zweiten Anwesenden hin- und herwandern, genauer gesagt, seinem Bruder. Der war nur drei Jahre älter, aber hielt sich natürlich für drei Jahre schlauer.

»Der Schorsch ist tot.« Picco war inzwischen zu Atem gekommen, aber allein diese Worte auszusprechen ließ sein Herz wieder schneller schlagen.

»Wirklich? Woher weißt du das?«

»Ich hab's gehört. Ist vorhin im Krankenhaus gestorben. Jetzt hören sie auf mit den Feiern und gehen alle nach Hause.«

Kaschi lachte höhnisch auf. »Was soll's? Ist doch gar nicht so schlecht, eine Sorge weniger.«

Picco stieß seinem Bruder anklagend den Zeigefinger entgegen. »Du warst das, oder?«

Theatralisch drückte der die Hände gegen die Brust. »Traust du mir das zu? Mir? Deinem eigen Fleisch und Blut?«

»Das heißt … Damit bist du ein Mörder!«

»Nein, wirklich! Du warst schon immer so scharfsinnig, Picco.«

Er biss sich auf die Unterlippe. Picco, von Piccolo, Kleiner. Er hatte diesen Spitznamen noch nie gemocht. Er war wirklich nicht gerade groß, keine eins sechzig. Sein Vater hatte ihn so genannt, und er war damit aufgewachsen. Aber nach dem Tod seiner Eltern hatte er gehofft, er könne ihn loswerden.

Und erst recht hasste er es, wenn sein Bruder den Namen in diesem Tonfall benutzte, denn das sollte ihm vor allem klarmachen, wo sein Platz war: in der zweiten Reihe.

»Musste das sein?«, fragte er kläglich. Lieber hätte er seine Wut herausgeschrien, doch er wagte es schon lange nicht mehr, gegen seinen Bruder aufzubegehren. Schon gar nicht, wenn Kaschi dabei war.

»Musste *was* sein?«, erwiderte sie spöttisch. »Ist doch alles bestens.«

»Das war gegen die Abmachung!«

Kaschi schnaubte abfällig.

Picco ließ nicht locker. »Wir wollten nur dem Oberhofer Angst einjagen, oder nicht? Wieso dann gleich seinen Freund abschlachten? Ausgerechnet während des Umzugs? Da draußen heißt es, es sei ein richtiges Blutbad gewesen.«

»Hast du's denn gesehen?«, wollte sein Bruder wissen.

Picco verneinte. Dafür war er viel zu weit weg gewesen. Er hatte sich extra in die Nähe des Rathauses zurückgezogen, kaum dass er seinen Bruder in der Menge entdeckt hatte. Er hatte geahnt, dass der Ältere etwas vorhatte, denn er war schon beim Frühstück in so merkwürdiger Stimmung gewesen. Damit hatte er nichts zu tun haben wollen.

Bisher hatte er alles mitgemacht, alles befolgt, was sie von ihm verlangt hatten, aber seit Fredl ihnen auf die Schliche gekommen war, fühlte er sich mit der ganzen Sache nicht mehr wohl. Ein wenig Betrug, es auf der geschäftlichen Ebene nicht so genau nehmen, das war die eine Sache. Aber einen zu töten, noch dazu jemanden, der gar nicht direkt beteiligt war und nicht einmal viel wusste, das war was ganz anderes.

Selbstbewusst lehnte sich sein Bruder zurück. Die Stuhllehne knarzte. »Dann lass sie reden. So schlimm war es nicht. Wird doch immer alles aufgebauscht. Die Gelegenheit war einfach zu gut. Schorsch war stramm bis in die Haarspitzen, der hat davon gar nichts gemerkt. Ich hab nicht mal einen Tropfen Blut abgekommen.«

»Aufgebauscht? Er ist tot! Versteht ihr das nicht? Du wolltest Fredl Angst machen. Mehr nicht!«

Kaschi grinste böse. »Ich glaube, der hat jetzt genug Angst. Der wird kein Wort mehr sagen.«

Sein Bruder zog das kurze Jagdmesser aus der Lederscheide am Gürtel und begann, mit der Spitze Dreck unter den Fingernägeln hervorzukratzen. Die Klinge glänzte blitzsauber im Licht.

Wäre er sogar imstande, seinen kleinen Bruder abzustechen? Picco schauderte und unterdrückte den Impuls, aufzuspringen, um sich in Sicherheit zu bringen.

»Was willst du, Picco? Ist nicht ganz so gelaufen, wie abgemacht, aber es ist kein Schaden entstanden. Im Gegenteil. Fredl war nur ein Teil des Problems. Der werte Herr Georg Mayer hätte uns richtig ans Bein pinkeln können. Der wäre viel gefährlicher. Vor dem haben wir jetzt unsere Ruhe. Und sein Schoßhündchen wird das Maul halten. Vermutlich macht er sich vor Angst in die Hose. Es ist also alles geregelt.«

Stumm schüttelte Picco den Kopf. Kein Schaden entstanden? So würde er es ganz und gar nicht formulieren. Mit dieser Kaltschnäuzigkeit wusste er nicht umzugehen.

Aus den Augenwinkeln beobachtete er, wie Kaschi nach der Flasche langte und die Gläser füllte.

Was sollte er tun? Was konnte er tun?

Sie hob ihr Glas. »Auf dich, mein starker Krieger. Auf uns!« Mit einer herrischen Geste forderte sie Picco auf, den Schnaps zu trinken. Widerwillig gehorchte er. Das starke Gebräu brannte seine Kehle hinab.

Krachend hieb sie die Faust auf den Tisch und lachte. Dann schob sie den Ausschnitt ihres Dirndls ein wenig tiefer. Erst jetzt bemerkte er die Sägespäne, die auf ihrer rosigen Haut klebten.

Schamlos zwinkerte Kaschi ihm zu. »Ich nehm euch auch beide. Je länger du dich zierst, umso neugieriger werde ich, was du zu bieten hast, Picco.«

Sein Bruder leckte sich über die Lippen und stieß ein dumpfes Brummen aus. Er schnipste das Schnapsglas über den Tisch. Vermutlich merkte er gar nicht, wie lächerlich er sich gerade benahm.

Picco sprang auf, sein Stuhl polterte zu Boden. Mit einer gemurmelten Verabschiedung suchte er sein Heil in der Flucht. Sollten die beiden doch machen, was sie wollten. Er würde am liebsten sofort einen Schlussstrich ziehen, aber dazu war es seit heute zu spät. Wären sie dieser selbstgefälligen Hexe doch nie begegnet!

5. Kapitel, in welchem Mara es mit einem unwirschen Löwen zu tun bekommt und sich im Maul des Wolfes wiederfindet

Erschöpft ließ sich Mara in die Badewanne sinken. Beiläufig hörte sie, wie ihre Freundin Veronika in dem Pensionszimmer rumorte, das sie für die Nacht miteinander teilten.

»Vreni? Was machst du da?«, rief sie durch die geschlossene Badezimmertür. »Schiebst du Möbel?«

»Nicht freiwillig«, hörte sie Veronikas helle Stimme. »Ich hab mich auf mein Bett gesetzt, und da ist es weggerutscht. Jetzt hab ich beide Betten auseinandergeschoben, damit das heute Nacht nicht ständig wieder passiert.«

»Klingt vernünftig.« Mara gähnte. Das heiße Wasser machte sie schläfrig. So hatte sie sich ihren ersten Egetmann nicht vorgestellt. Sie hatte bisher immer in Meran Fasching gefeiert. Es war Veronikas Idee gewesen, nach Tramin zu fahren, weil dort mehr los sei. Natürlich hatte ihre Freundin damit nicht gemeint, dass es da gleich zu einem Blutbad kommen würde.

Mitbekommen hatten sie davon nichts, worüber Mara nicht traurig gewesen war. Sie hatte vielmehr näher an die »Schlachtung« der Schnappviecher herankommen wollen, um gute Fotos zu schießen, als sie den Aufruhr und den Kreis in der Menge bemerkte, der sich um den Verletzten gebildet hatte.

Aber natürlich hatte es auch sein Gutes. Niemals hätte sie erwartet, ausgerechnet hier dem Commissario zu begegnen.

Sie hätte eher eine größere Summe darauf verwettet, dass er während der Faschingszeit möglichst weit weg flüchten würde, vielleicht sogar bis zu seiner Familie nach Rom. Dieser Johann Vierweger musste wirklich einen großen Einfluss auf ihn haben, wenn er es schaffte, Tasso zu überreden, so einem Umzug zuzuschauen.

»Vreni, wie spät ist es?«

»Gleich halb sechs. Wann triffst du dich mit diesem Polizisten?«

»Um sieben vor dem Rathaus. Wir hatten überlegt, im *Goldenen Löwen* zu essen, aber das kommt natürlich darauf an, was jetzt noch dort los ist.«

»Zeit genug, um dich hübsch zu machen, *cara amica*.«

Mara hörte Veronikas breites Grinsen mühelos aus ihren Worten heraus. »Das Treffen ist rein beruflich!«

»Natürlich. Seit wann nochmal ist *Ermittlerin* dein Beruf?«

»Jetzt hör schon auf. Ich mag Pino. Wir haben einiges gemeinsam durchgestanden, aber mehr auch nicht.«

»Schon klar.« Veronika öffnete ungeniert die Badezimmertür und setzte sich auf den mit Plüsch bezogenen Toilettendeckel, um sich eine Strumpfhose anzuziehen. Was sie natürlich auch im Zimmer hätte tun können, aber dann könnte sie Mara nicht beobachten, ob die nicht doch eine verräterische Miene zog, wenn es um Agente Pino Mancuso ging.

Mara hielt sich die Nase zu und tauchte kurz mit dem Kopf unter Wasser.

»Dieser Agente sieht schon fesch aus. Er hat sehr schöne dunkelbraune Augen, dazu wirkt er ein bisschen verwegen. Hat er sich mal die Nase gebrochen?«, fragte Veronika.

Mara langte nach dem Shampoo. Um sie herum schwammen einzelne Sägespäne. »Sieht so aus, das stimmt.« Sie würde ihrer Freundin nicht verraten, dass Pino ihr bei einer ihrer wenigen Begegnungen längst von der Schlägerei mit einem Betrunkenen erzählt hatte. Dabei war ihm das Nasenbein ziemlich schmerzhaft gebrochen worden. Es war direkt an seinem zweiten Tag als Agente passiert, was natürlich für einigen Spott unter den Kollegen gesorgt hatte. Nicht auszudenken, was Veronika da hineininterpretierte, wenn sie darüber bereits Bescheid wüsste.

»Du solltest ihn unbedingt danach fragen! Dahinter verbirgt sich vielleicht eine aufregende Geschichte.«

»Wenn es dich so sehr interessiert, frag ihn doch selbst.«

»Ich bin zwar neugierig, aber ich will ja nichts von ihm.« Veronika streifte den schmalen Rock nach unten und erhob sich. Sie angelte nach der Bürste und begann, ihre schulterlangen braunen Haare glatt zu bürsten.

»Stell dir vor, ich auch nicht.«

»Also doch Ricardo?«

»Wer?«

»Ricardo Bosco, der Assistent des Bürgermeisters. Habt ihr euch nicht vor ein oder zwei Wochen getroffen? Könnte er der Auserwählte sein?«

»Ja, haben wir, aber nein, der ist es ganz bestimmt nicht.« Mara liebte ihre Freundin wirklich heiß und innig, doch dass sie neuerdings darauf aus war, sie mit sämtlichen Kerlen Südtirols verkuppeln zu wollen, wurde allmählich anstrengend.

Es war ja nicht so, dass sie sich nicht selbst wünschte, sich zu verlieben. Aber bisher hatte sich eben nichts ergeben. Ricardo Bosco, den sie während der Ermittlungen zu Bruno Viscontis Entführung kennengelernt hatte, war zwar seinerseits mehr als interessiert an ihr, aber bei ihr selbst tat sich nichts. Es prickelte nicht, kein Flattern in der Magengrube. Genauso wenig spürte sie bei Pino Mancuso. Ihm gegenüber war das Gefühl sogar eher wie bei einem ihrer Brüder. Sie mochte und schätzte ihn und freute sich auf das Wiedersehen heute Abend. Mehr eben nicht.

Veronika warf ihr eine Kusshand zu. »Mach dich trotzdem schick. Wer weiß, wem du heute noch begegnest.«

»Dem Vierweger vermutlich.« Tassos ehemaliger Kollege war noch in Tramin unterwegs, soweit sie wusste. Er hatte entschieden, dass er die Zeugenbefragungen auch an der einen oder anderen Theke durchführen konnte. Vielen mochte die Feierlaune vergangen sein, seit sich der tragische Vorfall herumgesprochen hatte, aber das hieß noch lange nicht, dass die Ereignisse nicht im Wirtshaus besprochen werden mussten. Die meisten Gruppen, die mit den Wagen durch das Dorf gezogen waren, hatten sich wie üblich getroffen, wenn auch bei teilweise eher gedämpfter Stimmung.

Mara fragte sich, ob sie die Einzige war, die das befremdlich fand. Aber angeblich waren sogar die Schwestern des Verletzten noch unterwegs. Wer war dann sie, dass sie als Auswärtige darüber richten durfte? Ihr selbst würde die Fröhlichkeit allerdings gründlich vergehen, wenn einer ihrer Brüder nach so einer Attacke ins Hospital müsste.

Mara spülte sich die Haare aus. »Und was machst du, während ich mich mit Pino treffe?«

»Lach mich ruhig aus, aber vermutlich werde ich mich hier aufs Zimmer zurückziehen und lesen. Oder ich gehe ins Fernsehzimmer und schaue dort die Nachrichten. Ich bin jedenfalls nicht mehr in Feierlaune. Dazu bin ich froh, dass ich wieder sauber bin.«

Auch Mara fiel der dunkle Bodensatz in der Wanne auf, als sie das Wasser abließ. »Nein, ich lache nicht, im Gegenteil. Wenn Commissario Tasso nicht aufgetaucht wäre und dafür gesorgt hätte, dass ich mein Praktikum fortsetzen darf, wäre ich sogar lieber zurück nach Hause gefahren.«

»Aber jetzt sind wir hier, und du triffst dich mit einem gutaussehenden Agente. Natürlich rein beruflich.« Strahlend lächelnd reichte Veronika ihr ein Handtuch und verließ das Badezimmer.

***

Um kurz vor sieben Uhr ging Mara vor dem Rathaus auf und ab und stampfte hin und wieder mit den Füßen auf. Inzwischen war es ringsum doch ruhig geworden. Der Platz, der am Mittag noch voller Menschen war, lag verlassen da. Die Straßenreinigung hatte bereits allen Dreck und Müll beseitigt, sodass bis auf den großen eingetrockneten Blutfleck auf den Pflastersteinen nichts mehr von den Geschehnissen des Tages zeugte.

Ob Tramin zu dieser Stunde allgemein genug vom Feiern hatte oder diese Ruhe den besonderen Umständen geschuldet war, wusste Mara natürlich nicht. Ihr kam es jedoch merkwürdig vor. Als hätte jemand ein Tuch über den Ort ausgebreitet.

»*Buonasera*, Mara! Da bin ich.« Pino Mancuso tauchte aus der Gasse am Rathaus auf. Wie am Mittag schon trug er weiterhin Uniform. Vor seinem Mund stiegen weiße Atemwolken auf, als er auf den *Goldenen Löwen* zeigte und feststellte: »Die Wirtschaft hat noch auf, scheint mir. Dass sie noch feiern, kann ich mir allerdings nicht vorstellen. Georg Mayer ist verstorben.«

»Wie bitte? Woher weißt du das?«

»Ich war beim Vater, als seine Frau aus dem Krankenhaus angerufen hat. Es spricht sich gerade herum.«

Mara nickte beklommen. Dann war es ja kein Wunder, dass alle nach Hause gegangen waren.

»Wollen wir trotzdem reingehen?« Er nahm seine Mütze ab und strich sich durch die Haare.

»Natürlich. Komm, es ist zu kalt, um das hier draußen weiterzubesprechen. Ist Tasso schon zurück?«

»Ich habe ihn nicht mehr gesehen. Dieser Riese, Vierweger, ist auch nicht mehr aufgetaucht. Der schien sich in diesem ganzen Trubel ziemlich wohlzufühlen.«

»Das wird schon stimmen.«

»Mir hätte es auch gefallen zu feiern, aber wenn ich im Dienst bin, ist das nichts.«

»Nun, für Johann Vierweger ist das vielleicht etwas anderes. Er ist ja nicht offiziell im Dienst.«

Sie schlenderten auf das Gasthaus zu. Mara musste den Impuls unterdrücken, sich bei ihm unterzuhaken. Schließlich war es nicht gelogen, als sie Veronika gegenüber betont hatte, dass dies kein privates Treffen sei.

»Ist das dein erster Fasching in Südtirol?«

»So ist es. Ich bin erst im letzten Sommer nach Norden gekommen. Die Verdienstmöglichkeiten und Perspektiven sind hier besser. Zumindest erzählen sie uns das im Süden. Ich bin noch nicht so sicher, ob das stimmt.«

»Wo kommst du denn her?«

»Aus einem kleinen Dorf in der Nähe von Neapel.«

»Bist du dort schon Polizist gewesen?«

»Nein, nein!« Er schüttelte heftig den Kopf, so abwegig schien ihm diese Vorstellung.

Mara hatte das Gefühl, etwas Falsches gefragt zu haben. Daher lächelte sie entschuldigend, wobei sie nicht wusste, ob er das im Zwielicht der Straßenlaternen überhaupt erkennen konnte. »Und die Perspektiven? Wurden deine Erwartungen erfüllt?«

Vor dem Eingang blieben sie stehen. Pino grinste schief.

»Es ist anders hier. Allein die Sprache ist schon schwer. Da beneide ich den Commissario, der wechselt ja mühelos zwischen Deutsch und Italienisch hin und her. Genau wie du. Erst recht die Traditionen. Und das Essen nicht zu vergessen, das ist ... manchmal schwer verdaulich.«

Mara lachte auf. »Und das Wetter. Tasso hasst Schnee, sagt er oft. Du auch?«

»Ob ich ...? Nein, ich finde Schnee interessant. Das klingt jetzt seltsam, aber ich erlebe ihn zum ersten Mal. Ich kann mich zumindest nicht erinnern, dass es bei uns je geschneit hätte. Die Kälte, ja gut, die ist nicht angenehm. Doch daran habe ich mich gewöhnt. Ich würde es auch gern einmal mit dem Skifahren probieren. Vielleicht nächsten Winter.« Er sah sie auffordernd an, aber falls er darauf hoffte, sie würde ihm jetzt einen Ausflug zu zweit auf eine Skihütte in Aussicht stellen, so täuschte er sich.

Und da er sich nicht einmal rührte, griff Mara nach dem Türknauf. Eilig und mit einer gestammelten Entschuldigung riss Pino die Tür auf und bat sie hinein.

Sie betraten den Schankraum. Eine tiefhängende Decke aus dunklen Holzbalken vermittelte Mara den Eindruck, in eine Höhle einzutauchen. Dazu empfing sie dieser typische Geruch nach abgestandenem Rauch, feuchter Wolle und verbranntem Bratenfett. Hinter der Theke stand ein breitschultriger Mann um die vierzig; dem braunen Leinensack über einem löchrigen Flanellhemd sowie den Strohhalmen in Vollbart und Haaren nach zu urteilen war er noch im Kostüm. Sein Blick verfinsterte sich, als er Pinos Uniform erkannte. Obwohl nicht viel los war, deutete er auf einen Tisch im hintersten Winkel direkt neben dem Durchgang zur Toilette.

Mara holte Luft, um zu protestieren, doch ihr Begleiter lächelte charmant und dankte in gebrochenem Deutsch. Das brachte ihm immerhin ein beifälliges Nicken ein. Sie setzten sich an dem winzigen Tisch einander gegenüber und ließen sich Wasser und Wein bringen. Eigentlich hatte Mara noch genug von dem, was sie während des Umzuges getrunken hatte. Ihr Bruder hatte ihr eine Taschenflasche Grappa mitgegeben, der musste ihr auf den Magen geschlagen sein.

»Wollt ihr essen?«, fragte der Wirt, als er die Getränke brachte. »Ich habe noch Schweinshaxen und Weißkraut. Ist einiges übriggeblieben nach der ganzen Aufregung heute.« Dabei blickte er Pino an, als wäre das seine Schuld.

Der Agente lächelte bloß unverbindlich. Mara war nicht sicher, ob er den Wirt verstand, dessen Dialekt selbst sie auf eine harte Probe stellte. Machte der das mit voller Absicht, oder sprach er auch mit ausländischen Gästen aus dem Norden so?

Wenn sie es recht bedachte, war es das erste Mal, dass sie hautnah miterlebte, dass das Verhältnis zwischen einem süditalienischen Polizisten und einem Südtiroler Dorfbewohner recht schwierig sein konnte.

Sie bestellte einfach zweimal das Tagesgericht. Erst als der Wirt wieder fort war, fiel ihr ein, dass Pino doch vorhin erst erwähnt hatte, er würde sich mit dem alpenländischen Essen schwertun. Ausgerechnet Schweinshaxe war nicht unbedingt leichte Küche.

Sie wollte sich gerade entschuldigen, da bemerkte sie, dass er völlig abwesend seine von der Kälte geröteten abstehenden Ohren rieb.

»Ist alles in Ordnung?«, fragte sie ihn.

»Du meinst, abgesehen davon, dass ich jetzt Teil einer Mordermittlung bin?«

»Erst einmal ist es ein unnatürlicher Todesfall«, stellte Mara richtig. »Es könnte auch ein Unfall gewesen sein.«

»Glaubst du das?«

»Dazu fehlt mir die Erfahrung. Das müsstest du den Commissario fragen, der könnte das vielleicht einschätzen. Vermutlich ist es dafür aber noch zu früh.«

»Ja, vermutlich.«

Sie schwiegen, bis der Wirt ihnen die Getränke brachte.

»Danke sehr.« Mara schenkte ihm ein strahlendes Lächeln. »Schrecklich, das alles, oder? Es ist ja direkt vor Ihrer Haustür passiert?«

»Schon«, brummte der Wirt und wollte sich schon abwenden.

»Haben Sie denn nichts beobachtet?«

Er drehte den Kopf und durchbohrte sie mit einem finsteren Blick. »Nein. Nichts. Ich war hier drinnen. Ich kann nicht durch Wände sehen, Fräulein.«

Bevor Mara eine weitere Frage stellen konnte, war er fort.

»Schon gut, Mara. Der war vermutlich mit Bierzapfen beschäftigt und hat wirklich nichts mitbekommen.« Pino hob mit einer fahrigen Bewegung sein Glas. Mara war nicht entgangen, dass bei ihm die Faszination überwog, Teil der Ermittlung zu sein. Die Tatsache, dass heute ein Mensch gestorben war, schien ihn gar nicht so recht zu berühren.

Und sie selbst? Sie stellte fest, dass es ihr erschreckend leichtfiel, diesen Aspekt auszublenden. Sie hatte eigentlich vorgehabt, Tasso einmal danach zu fragen, wie er damit umging, dass er es ständig mit menschlichen Abgründen und Leid zu tun hatte. Allmählich ahnte sie, wie die Antwort lauten würde: Er war es gewohnt. Nicht in dem Sinne, dass es ihn empfindungslos machte – das konnte sie nicht beurteilen –, sondern dass er eine gesunde Distanz zum Geschehen aufzubauen vermochte, die es ihm ermöglichte, seine Arbeit zu tun.

Sie wandte sich wieder ihrem Begleiter zu. »Gibt es denn

noch etwas, dass du so ein Gesicht ziehst, Pino? Raus mit der Sprache.«

»Also gut. Ich habe da ein Problem und weiß nicht recht, wie ich das lösen soll.«

»Könnte ich dabei helfen?«

»Vielleicht. Ich habe nicht ganz verstanden, wie die offizielle Regelung ist. Der Commissario hat gemeint, dass du uns hilfst. Hast du … Befugnisse?«

»Ich fürchte, ich dürfte niemanden verhaften oder verhören. Mein Praktikum war damals eher dazu gedacht, dass ich Tasso begleite. Und im Januar, also bevor wir erfahren haben, dass der Questore entführt worden war, habe ich Befragungen zu Diebstählen gemacht. Ganz harmlose Dinge.« Sie spielte das mit Absicht herunter, während sie im Geiste die Verfolgungsjagd in Brixen rekapitulierte, in die sie bei ihrer ersten Mordermittlung geraten war. Auf so etwas konnte sie in Zukunft auch gern verzichten.

»Nun, harmlos ist meine Aufgabe auch. Ich meine, im Sinne von ungefährlich. Ich bin trotzdem nicht sicher, ob ich dir das zumuten kann.«

»Jetzt raus mit der Sprache.« Mara lachte. »Du machst es ja wirklich spannend.«

»Also, ja. Ich sollte mit dem Carabiniere sprechen, der die ersten Aussagen aufgenommen hat. Nur hat der mich auflaufen lassen.«

»Was soll das heißen?«

»Er gibt sie mir nicht. Keine Chance.«

»Das verstehe ich nicht. Es war nun wirklich nicht zu überhören, wie der Vice-Questore sagte, dass wir die Ermittlungen aufnehmen sollen, nicht die Carabinieri.«

Pino verzog zerknirscht den Mund. »Ich fürchte, das hat nicht geholfen. Sie ermitteln ebenfalls.«

»Wer? Wieso? Das können die doch nicht machen! Wie ist das denn geregelt? Zu den Zuständigkeiten muss es doch Vereinbarungen geben.«

»Nein, die gibt es nicht.«

Mara schüttelte verwirrt den Kopf.

Pino wischte mit den Handflächen über den Tisch. »Es ist so: Beide Polizeieinheiten in Italien sind gleichberechtigt. In der Regel kommen wir uns auch nicht in die Quere. In ländlichen Gebieten sind mehr Carabinieri vertreten, in den Städten eher die Staatspolizei. Und wenn etwas passiert, dann übernehmen die, die zuerst am Tatort sind.«

»Dann ist die Sache doch eindeutig. Tasso war als Erster da.«

»Da sieht dieser Giulio di Fabar anders. Das ist der Carabiniere, mit dem ich gesprochen habe. Er meinte, sein Kollege wäre vor dem Commissario am Tatort eingetroffen, und außerdem hätte der ja gar keine Befugnisse gehabt, weil er gar nicht im Dienst gewesen sei.«

»Du meine Güte, ist es wirklich so kompliziert?«

Ihr Gegenüber beließ es bei einer gequälten Grimasse.

»Ich kann versuchen, ihm die Informationen zu entlocken. Aber wenn er so stur ist, wie du glaubst, wird er mir erst recht nichts sagen.«

Erleichtert grinste Pino. »Du schaffst das. Er wird deinem Charme erliegen.«

Mara war da weniger zuversichtlich. Sie war nicht nur keine autorisierte Mitarbeiterin der Questura, sondern auch noch eine Frau.

Sie hielt sich für ziemlich selbstbewusst, aber es gab einen Schlag Männer, an dem sie sich die Zähne ausbiss. Die nahmen sie aus Prinzip nicht ernst. Und gerade solche jungen Schnösel der untersten Dienstgrade meinten, ihre Männlichkeit in Kombination mit ihrer Uniform gäbe ihnen jegliches Recht, über die ganze Welt zu herrschen. Weil sie aber durch ein ungnädiges Schicksal in einer kleinen norditalienischen Provinz festhingen und die ganze Welt gerade nicht verfügbar war, musste es fürs Erste genügen, sich über Zivilpersonen zu erheben. Wenn es ganz schlecht lief, war bei diesen Kerlen zudem noch eine Menge Frust im Spiel, weil sie sich übersehen fühlten. Und den ließen sie an allen aus, die ihnen in die Quere kamen.

Gerade im Straßenverkehr hatte Mara mit Verkehrspolizisten so ihre Erfahrungen in dieser Richtung gesammelt. Wobei sie im Nachhinein nicht sagen konnte, ob sie es mit Carabinieri oder der Polizia di Stato zu tun gehabt hatte, da ihr diese Unterscheidung bisher nicht einmal besonders bewusst gewesen war und sie dementsprechend nicht darauf geachtet hatte. Im Winter trugen beide Polizeiorgane schwarze Uniformen, nur im Sommer waren die Carabinieri in militärisches Khaki gekleidet.

»Aber verstehe ich das richtig?«, hakte sie nach. »Die Polizei befindet sich fest in süditalienischer Hand. Ich dachte immer, für viele Polizisten ist das Feindbild der klassische Südtiroler Bauer und andere Sturschädel. Jetzt erklärst du mir, dass es bei euch auch untereinander nicht ganz … harmonisch zugeht?«

Pino lachte laut auf. »Das ist sehr freundlich ausgedrückt. Wenn ich meine Kollegen so höre, ist das Feindbild in Bezug auf die Carabinieri sogar noch viel größer. Ich habe damit bis jetzt keine großartigen Erfahrungen gemacht. Das ist das erste Mal.«

»Wie war das denn bei euch zu Hause im Dorf?«

»Da gab es gar keine Polizei.«

Ein kurzer Satz, bei dem Mara wieder das Gefühl hatte,

dass Pino abblockte. Aber streng betrachtet ging sie das ja auch nichts an.

Sie hob ihr Glas, wie um einen Trinkspruch auszusprechen. »Ich werde mir den Kerl vornehmen. Wünsch mir Glück.«

»*In bocca al lupo,* Mara.«

Mara nippte versonnen an ihrem Glas. Wörtlich bedeutete das: im Maul des Wolfes. Manchmal tendierte das Italienische wirklich zu deutlichen Bildern, mit denen die deutsche Sprache nicht mithalten konnte.

6. Kapitel, in welchem Mara ab Aschermittwoch wieder zur Praktikantin avanciert

Gleich am nächsten Morgen nach dem Frühstück ließ sich Mara vor der Station der lokalen Carabinieri absetzen. Veronika wollte im Auto warten und hatte sich eine Ausgabe der Tageszeitung *Dolomiten* aus der Pension mitgenommen. Der Vorfall um Georg M. aus Tramin hatte natürlich für die Schlagzeile des Tages gesorgt: *Schwerverletzter beim Egetmann-Umzug! Tragischer Unfall oder feiger Anschlag?* Zum Zeitpunkt des Drucks hatte der Reporter, der den Artikel verfasst hatte, noch nicht wissen können, dass das Opfer seiner Verletzung erlegen war.

Mara betrat die Station und blickte sich um. Der Raum war karg und wie erwartet eingerichtet: Ein schlichter Holztresen trennte einen Arbeitsbereich mit zwei Schreibtischen und Aktenschränken vom vorderen Teil ab. Ein untersetzter grauhaariger Mann tippte gemächlich mit zwei Fingern auf einer Schreibmaschine. Der jüngere Schwarzhaarige, von dem Mara vermutete, dass es Giulio di Fabar sein musste, sortierte Blätter in offene Fächer ein.

»*Buongiorno*, Signori!«, schmetterte Mara in ihrem besten Italienisch. »Ich suche den Carabiniere di Fabar.«

»Und Sie wünschen?« Wie erwartet unterbrach der Jüngere seine Arbeit. Der Ältere blickte nur kurz auf und tippte dann weiter.

»Ich würde gern mit Ihnen über die Ermittlungen sprechen.«

Di Fabar neigte den Kopf und betrachtete sie mit neu erwachtem Interesse. »Sie sind doch die Signorina, die gestern auch dabei war, oder nicht? Im Rathaus. Die mit diesem rosa Ballkleid.«

»Ganz genau.«

Er legte den Papierstapel auf den Schreibtisch und kam zum Tresen. Mara staunte darüber, dass ihr Gegenüber noch jünger war als Agente Mancuso, sicher noch keine fünfundzwanzig. Sein Gesicht war glatt, um die Winkel seiner dunkelbraunen Augen zeigte sich kein Fältchen. Obwohl er rasiert war, lag ein dichter Bartschatten auf seinen Wangen.

»Und was kann ich in der Hinsicht konkret für Sie tun?« Er lächelte freundlich und zeigte dabei blendend weiße Zähne.

Mara straffte den Rücken und hielt sich kerzengerade, obwohl das selbstsichere Auftreten des Carabiniere sie etwas beeindruckte. »Ich habe gestern Abend erfahren, dass Sie den Ermittlern die Namen der Personen noch nicht mitgeteilt haben, deren Aussagen Sie unmittelbar nach dem Geschehen aufgenommen haben.« Insgeheim verwünschte Mara sich für ihre Worte. Ging es noch gestelzter? Pino hatte sie mit seinem Gerede über diese Feindschaft wohl doch mehr aus der Fassung gebracht, als sie sich bis jetzt hatte eingestehen wollen.

Immerhin blieb di Fabar freundlich. »Den Ermittlern? Wen meinen Sie damit? Und was haben Sie überhaupt damit zu tun, dass Sie solche Fragen stellen?«

»Commissario Tasso und Agente Mancuso. Sie sind beiden gestern begegnet.« Die letzte Frage ignorierte Mara ganz bewusst. Das zu erklären wäre zu kompliziert.

Zu ihrer Erleichterung hakte di Fabar nicht nach. »Ja, richtig. Ich habe diesem Agente bereits gestern gesagt, dass wir die Ermittlungen selbst aufnehmen.«

»Halten Sie das für sinnvoll?«

»Was, bitte, meinen Sie?«

Auch sein Kollege hielt in seinem kontemplativen Getippe inne und schaute zu ihr rüber.

»Soweit ich das gestern verstanden habe, sollte der Commissario die Ermittlungen aufnehmen.«

Di Fabar lehnte sich auf den Tresen. »Signorina …«

»Oberhöller. Mara Oberhöller.«

»Signorina Oberhöller, mit Verlaub. Nur weil dieser Questore …«

»Vice-Questore Ferrara.«

»Ebendieser. Nur weil der das gestern lauthals verkündet hat, ist es noch lange nicht Gesetz. Maggiore Bernina hat das anders entschieden. Wir ermitteln selbst.«

Mara schaute sich im Raum um. »Und was tun Sie?«

»Wie bitte?«

»Warum sind Sie dann nicht unterwegs und befragen die Leute? Nehmen die Zeugenaussagen auf?«

Di Fabar hatte die dichten Augenbrauen bei jedem Wort tiefer gesenkt und starrte sie jetzt böse an.

Mara merkte selbst, dass sie zu weit gegangen war, und senkte verlegen den Kopf. »Ich bitte um Verzeihung, das geht mich natürlich nichts an«, sagte sie leise.

Er lächelte versöhnlich und wollte gerade etwas sagen, als der ältere Kollege energisch seinen Stuhl zurückschob. Jetzt kam er wie ein schnaufendes Walross an den Tresen. »Glauben Sie, wir sitzen hier und warten darauf, dass sich ein Tatverdächtiger stellt, den wir verhaften können? Niemand hat uns hier Vorschriften zu machen, wie wir arbeiten sollen, ist das klar? Sehen Sie zu, dass Sie wegkommen, *ragazzina*. Da ist die Tür.« Er reckte den Finger.

Di Fabar wandte sich rasch ab. Es schien ihm peinlich zu sein, wobei Mara nicht ganz sicher war, ob sich das auf den

Auftritt seines Kollegen bezog oder darauf, was sie zuvor gesagt hatte. Immerhin war er bis jetzt höflich geblieben.

»Kein Grund, unfreundlich zu werden«, erwiderte Mara schnippisch und sah zu, dass sie hinauskam.

Kurz darauf saß sie neben Veronika in deren VW Käfer. »Das ist gründlich schiefgelaufen.«

Veronika legte die Zeitung weg und startete den Motor. »So schlimm?«

»Es ist genau, wie Pino gesagt hat: Die wollen selbst ermitteln. Das, was dieser di Fabar und sein Kollege dadrin gemacht haben, sah zwar nicht danach aus, als würden sie die Suche nach Verdächtigen sehr ernst nehmen, aber das spielt ja keine Rolle.« Mara lachte hilflos auf.

»Dann kannst du hier erst einmal nichts mehr ausrichten. Was jetzt? Soll ich dich nach Bozen fahren oder besser erst nach Hause? So wie ich deinen Vater kenne, wird er nicht sehr begeistert davon sein, dass du dein Praktikum wieder aufgenommen hast.«

»Der ist unterwegs. Ich werde meine Mutter aus Bozen anrufen, dass ich erst heute Abend nach Hause komme. Kannst du mein Kostüm mitnehmen? Den Koffer mit den restlichen Sachen behalte ich hier.«

»Na klar.«

»Und viel Zeit für die Ermittlung bleibt mir ohnehin nicht. Nächste Woche starten meine Einführungskurse an der Uni.«

Mara hatte sich im Laufe der letzten Wochen für ein Jurastudium in Mailand eingeschrieben. Lieber hätte sie in Bologna studiert, aber da sie sich so kurzfristig erst entschieden hatte, musste sie zunächst einmal mit einem Platz vorliebnehmen, der noch zur Verfügung stand. Ein Wechsel war vielleicht später möglich. Jetzt fragte sie sich, ob das ein Wink des Schicksals war. Bruno Visconti hatte in Mailand Rechtswissenschaften studiert und war nach seiner Rückkehr in den Polizeidienst 1947 dort auch sieben Jahre lang in einer Stabsstelle tätig gewesen. Bruno war für sie und ihren beruflichen Werdegang wichtig; es war seine Idee gewesen, das Praktikum zu absolvieren, da erschien es ihr logisch, dort zu beginnen, wo auch seine Ausbildung ihren Lauf genommen hatte.

Sie ließen Tramin hinter sich zurück. Um sie herum erstreckten sich endlose Reihen kahler Weinreben unter einem grauen Himmel bis zu den Ufern der Etsch. Dahinter falteten sich die schneebedeckten Gipfel der Berge auf.

Veronika lenkte ihren VW Käfer Richtung Norden und gab Gas. »Dann auf nach Bozen.«

***

»Grüß Gott, Fräulein Oberhöller, schön, Sie zu sehen.« Johann Vierweger strahlte ihr schon auf den Eingangsstufen zur Questura entgegen. Er war unrasiert und hatte dunkle Augenringe. Das war vermutlich dem Faschingsdienstag geschuldet, konnte seine gute Laune aber nicht trüben. Mit seinem braunen Pelzmantel und der dicken Fellmütze vermittelte er einmal mehr den Eindruck eines großen Bären. Freundlich, aber gefährlich, falls er gereizt wurde. Vielleicht war das auch der Grund, warum Salvatore Girolamo, ein Reporter, den Mara noch in schlechter Erinnerung behalten hatte, sich in einigen Metern Abstand herumdrückte. Drei weitere Männer, einer davon mit einem Fotoapparat und daher vermutlich ebenfalls von der Presse, standen in seiner Nähe.

»Guten Morgen, Herr Vierweger, ist der Commissario schon da?«

»Ich nehme an, dass der beim Questore sitzt. Nennen Sie mich Johann, bitte. Sieht ganz so aus, als dürften wir in den nächsten Tagen zusammenarbeiten.« Mit einem letzten drohenden Blick in Richtung der Reporter riss er schwungvoll die Tür auf und bat Mara hinein.

»Sind Sie nicht mit dem Auto gekommen?«

»Meine Freundin und ich haben in Tramin übernachtet, sie hat mich unterwegs abgesetzt. Ich werde heute Abend mit dem Zug nach Meran fahren. Oder ich übernachte, das weiß ich noch nicht.«

»Ah, daher der Koffer. Kommen Sie, besorgen wir uns einen Kaffee und warten an Aurelios Schreibtisch.«

Mara benötigte einen Moment, um zu verstehen, wer gemeint war. »Nennen Sie einander beim Vornamen?«

»Ja, wieso nicht?«

»Ich dachte, das wäre nicht üblich.«

Johann lachte amüsiert. »Ist es auch nicht. Aber das hat sich mit der Zeit einfach so ergeben. Ich mag den Namen.« Und er mochte die Person, die ihn trug, das war deutlich aus seinem Tonfall herauszuhören.

Sie erreichten Tassos Schreibtisch. Johann schaute sich suchend um und hängte dann Mantel und Mütze an den Garderobenständer. Darunter trug er einen klassisch geschnittenen schwarzen Anzug, der an den Schultern ordentlich spannte.

»Giovanni Vierweger, *ragazzo*, wird dir der Ruhestand zu langweilig?«, tönte es vom benachbarten Schreibtisch zu ihnen.

Ispettore Valerio Amirante trat breit grinsend näher und schlug dem ehemaligen Kollegen wie einem Sportskameraden auf die Schulter.

Der wehrte lachend ab. »Ist eine Sonderermittlung. Ich komme ganz bestimmt nicht zurück in den Dienst.«

Amirante neigte den Kopf und musterte Mara. »*Buongiorno*. Signorina Oberhöller, nehme ich an? Tassos Praktikantin?«

Johann stutzte. »Ihr kennt euch noch gar nicht?«

»Nein, wir hatten noch nicht das Vergnügen.« Mara gab Tassos Kollegen die Hand. Er war viel älter, als sie erwartet hatte. Mit seinem eisgrauen kurzen Haar und den tiefliegenden Augen in einem gebräunten Gesicht wirkte er eher wie ein alternder Fischer vom Mittelmeer.

»Wie lange musst du hier noch durchhalten?«, fragte Johann.

»Ich bin noch diesen Sommer hier. Danach geht es zurück nach Hause.« Seine Miene nahm einen verträumten Ausdruck an.

»Er stammt aus Apulien«, wandte Johann sich an Mara. »Als er herkam, musste ich ihm erst einmal Italienisch beibringen. Ich!«

Beide Männer grinsten einander verschwörerisch an.

»Sie ahnen gar nicht, Mara«, fuhr der ehemalige Ispettore gutgelaunt fort, »was ich mir in den Jahren alles über meinen Akzent anhören musste. Oder dass hier in jedem Dorf ein anderes Deutsch gesprochen wird. Na ja, richtiges Deutsch ist das wahrlich nicht. Aber zeig mir mal einen einzigen Mann aus dem Süden, der ein verständliches Italienisch spricht. Den findest du nicht! Wer ohne Dialekt ist, der werfe den ersten Stein.«

Amirante legte eine Hand auf die Brust und neigte reumütig den Kopf. »Ich weiß nicht, wovon du sprichst.« Dann folgte ein Satz, von dem Mara kein Wort verstand, obwohl es sogar irgendwie vertraut klang.

»Barese«, erklärte er wieder verständlich. »Ich bin aus Bari, mein Elternhaus steht direkt am Meer.«

Bevor Johann eine weitere spöttische Bemerkung loswerden konnte, bemerkten alle drei, dass Tasso auf sie zukam. Er wirkte besorgt, und sofort wurden sie ernst.

Wortlos setzte Tasso sich hinter seinen Schreibtisch und fuhr sich mit beiden Händen übers Gesicht. Amirante verzog sich mit einem stummen Winken zurück hinter den Garderobenständer zu seinem Arbeitsplatz.

Johann beugte sich zu Tasso. »Ist alles in Ordnung?«, fragte er auf Deutsch.

»Ja, schon gut. Es geht gleich wieder. Freitag ist meine Anhörung. Du weißt schon, wegen der Schießerei.« Er schien sich Sorgen zu machen und wich ihren Blicken aus.

Mara hatte gar nicht gewusst, dass ihn das Thema so belastete. Sie hatte die Auseinandersetzung nicht selbst miterlebt und nur später von Ricardo Bosco eine Schilderung der Ereignisse erhalten, der mit großer Bewunderung von Tassos persönlichem Einsatz schwärmte. Der Commissario habe ihm das Leben gerettet.

Tasso streckte den Rücken durch, dass es in seinem Nacken knackte. »Genug davon. Das muss warten. Wir haben einen Toten und wissen nicht, was passiert ist. Mancuso hat mir heute Morgen schon berichtet, dass er nichts zu berichten hat. Ich treffe ihn am Nachmittag in Tramin. Wie sieht es bei euch aus? Mara? Johann? Was habt ihr herausgefunden?«

»Ich kann ab zwölf die Fotos abholen, die ich gestern gemacht habe.« Sie zog endlich ihren Pelzmantel aus und setzte sich nach einem Wink von Johann auf den einzigen Stuhl.

Johann zog sich einen vom Nachbarschreibtisch heran und ließ sich darauf plumpsen. »Ist schwierig. Ich habe gestern mit allen gesprochen, deren Namen ich hatte. Dazu mit Wilhelm Mayr, dem Wirt des *Goldenen Löwen*.«

»Noch ein Mayer?«

»Ja, aber der schreibt sich hinten ohne ›e‹. Der Mann hat etwas zurückgehalten. Da bin ich mir sicher, so verstockt wie der war.«

Tasso merkte auf. »Weshalb? Was denkst du?«

Johann legte seine Hände auf die Knie. »Vielleicht einfach Vorbehalte gegen die Polizei. Vielleicht will er jemanden decken. Vielleicht weiß er etwas.«

»Mara, könnten Sie einmal mit ihm sprechen? Bei Ihnen wird er sicherlich nicht vermuten, dass Sie zu uns gehören.«

»Ich kann es versuchen. Doch leider hat er mich gestern Abend zusammen mit Mancuso gesehen.«

Tasso fluchte lautlos.

»In welche Richtung ermitteln wir denn überhaupt, Aurelio? War es ein Unfall? Oder Absicht? Hat es jemand auf Georg Mayer abgesehen?«

»Was glaubst du, Johann?«

Der Angesprochene schaute sie beide nachdenklich an. »Es ist ein wenig seltsam. Alle, mit denen ich gesprochen habe, wollten mir versichern, was für ein toller Kerl der Schorsch gewesen ist. Mit allen gut Freund, und die Mädchen stehen auf ihn. Die Familie ist alteingesessen, bestellen vermutlich schon seit der Römerzeit einen Weinberg. Der Hof, seit dem Krieg in eine Pension umgebaut, ist eines der ältesten Gebäude von Tramin.«

»Aber?«

»Ich weiß es nicht. Sag du es mir, Aurelio.«

Tasso lehnte sich zurück und starrte eine Zeitlang ins Leere. »Was du gehört hast, deckt sich mit dem, was Manfred Oberhofer ausgesagt hat«, meinte er endlich. »Alle mochten den Schorsch. Zugleich hat er aber auch gemeint, es müsse Absicht gewesen sein. Er glaubt nicht an einen Unfall.«

»Und du auch nicht.«

»Ebenso wenig wie du.«

Johann bewegte kaum den Kopf, nur einmal nach rechts, dann nach links.

Mara bemerkte, dass sie den Atem angehalten hatte. In der kurzen Zeit, seit sie mit Commissario Aurelio Tasso zusammenarbeiten durfte, hatte sie ihre Meinung über ihn mehrmals ändern müssen. Hatte er sie anfangs eher schroff behandelt und sich abweisend verhalten, nahm er sie im Laufe ihrer ersten gemeinsamen Ermittlung immer ernster. Nachdem Questore Bruno Visconti entführt worden war, hatte sie erlebt, wem seine unerschütterliche Loyalität galt – aber auch, wie einsam er zu sein schien. Und jetzt, in diesem Gespräch mit seinem einstigen Mitarbeiter, bekam sie einen Eindruck davon, wie die beiden als Team harmoniert haben mussten. Es schien mehr Gemeinsamkeiten zwischen dem vierschrötigen Südtiroler und dem grimmigen Römer zu geben, als es auf den ersten Blick den Anschein hatte.

Tasso nahm eine Schachtel Zigaretten, die auf dem Schreibtisch lag, betrachtete sie nachdenklich und legte sie dann in eine Schublade.

»Aschermittwoch, Beginn der Fastenzeit. Keine Zigaretten«, erklärte er seufzend. »Also gut. Nein, ich glaube ganz und gar nicht an einen Unfall. Weil dann nämlich jemand etwas gesehen hätte. Da hätten wir jetzt den Schreibtisch voller Augenzeugenberichte. Stellt euch doch beispielsweise diese Situation vor: Ein Betrunkener in einer Menschenmenge fuchtelt mit einem spitzen Gegenstand herum – was weiß ich, eine Kostümrequisite wie ein spitzer Knochen oder eine zerbrochene Weinflasche. Allein das kann ich mir schon schwer vorstellen. Aber angenommen, es war so oder ähnlich. Unser Täter schlitzt also dem Mayer versehentlich den Hals auf. Was würde er tun?«

»Er merkt, dass er jemanden verletzt hat«, nahm Johann den Faden auf. »Dann würde er selber Alarm schlagen, den besagten Gegenstand wahrscheinlich fallen lassen und um

Hilfe rufen. Vielleicht würde er sogar selber helfen. Aber er würde sich nicht einfach aus dem Staub machen. Und falls doch, würde er vermutlich eher in blinder Panik davonrennen, und das muss jemandem auffallen.«

»Wenn er aber so viel Schnaps getrunken hat, dass er gar nicht bemerkt, was er angerichtet hat«, führte Mara das Gedankenspiel fort, »würde er sich nicht von der Stelle rühren. Er würde bleiben, den Gegenstand immer noch in der Hand. Vielleicht würde er sogar weitere Personen verletzen, bis es jemand bemerkt und ihn stoppt.«

»Richtig«, übernahm Johann wieder. »Was ziemlich schnell passieren würde, denn Georg Mayer oder Manfred Oberhofer hat ja geschrien wie am Spieß. Umstehende würden ihm das spitze Ding aus der Hand reißen, er würde es nicht verstecken. Warum sollte er auch?«

»Alles richtig.« Tasso erhob sich und zog seinen Mantel von der Garderobe. »Johann, wir fahren nach Tramin. Wir müssen mit der Familie sprechen und ein Schnappviech finden.«

»Ein Schnappviech? Ich dachte, du wärst schon wieder nüchtern.«

»Es ist ein Augenzeuge.«

»Das erklärt natürlich alles.«

»Mara, Ihre Fotos soll Mancuso abholen und direkt zu Dottore Agnelli ins Hospital bringen. Sie fahren erst einmal nach Hause. Bruno hat nichts dagegen, wenn Sie Ihr Praktikum wieder aufnehmen und mich begleiten. Aber er hat betont, dass das mit Ihrem Vater abgeklärt werden muss. Nicht, dass es wieder Ärger mit Signor Oberhöller gibt.«

Mara schlug die Augen nieder und ignorierte Johanns neugierige Miene. Während der Entführung des Questore im Januar hatte sie ihrem Vater alles verschwiegen, was sie nach Anweisung Tassos und bestem Wissen getan hatte. Jakob Oberhöller war nicht im Geringsten begeistert gewesen, die Details aus der Zeitung zu erfahren.

»Wir treffen uns um vier Uhr am Rathaus von Tramin. Mara, schaffen Sie das bis dahin?«

»Ich denke schon.« Sie würde erst einmal zu Hause anrufen. Vielleicht konnte sie sich den Weg nach Meran sparen. Einen Koffer zum Übernachten und ein wenig Kleidung zum Wechseln hatte sie ja dabei. Als hätte sie es geahnt, hatte sie viel mehr eingepackt, als für diese eine Nacht nötig gewesen wäre.

»Johann, wir fahren sofort los und schauen, mit wem wir reden können. Ich habe sechs Namen von Personen auf meiner Liste, die mir Manfred Oberhofer genannt hat. Das ist die Clique und dazu eine Annegret Kofler – keine Ahnung, ob die wichtig ist, den Namen hat er ziemlich willkürlich fallen lassen. Aber sie soll in der Nähe gewesen sein, also schadet es nicht, mit ihr zu sprechen. Ach ja, Sie, Mara, reden mit dem Löwenwirt. Vielleicht haben Sie Glück und finden heraus, warum der so verstockt ist. Noch Fragen?«

»Nein.«

»Alles klar.«

»Dann los.«

***

Gegen halb zwei marschierte Mara in Richtung Rathausplatz. Das Wichtigste, den Anruf nach Hause, hatte sie da schon erledigt. Ihre Mutter war erleichtert, von ihr zu hören. Natürlich hatte sie längst von dem Vorfall beim Egetmann erfahren. Wie erwartet war sie nicht glücklich über Maras Entscheidung, wieder ermitteln zu wollen, aber sie war auch der

Meinung, dass sie ihrer erwachsenen Tochter diesbezüglich keine Vorschriften machen sollte, und ließ sie gewähren. Daher hatte Mara entschieden, sich in Tramin ein Zimmer zu nehmen, das ersparte ihr einigen Weg.

Danach hatte alles sehr viel länger gedauert als geplant, da sie und Pino Mancuso sich verpassten, sodass sie die Fotos entgegen Tassos Anweisung selbst abholte und mit einem Taxi ins Hospital in die Rechtsmedizin brachte. Wenn sie ehrlich war, bedauerte sie das kein bisschen, denn so hatte sie die Fotografien, die sie vor dem Unglück gemacht hatte, aussortieren können. Notfalls hätte sie in Kauf genommen, dass Dottore Agnelli die Schnappschüsse von und mit Veronika zu sehen bekam – es waren auch keine über Gebühr peinlichen Bilder dabei. Aber so war es ihr doch lieber.

Blieb noch das Gespräch mit dem Löwenwirt. Mara hatte ihre Zweifel, dass sie da etwas erreichte. Vielleicht half es, wenn sie nach einem Zimmer fragte.

»Signorina Oberhöller?«

Mara schaute sich suchend um. Die Stimme kam ihr vage bekannt vor. Sie entdeckte die Gestalt eines drahtigen Mannes in einem schwarzen Mantel an der Ecke eines alten Hofes.

Das war doch …?

Er lupfte seinen weißen Hut und lächelte sie an. Es wirkte beinahe schüchtern und so ganz anders als noch an dem Morgen ihrer ersten Begegnung.

»Signor di Fabar! Verzeihung, ich habe Sie ohne Uniform nicht sofort erkannt.«

»Ja, das dachte ich mir.« Er streifte mit den Fingern über die Mantelaufschläge. »Was für ein schöner Zufall, dass ich Sie heute schon wieder treffe. Ich wollte mich entschuldigen. Wegen heute Morgen. Sie können ja nichts dafür und ich auch nicht. Ich meine, es ist zwar richtig, dass wir ermitteln, das ist ja so üblich, denn hier sind wir eben zuständig, aber ...« Er lächelte schon wieder, neigte den Kopf und lugte unter der Hutkrempe zu ihr auf. »Wollen wir vielleicht einen Kaffee trinken?«

»Das kommt etwas überraschend.«

»Wie gesagt, ich sah Sie zufällig die Straße hinaufkommen. Ich wollte eigentlich einkaufen. Wie Sie ganz richtig bemerkt haben, bin ich gerade nicht im Dienst.« Jetzt schaute er sie direkt an. »Im *Goldenen Löwen*?« Er winkte mit der Hand über seine Schulter in die Richtung, in die Mara unterwegs war.

»Tut mir leid, das geht nicht. A... aber das hat nichts mit Ihnen zu tun. Besser gesagt, nicht direkt«, stammelte Mara. Sie sollte versuchen, etwas aus dem Wirt herauszubekommen. Das würde ihr kaum besser gelingen als Johann Vierweger, wenn sie in Begleitung des ortsansässigen Carabiniere auftauchte.

Di Fabar verstand sie offenbar falsch. Sein Lächeln erstarb, er trat sogar einen Schritt zurück, sodass es wirkte, als wolle er auf dem Absatz kehrtmachen.

Mara stellte ihren Koffer ab und hob beschwichtigend beide Hände. »Der Löwenwirt könnte etwas beobachtet haben. Ich muss mit ihm sprechen und ihn davon überzeugen, eine Aussage zu machen.«

»Und da meinen Sie, das wird Ihnen besser gelingen, wenn ich nicht dabei bin?« Sofort grinste er schon wieder amüsiert.

Sie erwiderte nichts.

»Es fällt mir schwer, das zuzugeben, aber vermutlich haben Sie da sogar recht. Nun, ich weiß allerdings schon, was Sie herauszufinden hoffen.«

»Was meinen Sie damit?«

Er wurde ernst, schüttelte den Kopf. »Das verrate ich Ihnen nur, wenn Sie mit mir ausgehen.«

»Das ist ja mal eine charmante Erpressung.«

»Nur so wäre es eine ganz und gar private Plauderei, bei der ich ... vielleicht ein oder zwei interessante Bemerkungen über meinen Beruf fallen lasse.« Er hob die Augenbrauen.

»Ich verstehe, worauf Sie hinauswollen. Also eine Verabredung. Ganz privat, nur wir beide.« Möglicherweise wusste er wirklich etwas. Falls er sie nur ködern wollte und noch etwas anderes im Sinn hatte, musste sie sich ja nicht darauf einlassen.

»Wie wäre es dann statt des Kaffees mit einem Essen heute Abend? Ich kenne eine gute Pizzeria hier in der Nähe. Die betreibt eine Neapolitanerin, etwas Authentischeres bekommen Sie nicht einmal in Bozen.«

»Ach ja? Und warum sollte mich authentische Pizza interessieren? Ich bin Südtirolerin.«

Er kniff die Augen zusammen, musterte sie einen Moment. »Ja, das stimmt. Aber eine, die über den Tellerrand hinausdenkt und für neue Erfahrungen offen ist.«

»Jetzt übertreiben Sie nicht. Ich habe schon so manche Pizza gegessen, auch sehr gute.«

»Ich hole Sie ab. Um sieben?«

»Wobei ich wirklich für Sie hoffe, dass Sie eine Information von Wert haben und nicht einfach daherreden.«

»Wo finde ich Sie?«

»Ich versuche, im *Goldenen Löwen* ein Zimmer zu bekommen. Holen Sie mich um sieben ab.«

»Sie werden es nicht bereuen, das verspreche ich Ihnen. Ich gehe hier entlang, dann kann der Wirt nicht sehen, dass wir miteinander gesprochen haben. Viel Erfolg.« Er lächelte ein letztes Mal zum Abschied und ging an ihr vorbei.

Mara nahm ihren Koffer auf und sah ihm hinterher. Sie fragte sich, was er gemeint hatte, das sie nicht bereuen würde: die Pizza, die Information oder allgemein das Treffen mit ihm?

7. Kapitel, in welchem Tasso und Vierweger auf Großwildjagd gehen

Der kräftige Mann, der am Vortag seinen großen Auftritt als Metzger der Schnappviecher gehabt hatte, hieß Matthias Reschner und stellte sich auch im echten Leben als Inhaber der Fleischerei des Ortes heraus. Gerade stand er hinter der Theke seines Geschäftes. Er hängte den Hörer des Wandtelefons ein und wandte sich Tasso und Vierweger zu. »Ich habe meinen Sohn erreicht. Er kommt gleich und bringt Sie zur Scheune vom Wörndl. Bei dem lagern wir das ganze Zeug.«

»Danke schön, Signor Reschner«, sagte Tasso.

Vierweger nickte und betrachtete sehnsüchtig die Auslage an frischen Koteletts. »Verkaufen Sie davon heute überhaupt etwas? Müssten doch alle Fisch essen, oder?«

Matthias Reschner zuckte mit den Schultern. »Sie ahnen gar nicht, wie viele das mit der Fastenzeit nicht mehr so genau nehmen. Aber es ist die Aufgabe des Kurat, die Leute mit seinen Predigten zu erziehen, nicht meine. Meine Frau hat für heute Forellen gekauft.«

Tasso nickte. An einem normalen Aschermittwoch wäre er heute Abend zur Messe im Bozner Dom und anschließendem Fischessen mit seiner Tante Hedwig verabredet; ob er das jedoch schaffen würde, stand noch in den Sternen. Vierweger hatte schon vorgeschlagen, den Abendgottesdienst in der Traminer Pfarrkirche zu besuchen. Vermutlich würde ihnen nichts anderes übrigbleiben, je nachdem, wann sie hier wegkamen.

Die Ladentür öffnete sich unter eifrigem Bimmeln eines Glöckchens über dem Sturz. Gemeinsam mit einem Schwall kalter Luft kam ein Halbwüchsiger herein, den breiten Schultern sowie dem runden Gesicht nach unverkennbar der Sohn des Metzgers.

»Laurenz, das sind die Herren von der Polizei. Führ sie zur Scheune und beantworte ihnen alle Fragen.«

»Geht's um den Schorsch? Üble Sache.« Laurenz steckte die Hände in die Taschen seiner Cordhose. Er trug keine Jacke, nicht einmal eine Weste, nur ein dickes Flanellhemd. Bei dem Anblick zog Tasso fröstelnd seinen Mantel enger um sich.

»So ist es«, sagte Vierweger. »Wir brauchen den Namen von dem Schnappviech, das durch die Zuschauermenge gelaufen ist und diesen Aufruhr verursacht hat.«

Der Junge grinste breit. »Na, das Schnappviech heißt Wudele. Sie heißen alle Wudele.«

»Laurenz!«, tönte es scharf hinter der Theke.

Der Bursche hob beschwichtigend beide Hände. »Schon gut. Sie wollen wissen, wer die Maske getragen hat. Hab ich verstanden. Können Sie ungefähr beschreiben, wie der Kopf aussah?«

Tasso schüttelte den Kopf. »Nein, das ging zu schnell. Genau deshalb hatte dein Vater die Idee, dass wir uns die Masken ansehen. Dann erinnere ich mich sicherlich wieder, und du sagst uns, wer sie getragen hat.«

»Kein Problem.« Er winkte und war schon wieder aus der Tür, noch bevor jemand etwas ergänzen konnte.

Tasso und Vierweger verabschiedeten sich und folgten ihm. An einer Straßenecke sahen sie eine Frau mit Kopftuch, die verstohlen an der Häuserwand entlangschlich und dann, als sie glaubte, dass niemand sie beobachtete, die Fleischerei betrat.

Laurenz lachte. »Haben Sie die gesehen? Das war Frau Sonnleitner. Die glaubt jetzt, dass sie niemand bemerkt hat, wie sie in Tatas Laden geht, dabei sind wir sicher nicht die Einzigen, die sie beobachtet haben. Hier wissen immer alle über alles Bescheid.«

»Natürlich.« Bei sich dachte Tasso, dass der Bursche ihm soeben auch den Beleg für seine Vermutung geliefert hatte, dass die Männer den Frauen in nichts nachstanden, wenn es um Tratsch ging. Und wenn er ehrlich war, kam ihm das ausnahmsweise einmal ganz recht. Es war seine Chance, die Person zu finden, die Georg Mayer getötet hatte. Wenn es wider Erwarten nicht doch ein Unfall oder ein dummer Zufall war, gab es da draußen Menschen, die etwas wussten, die etwas vermuteten, die etwas gesehen hatten. Die Frage war allerdings, ob sie bereit waren, mit der Polizei zu reden.

Laurenz führte sie in raschem Tempo durch die verlassenen Straßen zum westlichen Dorfrand. Die Wolken hingen tief, und es war düster, als würde die Dämmerung bald hereinbrechen, dabei war es kaum später Mittag. Die Luft war feucht und roch nach Schnee.

»Wie war denn der Georg Mayer so?«, fragte Tasso laut. Sein Atem stieg als weiße Wolke vor seinem Mund auf. »Kanntet ihr euch gut?«

»Nein, gar nicht, tut mir leid. Klar, ich weiß schon, wer er ist, und wir sehen uns hin und wieder. Also … sahen uns, besser gesagt. Aber darüber hinaus hatten wir nichts miteinander zu schaffen.«

»Wie alt bist du?«

»Ich bin siebzehn, werde nächsten Monat achtzehn.«

Damit wunderte sich Tasso nicht darüber, dass die beiden

keinen Kontakt miteinander gehabt hatten. Das Opfer war vierundzwanzig, in dem Alter bedeutete dieser Unterschied eine ganze Generation.

»Haben Sie vielleicht eine Zigarette?«

Tasso klopfte auf seine Manteltaschen, fand eine angebrochene Packung und reichte sie Laurenz. »Sind noch drei drin, die kannst du behalten.«

»Danke! Ich komm nur schwer an welche ran. Meine Mutter sieht es nicht gern, wenn ich rauche.«

»Und ich würde dich auch übers Knie legen, wenn du mein Sohn wärst«, brummte Vierweger so leise, dass der Bursche es nicht hören konnte.

Warum er das sagte, erschloss sich Tasso nicht. Sicher, sie beide würden bis Ostern auf das Rauchen, Alkohol und fettes Essen verzichten, das war völlig selbstverständlich. Aber was die Jugend von heute anbelangte, machte er sich da schon lange keine Illusionen mehr. Manchmal hatte er ja sogar selbst seine schwachen Momente und zweifelte, ob das alles so seine Richtigkeit hatte. So wie im Januar, als er im Wald diesem Mann begegnet war, der Bruno Visconti entführt und all die Erinnerungen an die Zeit bei der *resistenza* geweckt hatte. Damals hatte er sich oft genug gefragt, was für ein Gott so etwas wie diesen Krieg geschehen ließ. Nicht wenige Kirchenmänner hatten sich ebenfalls nicht gerade rühmlich verhalten, hatten kollaboriert und den Faschisten oft genug in die Hände gespielt.

»Da sind wir!«, riss Laurenz ihn aus seinen Gedanken. Sie standen am westlichen Dorfrand, wo sich einige Bauernhöfe mit ihren Wirtschaftsgebäuden befanden. Laurenz warf die Zigarettenkippe einfach zu Boden und trat sie aus. Dann bog er nach links in eine Einfahrt und hielt auf eine Scheune aus grauem Lärchenholz zu. An der Straßenecke blickte ihm ein blutüberströmter Jesus von seinem Wegekreuz aus ziemlich empört hinterher. Zumindest empfand Tasso den Blick der Holzfigur als tadelnd.

Er und Vierweger folgten in die Scheune. Das Tageslicht drang nur spärlich durch ein paar kleine Luken unterhalb des Dachs.

Laurenz nahm eine Sturmlaterne von einem Regal neben der Tür und entzündete sie. »Elektrisches Licht gibts nicht, tut mir leid.« Er hob die Laterne und ging voraus. Staub tanzte durch die stickige Luft.

Nur mit Mühe unterdrückte Tasso einen erschrockenen Aufschrei. Sogar Vierweger atmete neben ihm vernehmlich durch. Sie waren umringt von ungefähr einem Dutzend Schnappviechern. Die Köpfe hingen an Fleischerhaken von mehreren Querbalken und pendelten hin und wieder im Luftzug. Ihre Klappmäuler standen offen, entblößten Zahnreihen, die sich hell vor rot leuchtenden Schlünden abhoben. Unter jedem Kopf befand sich der »Körper« des zugehörigen Viechs, gefertigt aus Säcken und Fellen, die über Holzgerüsten ausgebreitet waren. Erst als Laurenz drei, vier Schritte weiterging und das Licht tiefer in den Raum reichte, entdeckte Tasso Stöcke und Latten, die an den Holzgerüsten lehnten. Mit diesen wurden die schweren Köpfe getragen. Ein ausgewachsenes Schnappviech konnte es so auf bis zu drei Metern Höhe bringen.

Es waren nur Verkleidungen, ordentlich aufgereiht in einer Scheune, und dennoch ... In diesem flackernden Lichtstrahl und mit den sanft schaukelnden Köpfen überlief es Tasso eiskalt. Er spreizte Zeige- und kleinen Finger zur *corna*, um das Böse abzuwehren. Aufmerksam achtete er darauf, dass Vierweger es nicht mitbekam.

Laurenz beschrieb mit dem Arm einen Halbkreis. »Bis auf die drei, die hier ganz rechts hängen, waren alle Kostüme gestern im Einsatz; also acht Träger und dazu mein Vater als Metzger.«

Tasso räusperte sich. »Ist das eigentlich üblich, dass auf diesen Umzügen die Rollen gespielt werden, die den Berufen im echten Leben gleichen? Ich meine, der ortsansässige Fleischer spielt einen Metzger, der Bürgermeister einen Ratsherren.«

Laurenz lachte. »Und die Truppe mit der Altweibermühle führt der Bäcker. Ja, da ist was dran. Bei uns ist das wirklich so, ist vielleicht aber auch Zufall. Keine Ahnung, wie sie das anderswo halten.«

»Komm schon, Aurelio, welches Wudele war es denn jetzt?« Vierweger gab ihm einen sanften Stoß in den Rücken.

Widerstrebend näherte Tasso sich den Kostümen. Er musste sich zwingen, den Schnappviechern in die Gesichter zu schauen. Natürlich waren diese Augen alle nur aufgemalt, und dennoch fühlte er ihre Blicke auf sich gerichtet. Hinter den Holzgerüsten wisperten Mäuse oder Ratten in der Dunkelheit der Scheune.

Laurenz trat neben ihn und leuchtete die Klappmäuler heller aus. »Sie sind alle unterschiedlich, runde oder eckige Zähne, kleine oder große Hörner … Da hat jeder Träger so seine Vorlieben. Die zweite Maske von links ist die von meiner Familie. Es ist auch die älteste; mein Großvater hat sie gebaut, noch vor dem Großen Krieg.«

»Dann ist es ja ein kaiserliches Schnappviech«, witzelte Vierweger.

»Ich finde, das gehört eher in ein Museum«, meinte Tasso. Wenn es nach ihm ginge, konnten all diese Masken auch auf den Müll. Hauptsache, es lief niemand mehr damit über die Straße, um Leute zu erschrecken.

»Diese hier war es jedenfalls nicht, dieses Wudele wurde geschlachtet.« Vierweger zeigte auf ein Kostüm rechter Hand.

»Könnte es die hier ganz links außen gewesen sein?«, fragte Tasso. »Johann, du hast es doch auch gesehen.«

»Tut mir leid, nur von hinten. Es ging alles so schnell.«

»Oder die?« Tasso starrte der Maske in die schwarzen Augen. Sie starrte zurück. Das Seil, an dem sie hing, knarzte leise, als sie sich in einem Windhauch bewegte.

»Die sind beide von den Unterbachers. Alfons und Rudolf sind Cousins. Die sind gestern mitgelaufen. Kann schon sein, dass es einer von den beiden war. Alfons neigt schon mal zu spontanen Aktionen. Dem traue ich es zu, dass der einfach so durch die Menge rennt.«

»Probieren wir es bei den beiden. Laurenz, kannst du uns eine Liste mit Namen aufschreiben, wer noch bei eurer Truppe dabei ist? Wenn es geht, lasst die Kostüme hier so hängen. Alles bleibt fürs Erste unverändert.« Tasso hatte wieder die Stimme von Manfred Oberhofer im Ohr, der seinen Verdacht gegenüber dem Schnappviech geäußert hatte. Da sie nicht ausschließen konnten, dass es – oder er, also der Träger – nicht doch der Täter war, war es besser, die Übersicht zu behalten. Zu schade, dass Mara mit ihrer Kamera nicht mitgekommen war.

»Ich sag's den anderen. Aber hier räumt erst einmal niemand auf, machen Sie sich keine Sorgen.«

»*Va bene.* Wo finden wir die Unterbacher Schnappviecher?«

»Alfons wohnt bei seinen Eltern in der Pension Alpenrose, die liegt in der Straße parallel zur Hauptstraße, hinterm Rathaus. Rudolf wohnt im Söll, das ist ein Weiler hier die Straße hinauf.«

»Johann, wollen wir uns trennen?«

»Geh du zum Alfons, ich nehme mir den Rudolf vor.«

»Gut, dann treffen wir uns in einer Stunde vor dem Rathaus. Danke, Laurenz, dass du uns hergebracht hast. Wir brauchen dich nicht mehr.«

»Wenn's weiter nichts ist.« Übermütig tippte Laurenz eine Maske an, und sie pendelte wild hin und her. Das halb geöffnete Maul klappte auf, der Unterkiefer fiel mit einem scharfen Klacken nach unten. Der Bursche machte einen überraschten Satz nach hinten und schwang die Laterne. Wild schwingende Schatten ließen die Masken für einen Moment lebendig werden.

»Da hat wohl ein Scharnier geklemmt, was?« Laurenz kicherte nervös.

Tasso sah zu, dass er aus der Scheune hinauskam. Die anderen beiden folgten ihm.

***

Ein ganz feiner Schneegriesel hatte eingesetzt und benetzte das Kopfsteinpflaster. Der einsame Fußmarsch durch das stille Dorf tat Tasso gut. Immer wieder bewegte er die Aussage und das Verhalten Manfred Oberhofers in Gedanken hin und her. Er hatte als Erstes den Samen des Zweifels gesät. Warum glaubte der Freund des Opfers nicht an einen Unfall? Er verbarg etwas. War er sogar der Täter? Tasso entschied, dass er unbedingt noch einmal mit dem jungen Mann sprechen musste, und zwar möglichst ohne dass der mit Alkohol und Beruhigungsmitteln vollgepumpt war.

Und Georg Mayer? Schorsch, der mustergültige Sohn, bedachte er die Worte des Vaters. Vierweger hatte bereits erwähnt, wie alteingesessen die Familie war, und das Gespräch mit dem Familienoberhaupt in der Pension Mayer am späten Vormittag hatte keine neuen Erkenntnisse gebracht. Georg war zum Hoferben bestimmt gewesen, seine drei älteren Schwestern waren bereits alle verheiratet und aus dem Haus. Im Haushalt der Eltern lebte neben Georg nur noch der jüngste Bruder Stefan. Tasso hatte ein Gespräch verlangt, bei dem die Geschwister und die Eltern allesamt anwesend sein sollten. Benedikt Mayer hatte versprochen, die Familie für den nächsten Morgen vollzählig einzuberufen.

Tasso wusste eines aus jahrelanger Erfahrung: Es gab kaum einen Menschen, über den es nur Gutes zu berichten gab. Es gehörte zum Menschsein, Fehler zu haben, Schwächen zu zeigen. Wo Licht war, war stets auch Schatten. Diese schon beinahe engelhafte Beschreibung des Toten, den alle so fürchterlich gerngehabt hatten, machte ihn misstrauisch.

Das war ein weiterer Grund, warum *er* nicht an einen Unfall glaubte.

Er erreichte den Rathausplatz und blickte sich suchend um.

»Grüß Gott. Suchen Sie jemanden?«

Eine großgewachsene Frau um die vierzig kam auf ihn zu. Sie trug einen modern geschnittenen dunkelroten Mantel, der ihr gerade bis zu den Knien reichte. Ihr Rock darunter war kaum länger. Oder, um es mit Tante Hedwigs Worten auszudrücken, skandalös kurz. Unwillkürlich fragte sich Tasso, wie die Dorfgemeinschaft darüber dachte.

»Ich suche den kürzesten Weg zur Pension Alpenrose. Die soll in der Nähe des Rathauses sein.«

»Stimmt, da gehen Sie da vorne die Gasse zwischen den beiden Häusern runter, dann kommen Sie auf die Querstraße, an der müssen Sie nach links.« Sie streckte eine Hand mit einem eleganten Lederhandschuh aus. »Die Pension liegt nach ungefähr fünfzig Metern auf der rechten Straßenseite. Sie können Sie von der Gasse aus schon sehen.«

»Herzlichen Dank.«

Die Frau musterte ihn neugierig. »Sind Sie von der Polizei?«

»So ist es. Commissario Tasso aus Bozen. Mit wem habe ich das Vergnügen?«

»Annegret Kofler. Ich arbeite im Rathaus, bin gerade auf dem Weg dorthin. Und ich muss jetzt auch los. Der Bürgermeister hat heute Nachmittag ein Gespräch mit zwei Reportern.«

»Selbstverständlich.« Auch das noch. Sicher, die mussten berichten. Dennoch hoffte Tasso, dass er jeglichen Presseleuten aus dem Weg gehen konnte. Hier auf dem Platz lauerte zum Glück im Moment niemand.

Er verabschiedete sich und wollte schon weitergehen, als ihm der Name der Frau bewusst wurde. »Signora, warten Sie bitte.«

»Signorina, wenn es Ihnen nichts ausmacht.«

»Signorina Kofler, Manfred Oberhofer hat ausgesagt, er habe Sie gestern in der Nähe des Opfers gesehen, kurz bevor es passiert ist.«

»Wie bitte? Nein, ganz bestimmt nicht.« Sie wölbte ihre fein manikürten Augenbrauen.

»Wieso nicht? Wo waren Sie denn?«

»Was meinen Sie denn mit: Wieso nicht? Warum sollte ich mich in seiner Nähe aufhalten? Ich kenne den Schorsch nur als Sohn eines der Winzer aus dem Ort. Keine Ahnung, warum der Fredl so etwas behauptet.« Sie zeigte auf die Freitreppe. »Ich war am Rathaus, also gegenüber auf der anderen Straßenseite.«

»Haben Sie denn etwas gesehen?«

Ihr Blick wurde spöttisch. »Sie meinen einen Mann mit einem Messer oder so? Bedaure, nein. Ich habe den Umzug beobachtet. Erst als die Carabinieri in Richtung dieses Aufruhrs liefen, habe ich begriffen, dass etwas Außergewöhnliches passiert sein musste. Und jetzt entschuldigen Sie mich bitte.«

Sie ließ ihn einfach stehen. Tasso war so überrascht, dass er nicht einmal wusste, ob er beleidigt sein sollte. Dann machte er sich schulterzuckend auf zur Pension Alpenrose. So eine fesche Signorina hätte er hier auf dem Dorf niemals erwartet. Die Frage, warum sie nicht verheiratet war, schoss ihm durch den Kopf, aber da es Leute gab, die sich das Gleiche bezüglich seiner Person fragten – allen voran Tante Hedwig –, lag es ihm fern, das zu bewerten.

Kurz darauf stand er vor dem Haus, auf dessen Wand in geschwungenen Buchstaben *Pension Alpenrose – Garni* geschrieben stand. In den Blumenkästen an den Balkonen aus dunklem Holz steckten vertrocknete Tannenzweige und Stechpalmen mit roten Beeren.

Tasso klingelte, wartete vergeblich, dass ihm jemand aufmachte, und ging dann seitlich am Haus vorbei durch eine offen stehende Gartenpforte. Schon an der Haustür hatte er geglaubt, Geräusche von dort zu hören. Und richtig, da hackte ein junger Mann mit nacktem Oberkörper Holz, während ein älterer – bekleidet mit einer wattierten Jacke – die Scheite an der Hauswand unter ein Dach stapelte.

»Alfons Unterbacher?«

Der junge Mann hielt inne, das Spaltbeil halb erhoben. »Wer will das wissen?«

»Commissario Tasso aus Bozen. Ich möchte mich mit Ihnen über den Vorfall von gestern unterhalten.«

»Ich habe nichts zu sagen.«

»Ich habe aber Fragen zu stellen.«

»Die habe ich schon alle beantwortet.«

»Ach ja, wem denn?«

»Der Polizei.«

»Den Carabinieri?«

»Oder denen.«

»Dann tut es mir leid, aber sie werden Sie ein weiteres Mal beantworten. Und zwar mir.«

»Und wenn ich nicht will?«

Tasso trat einen Schritt auf Alfons Unterbacher zu. Der hielt immer noch das Spaltbeil vor dem Körper. An der Klinge hingen Holzfasern. Der ältere Mann, in jeder Hand einen Scheit, richtete sich auf und ließ seinen dunklen Blick von einem zum anderen wandern.

»Ich weiß, dass Sie etwas ganz anderes *nicht* wollen, nämlich eine Vorladung nach Bozen. Ich kann Sie auch in Beugehaft nehmen. Ist Ihnen bewusst, dass Sie da gerade einen Polizisten mit einem Beil bedrohen?«

Alfons Unterbachers Brust hob und senkte sich mit jedem Atemzug. Dampf stieg von seinem Körper auf. Einen Augenblick lang schien er unschlüssig, was er tun sollte. Tasso rührte sich keinen Zentimeter von der Stelle. Schließlich hob sein Gegenüber das Beil und ließ es auf den Hackklotz sausen, wo es zitternd stecken blieb.

»Kommen Sie ins Haus. Tonio, mach Pause, *riposo*!«, herrschte er den älteren Mann an. Mit einem schnellen Griff riss er ein Hemd vom Haken neben dem Holzstapel und verschwand hastig durch die Hintertür ins Haus. Dennoch bemerkte Tasso interessiert einen riesigen blauen Fleck und mehrere kleinere in Höhe der Nieren.

Er folgte dem jungen Mann bis in ein Frühstückszimmer, in dem ein uralter gemauerter Rundofen bullerte.

»Wer ist Tonio?«, fragte er als Erstes.

Alfons Unterbacher nahm eine Wasserflasche von einer Anrichte mit Frühstücksgeschirr und trank daraus. Tasso knöpfte seinen Mantel auf und blieb stehen, wo er war.

»Hilfsarbeiter. Der hat nix damit zu tun, kommen Sie nicht auf falsche Gedanken. Der war gestern nicht einmal hier. Süditaliener, für den ist der Egetmann nichts.«

»Sie dagegen waren gestern eines der Schnappviecher.«

»Na und? Ist nicht verboten.« Er stellte die Wasserflasche mit einem Knall ab, lehnte sich an die Anrichte und verschränkte die Arme. »Was wollen Sie?«

»Ich möchte wissen, was gestern hier geschehen ist. Sie nicht? Es gibt einen Toten.«

»Weiß ich.«

»Kannten Sie sich?«

»Wir waren locker befreundet. Gute Bekannte.«

»Woher stammen die blauen Flecken?«

»Vom Vogler. Peter Vogler, der hat mir einen Tritt verpasst. Passiert.«

»Wie sieht Ihr Gegner aus?«

»Schlimmer.« Sein Lächeln wirkte stolz.

»Und was hat das mit Georg Mayers Tod zu tun?«

»Nichts! Hören Sie, ich habe mich mit dem Schorsch gut verstanden. War ein toller Kerl. Hätte sicher keinen Grund gehabt, den umzubringen. Versuchen Sie also nicht, mir was anzuhängen.«

Tasso runzelte erstaunt die Stirn. »Warum sollte ich? Haben Sie denn was angestellt?«

»Natürlich nicht.« Alfons Unterbacher lehnte sich schwer gegen die Anrichte, sodass ein paar Tassen kurz klirrten. Seine Schultern waren angespannt.

»Signor Unterbacher, was haben Sie gestern dem Carabiniere erzählt, der Sie befragt hat?«

»Warum fragen Sie ihn nicht selbst?« Er grinste hämisch. »Aber ich weiß schon. Er sagt es Ihnen nicht, habe ich recht?«

»Das ist völlig unerheblich. Mir ist es lieber, die Informationen direkt aus der Quelle zu schöpfen.«

»Sehr poetisch. Nun denn, die Quelle ist trocken.«

Tasso seufzte laut und machte einen Schritt auf den jungen Mann zu, der sich nicht von der Stelle rührte, auch wenn ihm das sichtlich schwerfiel. Zumindest wurde seine Haltung noch verkrampfter.

»Sie waren das Schnappviech, das mitten durch die Menge gerannt ist und einen ziemlichen Aufruhr verursacht hat. Kurz bevor Georg Mayer zu Boden ging.«

Alfons Unterbacher stieß sich von der Anrichte ab, als wollte er auf Tasso losgehen, hielt nach einem Schritt inne, hob die Arme und ließ sie wieder fallen. »Woher wissen Sie das?«

Endlich bekam seine Abwehr Risse. Das war leichter gewesen, als Tasso erwartet hatte.

»Ganz einfach, ich habe Sie gestern beobachtet. Und inzwischen weiß ich, dass das Schnappviechkostüm Ihrer Familie gehört. Es waren also Sie oder Ihr Cousin.«

»Der Rudolf hat damit nichts zu tun. Ja, ich bin da durch die Leute gerannt. Was soll's? Ich hab niemandem etwas getan. Und gesehen hab ich auch nichts. Das war es auch schon mit meiner Aussage, Signor Commissario!« Er betonte den Titel, als wäre es ein Schimpfwort.

Tasso entschied, sich weiterhin nicht provozieren zu lassen, obwohl es ihm mit jedem Wort, das dieser widerspenstige Bengel da von sich gab, schwerer fiel. Der war doch kaum trocken hinter den Ohren. »Wie alt sind Sie eigentlich?«

»Zweiundzwanzig. Und was hat das jetzt mit alldem zu tun?«

»Haben Sie Georg Mayer gestern in der Menge gesehen? Sozusagen im Vorbeilaufen?«

»Ja. Da hat er noch gestanden.«

»Und Manfred Oberhofer? Seinen Freund?«

»Auch. Der ist mir ausgewichen.«

»Wen haben Sie noch erkannt?«

»Wen ich …? Heiland, steh mir bei.« Schlagartig wirkte Alfons Unterbacher eher verunsichert. Er kniff die Augen zusammen. »Ich weiß es nicht. Ich weiß es wirklich nicht. Ich würde eher sagen, dass da kaum Fremde waren, die mir aufgefallen sind. Da war zum Beispiel die Vreni Bacher, die hatte eine Freundin dabei, in so einem ausladenden rosa Ballkleid. Die habe ich gesehen, aber erst später, da war ich schon aus der Menge raus und weit weg vom Schorsch.«

»Vreni Bacher ist wer?«

»Veronika Bacher. Die wohnt nicht im Dorf, ist aber früher als Kind oft hier gewesen. Deren Tante Selma Sulzer ist eine geborene Bacher.«

Konnte es sich bei der Freundin im rosa Ballkleid um Mara Oberhöller handeln? Deren Freundin hieß doch Veronika, wenn Tasso sich nicht ganz täuschte.

»Die Selma, also die Tante von Veronika, und deren Mann waren auch da. Denen gehört die Pension Bacchus, das ist die neben dem Ansitz Sulzer.«

»Ist das auch so eine alteingesessene Familie?«

Alfons Unterbacher nickte zustimmend. »Ich glaube, ich habe alle gesehen, die ich hier kenne, aber ich kann Ihnen weder sagen wann noch wo. Und dazu gab es auch einzelne Leute, die Masken getragen haben. Kommt ja immer mehr in Mode, dass sich nicht nur die Teilnehmer im Umzug verkleiden, sondern auch alle anderen.«

»Warum sind Sie denn durch die Menge gelaufen?«

Als hätte jemand einen Vorhang zugezogen, verschloss sich die Miene seines Gegenübers wieder. »Ich wollte nicht geschlachtet werden.«

»Sie hätten auch einfach die Straße weiter entlanglaufen können.«

»Einfach so. Aus Gaudi.«

Tasso musterte ihn einen langen Augenblick. »Jetzt wird mir langsam einiges klar. Sie haben deswegen Ärger bekommen.«

»War's das jetzt mit Ihren Fragen?«

»Danke, Signor Unterbacher. Und machen Sie sich keine Sorgen, wegen Schnappviech-Randale haben Sie von mir nichts zu befürchten.«

* * *

»Es gab eine zünftige Prügelei«, erklärte Vierweger bei ihrem Wiedersehen vor dem Rathaus. »Ich habe ein Dutzend Namen, alles Burschen aus dem Dorf, die daran beteiligt waren. Angefangen hat es wohl damit, dass der …« Er hielt inne und zog einen sorgfältig gefalteten Zettel aus der Manteltasche. »… Burkhardt Bichler dem Alfons Unterbacher wegen seiner Extratour Vorwürfe gemacht hat. Seine Schwester Annamaria Bichler hat von dem Gestänge, auf dem der Kopf vom Schnappviech befestigt ist, einen kräftigen Hieb abbekommen. Wie das so ist, ergab dann ein Wort das andere. Die Jungs von der Wudeletruppe sind dem Alfons beigesprungen, andere dem Bichler, und am Ende haben sie sich alle gerauft.«

»Davon höre ich zum ersten Mal.« Tasso schüttelte den Kopf. »Aber das wundert uns nicht, oder? Solange nichts Schlimmes passiert, gehört das dazu. Das erzählt niemand der Polizei.«

»Genauso ist es. Und der Anlass ist auch völlig egal.« Vierweger versenkte den Zettel wieder in die Tasche, zog stattdessen ein Feuerzeug hervor und steckte es mit einem lauten Seufzer wieder ein. Tasso hatte kaum weniger Verlangen nach einer Zigarette. Und es war erst Aschermittwoch. Mit einer Ermittlung wegen eines Toten stand ihm eine harte Fastenzeit bevor.

»Wie hast du das herausbekommen? Mir gegenüber hat der Alfons Unterbacher nur zugegeben, dass er sich mit einem geprügelt hat, einem Peter Vogler.«

»Es war mehr ein Zufall. Rudolf Unterbacher hat sich verplappert. Ich glaube, es hing auch damit zusammen, dass der sauer auf seinen Cousin Alfons war. Der Rudolf hätte nämlich lieber selbst auf ihn eingedroschen, statt ihn zu verteidigen. Wegen dieser Annamaria Bichler, die die Beule abbekommen hat, und weil der Rudolf das junge Fräulein ziemlich fesch findet.«

»Also ging es um eine Frau. Geht es am Ende nicht immer um eine Frau?«

»Indirekt. Kann schon sein.« Vierweger lachte amüsiert.

Tasso zog sein Notizheft und überprüfte den Namen. »Die Bichlers sind mit dem Opfer gut befreundet. Burkhardt und Annamaria waren mit Manfred Oberhofer und Georg Mayer unterwegs. Bist du sicher, dass es nichts mit unserem Fall zu tun hat?«

»Nun, du bist derjenige, der mir immer gepredigt hat, ich sollte nichts ausschließen, bis ich Beweise habe. Also nein, ich bin nicht sicher. Aber ich halte es für sehr unwahrscheinlich. Ich vermute eher, dass da jemandem der Aufruhr gelegen kam, den Alfons Unterbacher verursacht hat. Dann hätte es nur indirekt etwas damit zu tun. Aber letzten Ende trägt unser Schnappviech daran so viel Schuld wie alle Beteiligten des Umzuges.«

»*Capito.*«

Ihre Unterhaltung wurde von einsetzendem Glocken-
geläut unterbrochen. Die Pfarrkirche am anderen Ende des
Platzes rief zum Aschermittwochsgottesdienst. Wie auf Kommando kamen die Menschen aus den Hauseingängen und
Gassen und pilgerten dem Läuten entgegen. Auch Mara erschien am Ende des Platzes und winkte ihnen aus der Ferne.

Vierweger blinzelte Tasso zu. »Sollen wir? Wir können uns
auch im Anschluss besprechen.«

»Unbedingt. Ich bezweifle, dass ich es rechtzeitig nach
Bozen zurückschaffe. Geh schon vor. Ich versuche noch, aus
dem Rathaus meine Tante anzurufen. Nicht, dass sie sich am
Ende Sorgen macht, wenn ich heute nicht komme.«

»Wenigstens eine aus der Familie, die sich um dich Sorgen
macht.«

Tasso knurrte unwirsch. Vierweger musste gar nicht so tun,
er hatte doch selbst keine Familie oder eine Frau, sondern
lebte allein mit sich und seinen Bienenstöcken.

Er betrat das Rathaus und traf dort erneut auf die charmante Annegret Kofler, die ihn aus ihrem Büro, dem Vor-
zimmer des Bürgermeisters, das zugleich der Gemeindever-
waltung diente, telefonieren ließ. Er erreichte Tante Hedwig,
die sich erstaunlich schnell mit dem Versprechen vertrösten
ließ, alles aus erster Hand zu erfahren, sobald ihr Lieblings-
neffe Aurelio – als hätte sie einen zweiten – den Fall aufgeklärt
hatte.

Danach folgte Tasso Vierweger und Mara in die Kirche.
Sie stellten sich in die hinterste Bank und konnten sich so
die Hereinkommenden in Ruhe ansehen. Das gesamte Dorf
schien sich zu versammeln. Manche wirkten aufrichtig betroffen, bei anderen war es anscheinend eher die Neugier, die
sie in die Kirche trieb. Und dann gab es noch die, die niemals
bei einer Messe fehlten, hauptsächlich alte Damen, dazu zwei

Herren; verwittert wie uralte Bäume, zerfurcht und krumm. Sie sahen aus, als hätten sie in mehr als nur zwei Kriegen gekämpft.

Vierweger deutete mit dem Kinn auf die beiden. »Mit denen sollten wir sprechen. Vielleicht lohnt es sich. Die wissen eine Menge darüber, was hier im Dorf vor sich geht, darauf würde ich wetten.«

»Die Frage ist doch eher, ob die mit uns reden. Versuch du das. Du bist einer von ihnen.«

»Bin ich nicht, geht das mal in deinen römischen Dickschädel? Ich bin aus dem Passeiertal. Die halten uns alle für deppert und hinterwäldlerisch.«

»Bis auf diesen Widerstandskämpfer.«

»Den Sandwirt? Andreas Hofer? Den hat der Habsburger Kaiser Franz Josef für seine Zwecke missbraucht und zum Helden verklärt. Der war aber nie einer, sondern ein vom Schicksal gebeutelter Mann, das sage ich dir. In ein paar Jahren erinnert sich niemand mehr an den und wo der herkam.«

»Also gut, wie kommen wir an die beiden Alten heran?«

Vierweger stützte die Hand auf die Faust. »Wir laden Sie auf ein Glas Wein ein.«

»Was soll das denn bringen?«

»Wein löst die Zunge.«

»Schon, aber alles hat seine Grenzen.«

Die Orgel setzte ein und brachte sie zum Schweigen. Tasso schlug ein Kreuz und hörte dem Gesang der Gemeinde zu. Die deutschen Texte weckten Erinnerungen an seine ganz frühen Kinderjahre und die Lieder, die seine Mutter ihm gesungen hatte. Einen Gottesdienst lang gab er sich seiner Wehmut hin. Mitte bis Ende der Dreißigerjahre war für ihn und seine Schwester Aurora die Welt in Rom noch in Ordnung gewesen. Dass damals schon längst ein Diktator herrschte und ein zweiter dabei war, einen Krieg zu beginnen, der den sogenannten Großen Krieg weit in den Schatten stellen würde, hatte er da noch nicht begriffen. Erst als im Mai 1939 der Stahlpakt zwischen Italien und dem Deutschen Reich geschlossen wurde, hatte er zum ersten Mal geahnt, dass hinter der beständigen Angst seines Vaters vor Mussolini und dessen Schergen mehr steckte als persönliche Paranoia. Der elfjährige Aurelio begann zu begreifen, dass es nicht um Corrado Tasso ging, sondern um dessen angeblich staatszersetzende politische Ansichten.

Vierweger stieß ihn mit dem Ellbogen an. »Träum nicht, Aurelio.«

Mara schlug die Hand vor den Mund und tarnte ihr Kichern mit einem Husten.

»Ich träume nicht. Aber wie dieser Kurat predigt, ist ja eine Katastrophe.«

»In der Tat. Da können wir uns auch weiter über die Ermittlung Gedanken machen. Und über die beiden Alten. Was ist jetzt?«

»Ich sag doch, versuch's, Johann. Verabrede dich mit den beiden für morgen Nachmittag.«

8. Kapitel, in welchem es sich für Mara anfühlt, als würde sie einen Abend an der Adria verbringen

Um Viertel nach sieben lenkte Giulio di Fabar seinen altersschwachen Fiat 1100 auf die Einfahrt zu einem unscheinbaren Bauernhaus. Sie befanden sich wenige Kilometer von Tramin entfernt auf einer Landstraße im Nirgendwo. Wäre der gekieste Platz vor dem Gebäude nicht vollkommen zugeparkt, hätte Mara sich durchaus gefragt, wohin ihr Begleiter sie da bloß gelotst hatte.

»Das sieht überhaupt nicht aus wie ein Restaurant«, sagte sie, nachdem sie ausgestiegen waren.

»Ist es auch nicht«, gab er lächelnd zu und stieg die Stufen zu einer Veranda hinauf.

»Sondern?« Mara blickte sich neugierig um. Im Sommer würde hier vermutlich alles voller Gäste sein. Jetzt lehnten Bierzeltgarnituren hochkant an der Wand, daneben standen aufeinandergestapelte gusseiserne Tische und einige Stühle.

»Es ist eine Pizzeria. Bei dem Gebäude handelt es sich um eine ehemalige Tafernwirtschaft, die die jetzige Inhaberin vor ein paar Jahren gekauft und wiedereröffnet hat. Es ist ein Geheimtipp.«

Schwungvoll öffnete Giulio di Fabar die Tür und bat sie hinein. Dicke Luft schlug ihnen entgegen, voller Rauch, Schweiß und etwas Verbranntem, das Mara nicht zuordnen konnte. Der Lärm vieler Menschen empfing sie: Stimmengewirr, Stampfen, Geklirr von Besteck und schweren Bierkrügen, die aneinandergestoßen wurden. Der quadratische Schankraum schien bis auf den letzten Platz belegt. In der Mitte befand sich ein riesiger Holzofen, aus dem ein Mann mit einer weißen Schürze gerade eine Pizza herausholte. Der Ofen war samt einer Zapfanlage vom Rest des Raumes durch eine umlaufende Theke abgetrennt.

Plötzlich stand eine winzige schmale Frau mit einem Tablett voller leerer Gläser und Krüge vor ihnen. Graue Locken kräuselten sich unter einem Kopftuch hervor und deuteten darauf hin, dass sie älter war, als Mara bei dem schmalen Gesicht mit dem strahlenden Lächeln vermutet hätte.

»Giulio, *amico*, schön, dich zu sehen. Wen hast du da mitgebracht?«

»*Buonasera*, Maria. Hast du einen Tisch für uns beide? Vielleicht in einer Ecke, wo es ein wenig leiser ist?«

»Komm mit.«

Sie führte sie durch das Durcheinander von Tischen bis zur rückwärtigen Wand, wo es noch zwei freie Plätze auf Hockern an der Bar gab. »Hier könnt ihr warten, bis was frei wird. Oder ihr bleibt gleich hier sitzen, wenn es euch gefällt.«

Giulio di Fabar blickte Mara entschuldigend an. »Ich hatte nicht erwartet, dass es hier heute so voll wird. Am Aschermittwoch.«

»Geheimtipp, ja? Der scheint kein großes Geheimnis mehr zu sein.« Sie zog ihren Mantel aus, reichte ihn ihrem Begleiter und setzte sich auf einen der Barhocker. Sie trug einen fliederfarbenen Angorapullover über einem grauen Wollrock. Diese Kleidung hatte sie eigentlich vorsorglich eingepackt, falls es kälter wurde. Für diesen Ort war sie eindeutig viel zu warm.

Ihr Begleiter war in einen schwarzen Anzug gekleidet, darunter trug er ein hellblaues Hemd.

Er knöpfte sich das Sakko auf, bevor er sich setzte. »Was möchten Sie trinken? Es gibt einen guten Tischwein oder das lokale Bier.«

»Ich nehme nicht an, dass der Wein ein Gewürztraminer ist?«

Er lachte. »Keine Ahnung. Ein einfacher Landwein, vielleicht auch Lambrusco.«

»Dann nehme ich ein Bier.«

Er winkte der kleinen Frau. Im Handumdrehen standen ein Krug Bier und ein Glas Rotwein vor ihnen.

Mara hob den Krug. »*Salute.* Zum Wohl.«

»Ich freue mich, dass Sie mitgekommen sind.«

»Ich hoffe, es lohnt sich.«

»Oh, das hoffe ich auch!« Er schlug mit gespielter Verlegenheit die Augen nieder und grinste dann breit.

Die Wirtin kam noch einmal zu ihnen und wandte sich an Giulio di Fabar. Es folgte ein Wortwechsel, von dem Mara kein Wort verstand. Am Ende lachten beide. Es klang herzlich und als wären sie miteinander vertraut.

»Maria möchte wissen, was Sie zu essen wünschen. Es gibt keine Karte. Sie haben für heute frischen Thunfisch und Sardellen, dazu rote Zwiebeln, Kapern oder Paprika.«

»Bis auf die Sardellen bin ich mit allem einverstanden.«

Maria nickte zufrieden und ließ sie allein.

»Ist das eine Verwandte von Ihnen?«

»Nein, aber sie und ihr Mann stammen aus dem gleichen Dorf wie ich. Ostküste Siziliens, in Sichtweite des Ätna. Ihr Sohn ist ein alter Freund von mir.« Er stockte, als müsse er überlegen, wie viel er erzählen wollte, bevor er fortfuhr. »Irgendwie sind sie so etwas wie meine Familie. Es war ihre Idee herzukommen. Sie sind vor acht Jahren hergezogen, ich bin seit drei Jahren hier stationiert.«

Mara nickte. Diese Geschichte, schien es ihr, war der von Pino Mancuso ähnlich, nur dass der vom Festland stammte. Sie waren einander alle ähnlich. Seit Mitte der Fünfzigerjahre kamen junge Männer zu Tausenden aus dem Süden Italiens, wo es vielen an einer Perspektive mangelte. In Südtirol wurde ihnen eine gute Ausbildung und Bezahlung versprochen. Mara wusste, dass viele ihrer Landsleute das mit Argwohn beobachteten, gar Überfremdung befürchteten. Nicht wenige empfanden es sogar als eine schleichende Italienisierung: Mit dem Zustrom an italienischsprachigen Arbeitskräften und der Besetzung wichtiger Posten in öffentlichen Ämtern oder der Verwaltung wurde zu Ende gebracht, was die faschistische Diktatur nicht geschafft hatte.

Mara sah das nicht ganz so. Soweit sie wusste, ging es vielen, die hier lebten, gut. Es gab genug Arbeit. Gerade im Hotel- und Gaststättenbereich war es schwer, anständiges Personal zu finden. Das wusste sie von ihrem Vater, der als Bürgermeister von Meran eng mit den Tourismusverbänden zusammenarbeitete.

»Woran denken Sie gerade?« Ihr Begleiter hatte sich ein wenig näher gebeugt, hielt aber einen vernünftigen Abstand.

»Oh, nichts«, stotterte Mara. »Das hier ist … ungewohnt. Ich meine, eigentlich ist es ja nicht anders als in einem Südtiroler Buschenschank. Bis auf die Pizza vielleicht.« Aber dennoch gab es da einen weiteren spürbaren Unterschied. Worin lag der? Viele Menschen in praktischer Kleidung an blanken Holztischen. Um sie herum wurde ausschließlich Italienisch gesprochen; die Anwesenden, überwiegend Männer und nur sehr wenige Frauen, unterhielten sich fröhlich und laut. An einem Tisch in der Ecke wurde Karten gespielt.

Giulio di Fabar richtete sich auf. »Ich verstehe, was Sie meinen. Ich bin oft hier. Für mich ist es jedes Mal ein wenig, wie nach Hause zu kommen.« Seine dunklen Augen leuchteten im Licht der Barlampen, sein Blick verlor sich.

Verlegen betrachtete Mara ihre Hände, bis ihr Gegenüber sich räusperte. »Aber Sie sind nicht mit mir hergekommen, um mehr über die sizilianische Kultur zu lernen. Ich habe Ihnen etwas versprochen, und das halte ich selbstverständlich.«

Verblüfft nickte sie.

Er blickte sich verstohlen um. »Ich wollte es Ihnen nicht einfach so auf der Straße sagen. Meine Vorgesetzten sollten davon nichts erfahren.«

Mara lächelte beruhigend. »Ich werde schweigen, keine Sorge.«

Abermals warf er einen Blick in alle Richtungen und lachte dann verlegen. »Wir kommen alle her. Ich treffe hier eigentlich immer Kollegen. Vielleicht war es doch keine so gute Idee, Sie ausgerechnet hierhin auszuführen.«

»Ich halte die Augen ebenfalls offen. Bleiben wir einfach hier sitzen, dann sieht uns niemand.« Allmählich wurde sie ungeduldig. Er machte es ja wirklich spannend. Hoffentlich lohnte es sich wenigstens.

»Ich will ehrlich sein. Unser Ermittler, ein Tenente aus Neumarkt, ist total überfordert. Wir haben gestern noch während des Umzuges die Namen und Aussagen protokolliert – soweit möglich, da sprach ja niemand Italienisch. Ich verstehe leidlich Deutsch, meine beiden Kollegen kein Wort. Seitdem ist nichts mehr passiert. Es hat einen ziemlichen Ärger gegeben. Ich weiß nichts Genaues. Wir auf den untersten Rängen sind für die ja ohnehin kaum mehr als Laufburschen. Die sagen uns nichts. Jedenfalls gibt es da oben Kompetenzgerangel.« Er trank einen Schluck. »Ich glaube nicht, dass sich bei uns so bald jemand darum kümmert, das die Tat aufgeklärt wird. Mein Kollege – der Ältere, den Sie heute Morgen in der Station gesehen haben – ist ohnehin der Ansicht, dass es ein Unfall war. Ein Besoffener, der irgendwie um sich geschlagen hat. Für ihn ist der Fall quasi schon gelöst.«

»Und Sie glauben das nicht.«

Er schüttelte den Kopf. »Aber im Grunde ist es unerheblich, was ich glaube. Diese Leute im Dorf, die Landfrauen, Winzer, Pensionswirtinnen und Bauern, die lassen uns gegenüber kein Wort raus.«

»Wieso nicht? Die werden auch wissen wollen, wer es gewesen ist.«

Giulio di Fabar hob erstaunt die Augenbrauen. »Meinen Sie das ernst? Wissen Sie nicht, wie das ist? Auf einem Dorf?«

»Ich komme aus Meran.«

Er grinste breit. »Eine Städterin. Das erklärt einiges.«

»Ach so? Was denn?«

»Lassen Sie es mich anders erklären: Uns haben sie immer erzählt, die Menschen in diesem Landstrich wären anders als die auf Sizilien. Aber das stimmt nicht. Ein Dorf ist ein Dorf, und diese Art von Gemeinschaft funktioniert überall gleich. Die regeln das unter sich. Wenn jemand wüsste, wer den Georg Mayer umgebracht hat, wäre das längst erledigt.« Er fuhr sich mit der Handkante über den Hals. »Es wäre sogar egal, ob aus Versehen oder Absicht.«

Mara fröstelte. Sie wollte sich lieber nicht vorstellen, dass in Tramin zu Selbstjustiz gegriffen wurde. Aber sogar sie hatte Ablehnung zu spüren bekommen, und dabei war sie gar keine richtige Polizistin. Was, wenn Giulio di Fabar recht hatte und genau in diesem Augenblick die Burschen aus dem Dorf auf der Suche nach einem Schuldigen durch die Gassen zogen? Wo würde das enden?

Sie wollte den Gedanken jetzt nicht weiter verfolgen. Das war etwas, um das sich Tasso kümmern musste, und der sollte ausreichend Erfahrung in diesen Dingen haben. Er würde diese Möglichkeit bestimmt berücksichtigen.

Sie lächelte. »Aber was hat denn jetzt der Löwenwirt ausgesagt?«

»Ach ja, der. Gar nichts. Er hat gar nicht ausgesagt.«

Maras Miene musste etwas entgleist sein, auch wenn ihr das nicht bewusst gewesen war. Jedenfalls hob Giulio di Fabar sofort die Hände, als müsste er ein durchgehendes Pferd beschwichtigen. »Ich habe Sie nicht mit einem Schwindel hergelockt, keine Sorge.« Er griff in eine Innentasche seines Sakkos und holte einen zerknitterten Zettel hervor. »Ich habe eine Aussage. Und dennoch werde ich Sie vermutlich enttäuschen, denn es ist nichts von großem Wert. Sie stammt von Claudia Silva. Das ist das Zimmermädchen im *Goldenen Löwen*.«

»Eine ganz junge Frau, klein und stämmig, mit schwarzen Locken?« Mara glaubte, sich an sie zu erinnern. Sie hatte ihr das Zimmer gezeigt, das sie am Nachmittag bezogen hatte.

»Die Beschreibung passt. Ich dachte auch, die wäre höchstens siebzehn, achtzehn.« Er nickte ernst. »Aber so jung ist sie gar nicht. Dreiundzwanzig, zum Glück, möchte ich sagen. Ich bin nämlich nicht sicher, ob sie so freimütig ausgesagt hätte, wenn sie minderjährig wäre. Sie und der Wirt waren in einem der Zimmer zur Straße hin ... beschäftigt.«

»Ein Schäferstündchen?«, sagte Mara auf Deutsch.

»So nennt ihr das?« Dem anzüglichen Grinsen nach hatte er verstanden, was gemeint war. Er wurde rasch wieder ernst. »Der Wirt hatte das Zimmer bereits verlassen, da hat Claudia Silva aus dem Fenster geschaut. Und das muss ziemlich direkt nach dem Vorfall gewesen sein. Sie sagte, dass die gesamte Menschenmenge sich wie Wasser bewegt hätte; als wenn ein Stein hineingeworfen worden wäre. Der Stein war Georg

Mayer. Die meisten sind von ihm weggewichen, als er fiel, aber dann kehrte es sich um, und sie rückten näher.«

Mara hörte jetzt ganz konzentriert zu, bis sie von Maria unterbrochen wurden, die ihnen je einen Teller mit dampfender Pizza vor die Nase stellte. Zu ihrem Erstaunen schnitt Giulio di Fabar sie zu Dreiecken, klappte die Spitze ein und aß mit den Fingern.

»Claudia Silva«, fuhr er zwischen zwei Bissen fort, »sah mehrere Personen, die sich anders verhielten als diese Welle. Einmal einen jungen Mann um die zwanzig, dunkelhaarig. Der Beschreibung nach müsste es Manfred Oberhofer gewesen sein. Außerdem noch eine Person mit Maske – der Statur nach auch ein Mann – und dazu noch eine Frau um die vierzig. Claudia formulierte es so: ›Sie haben viel langsamer reagiert, sind der Bewegung der Menge verzögert gefolgt.‹ Wie lange das gedauert hat, wusste sie nicht zu sagen; vermutlich nur wenige Sekunden. Aber es war deutlich genug, dass es ihr aufgefallen ist.«

Nachdem Mara sich die Finger fast verbrannt hatte, zog sie es vor, die Pizza mit Messer und Gabel zu essen. »Gibt es denn eine Personenbeschreibung? Wir könnten Phantombilder anfertigen lassen.«

Giulio di Fabar zeigte mit einer Pizzaecke auf sie. »Ihr könntet das, wir haben keinen Zeichner. Aber die Beschreibung hat nichts hergegeben. Es ging alles viel zu schnell, sagt das Zimmermädchen.«

»Das hilft also gar nicht weiter.«

»Nein, das nicht. Aber immerhin wissen Sie jetzt, was der Löwenwirt Ihnen oder Ihrem Kollegen vorenthält.«

Nachdenklich nickte Mara. Sie beschäftigte immer noch die Frage, ob wirklich niemand etwas wusste oder es doch Leute gab, die die Sache selbst in die Hand nehmen wollten.

Diese Clique von Georg Mayer zum Beispiel. Was, wenn jemand wie dieser Manfred Oberhofer auf dumme Ideen kam? Oder er sogar der Täter war und sich jemand entschied, Rache zu nehmen? Oder ihn jemand fälschlich verdächtigte …

Sie war so in Gedanken, dass ihr zunächst gar nicht aufgefallen war, wie es um sie herum ruhiger wurde, als lauschten die Anwesenden und warteten auf etwas. Auch ihr Begleiter legte sein Stück Pizza zurück auf den Teller und neigte den Kopf.

Dann erklang eine einzelne tiefe Männerstimme. Eine getragene Melodie erhob sich. Mara verstand kein Wort, doch sie schien so ziemlich die Einzige zu sein, wenn sie die verzückten Gesichter ringsum betrachtete. Sie legte das Besteck zur Seite.

Der Mann, der da sang, stand an einem Tisch mit acht anderen Männern. Sie alle waren kräftig und mit breiten Schultern, drei schon grauhaarig und eher untersetzt. Sie trugen einfache Kleidung und Overalls und sahen aus wie Straßenarbeiter, die sich nach ihrer Schicht hier versammelt hatten. Sie alle starrten wie gebannt auf den Sänger, manche bewegten stumm die Lippen mit.

Die Stimme war nicht besonders gut, Mara war nicht einmal sicher, ob er jeden Ton richtig traf.

Und doch rührte sie etwas an. Es war diese Inbrunst, mit der der Mann plötzlich lauter sang und ein zweiter etwas leiser einfiel, als wäre er das Echo des ersten. Die Töne wurden länger.

Mara überlief ein Schauder. Sie rieb sich die Arme. Nein, sie verstand die Worte nicht. Dennoch war klar, wovon dieser Mann sang: von der Heimat und der Liebe, von der Sehnsucht nach geliebten Menschen und dem Wunsch, nach Hause zu kommen.

Weitere Stimmen vereinigten sich mit den anderen beiden. Am Ende sang ein ganzer Chor und wiederholte die letzte

Strophe. Die Melodie war einprägsam, sodass sie Mara schon jetzt vertraut erschien.

Die letzten Töne erklangen; aus manchem Mund ein wenig schief und doch voller Leidenschaft. Dann brach der Gesang wie auf Kommando ab, und alle applaudierten.

»Das passiert hier häufiger.« Giulio di Fabar grinste schief und zwinkerte mehrmals, sodass Mara sich fragte, ob er Tränen wegblinzelte.

Die Stimmung brach, als jemand »*Volare*!« brüllte. »*Cantare*!«, kam die Antwort aus einer anderen Richtung. Einige klatschten. Dann erhob sich ein anderer Mann neben dem, der gesungen hatte, und begann, den großen Hit von Domenico Modugno anzustimmen.

Giulio di Fabar fasste sich an die Schläfen. »Jetzt sollten wir gehen.«

»Was? Aber wieso denn?« Mara musste sich beherrschen, nicht mit den Füßen im Takt zu wippen. Dieses Lied des Gewinners des Festivals von San Remo war 1958 um die Welt gegangen. Mara erinnerte es an die unbeschwerten Tage ihrer Schulzeit. Sie hatte es mit Veronika auf dem Schallplattenspieler in ihrem Zimmer rauf- und runtergespielt und dazu getanzt.

Ihr Begleiter ließ nicht mit sich reden. Er zog sein Portemonnaie hervor und ging zu Maria, um zu bezahlen. Mara beobachtete, wie er der Frau Küsse auf die Wangen gab und sie ihn umarmte. Danach kehrte er mit Maras Mantel zurück und legte ihn ihr um.

Erst auf dem Parkplatz atmete er tief durch. Aus einem pechschwarzen Himmel schneite es feine Flocken. Vor ihren Mündern bildeten sich Atemwolken.

»Ich fahre Sie nach Tramin. Oder möchten Sie woandershin?«

»Tramin ist schon recht. Aber was ist denn?« Mara begriff

nicht, warum er sich plötzlich so abweisend verhielt. Hatte sie etwas falsch gemacht?

Mit einem Ruck schlug er den Mantelkragen hoch. »Nichts. Es war nur keine gute Idee herzukommen. Das sagte ich ja bereits.«

»Haben Sie da drinnen jemanden entdeckt, der uns nicht zusammen sehen sollte?«

»Nein. Oder ja, das auch. Da war Ihr Vice-Questore.«

»Ferrara. Der gestern auch auf dem Marktplatz war.« Mara hatte ihn nicht bemerkt, dazu war der Raum einfach zu voll gewesen.

»Genau der. Aber ich bezweifle, dass der sich an mein Gesicht erinnert.«

Er wandte sich ab und schlenderte mit den Händen in den Taschen auf sein Auto zu.

Mara folgte ihm ratlos. War es, weil diese Männer gesungen hatten?

Ihr Begleiter öffnete die Beifahrertür und hielt sie auffordernd auf. Für Mara hatte diese Geste etwas Abweisendes. Er wirkte wie ein Chauffeur oder Taxifahrer, ganz beflissen. Alles, was sie irgendwie als Flirt oder Annäherung hätte deuten können, war wie weggewischt.

Sie fuhren schweigend, auch weil Giulio di Fabar sich auf das Fahren konzentrieren musste. Die Temperaturen sanken, stellenweise hatte sich Glatteis gebildet. Erst als er mit laufendem Motor gegenüber dem *Goldenen Löwen* hielt, wandte er sich Mara zu. »Es tut mir leid. Aber manchmal läuft das da bei Maria aus dem Ruder.«

»Erst singen sie Lieder von der Sehnsucht nach dem Meer und dem Fliegen, und danach prügeln sie sich?«

Er riss erschrocken die Augen auf. »Sehnsucht nach dem Meer? Dann verstehen Sie doch Sizilianisch?«

»Nein, ganz und gar nicht. Aber das war ... offensichtlich.« War ihm das etwa peinlich? Hatte er Sorge, dass sie ihn für rührselig hielt?

Er folgte mit den Augen den sich bewegenden Scheibenwischern. »Aber ja, genauso ist es. Es kommt vor, dass diese Stimmung umschlägt. Es ist nicht gewalttätig, eher ein Sich-miteinander-Messen, eine Rauferei unter Freunden.« Er rieb sich mit einer Hand übers Gesicht. »Womit ich es nicht entschuldigen möchte.«

»Signor di Fabar ...«

»Sagen Sie doch Giulio, bitte.«

»Also gut, Giulio, warum wollen Sie mir helfen?«

Erstaunt blickte er sie an. »Damit Sie die Schuldigen finden, warum sonst?« Nach einem kurzen Stocken fügte er hinzu: »Ich weiß, dass es ungewöhnlich klingt, aber ich habe ein Unrechtsbewusstsein. Und einen Mann zu töten verstößt dagegen, sehr sogar.«

Nachdenklich nickte Mara. Nach einem weiteren Moment einträchtigen Schweigens verabschiedeten sie sich sehr förmlich voneinander – was Mara insgeheim durchaus ein wenig bedauerte. Am Eingang zum *Goldenen Löwen* blickte sie den Rücklichtern nach, die sich hinter einem immer dichter werdenden Flockenvorhang verloren.

Ich weiß, dass es ungewöhnlich klingt ... Das sollte es für einen Polizisten nicht, aber sie hatte verstanden, was er meinte. Nicht wenige vertraten die Ansicht, gerade die Italiener, die sich bei den Carabinieri bewarben, wollten sich auf Kosten der Bürgerinnen und Bürger ein faules, gut bezahltes Leben machen. Und hatte Giulio nicht selbst gesagt, dass in seinen Reihen nicht ermittelt wurde, dass sein Kollege es gar als einen Unfall wegzuerklären versuchte, damit die Sache erledigt war?

Sie selbst trieb ebendieses Unrechtsbewusstsein auch an. Genau wie der junge Carabiniere wollte sie den Schuldigen finden. Und sie bedauerte es jetzt schon, nach dem Wochenende nach Mailand aufbrechen zu müssen. Aber unter Umständen war der Fall bis dahin ja bereits aufgeklärt. Genau wie heute würde sie Tasso und Johann morgen Nachmittag um vier am Rathaus treffen. Vielleicht hatten die beiden etwas herausgefunden. Sie konnte immerhin ein kleines Puzzleteil beitragen, auch wenn das, was dieses Zimmermädchen im *Goldenen Löwen* gesehen hatte, sie nicht weiterbrachte.

9. Kapitel, in welchem Picco in die dunkelsten Stunden seiner Kindheit zurückversetzt wird

Picco betrat die unordentliche Küche. Sein Bruder stand am Herd und briet Fleisch in einer Pfanne. Es zischte und qualmte. Das Fenster stand einen Spaltbreit auf, damit der fettige Dampf abziehen konnte.

Mit einem leisen Aufstöhnen setzte sich Picco an den Tisch und betrachtete die gemusterte Wachstuchdecke. Quadrate mit Blumenkränzen, an den Kanten vom jahrelangen Gebrauch blank geschabt. Wie alt mochte sie sein? Hier in dieser Küche hatte noch seine Oma bis zu ihrem Tod gekocht, später seine Tante.

Er und sein Bruder hatten alles weitgehend unverändert gelassen, als sie hergezogen waren. Weniger aus Nostalgie, sondern mehr aus reiner Geldnot. Dazu fehlte dem Haushalt eine weibliche Hand, das war unübersehbar. Picco wünschte es sich manchmal ordentlicher und sauberer, aber richtig zu putzen hatte ihm niemand beigebracht. Und wenn er sich doch einmal daran versuchte und einen Scheuerlappen oder auch nur einen Besen zur Hand nahm, fuhr ihn sein Bruder an, er solle diesen Weiberkram lassen und ihm stattdessen bei der richtigen Arbeit zur Hand gehen, dem Weinkeltern. Wovon sie beide noch weniger Ahnung hatten als von der Haushaltsführung, aber das hielt seinen Bruder nicht davon ab, sich daran zu versuchen.

»Der Fredl ist vorhin nach Hause gekommen«, rief Picco laut, um das brutzelnde Fett zu übertönen.

»Na und?«

»Ich dachte, das interessiert dich.«

»Und ich dachte, ich hätte dir klar und deutlich gesagt, dass der kein Problem mehr darstellt.«

»Er erzählt herum, dass es kein Unfall war. Dass jemand auf den Schorsch losgegangen wäre. Und er ist auch verletzt, am Arm.«

»Denkst du, das weiß ich nicht? Ich hab die beiden bluten sehen.« Er hob ein halbverkohltes Stück Fleisch aus der Pfanne und ließ es auf einen Teller gleiten. »Willst du auch?«

»Ich habe schon gegessen.« Picco fiel keine bessere Ausrede ein. Er war nicht besonders gläubig und besuchte den Gottesdienst an den Sonntagen mehr aus Pflichtgefühl als aus Überzeugung. Aber nach all dem, was sie getan hatten, was er wusste, dachte er, dass es nicht schaden könne, den Herrgott im Himmel ein wenig gnädiger zu stimmen und sich an die Fastenregeln zu halten.

»Aber was machen wir denn, wenn die Leute ihm glauben? Die Freunde von Schorsch, der Lukas oder der Burkhardt, werden das doch nicht auf sich beruhen lassen. Die machen uns fertig.«

Sein Bruder knallte den Teller auf den Tisch und setzte sich. »Woher sollten die denn wissen, dass wir was damit zu tun haben?«

»Die sind doch nicht blöd.«

»Wenn schon. Dann lassen wir uns was einfallen. Kaschi fällt immer etwas ein. Lass die mal machen.«

Picco sprang auf, ging auf und ab. Die Luft in der Küche fühlte sich fettig an, Gasgeruch vom Herd lag noch in der Luft. Durch den Fensterspalt zog ein eisiger Wind.

»Ich halte das nicht mehr aus. Lass uns zur Polizei gehen!«, brach es plötzlich aus ihm hervor.

Sein Bruder ließ die Gabel auf halbem Weg zum Mund sinken. »Wie bitte? Bist du vollkommen übergeschnappt?«

»Wenn du dich jetzt stellst, kannst du noch behaupten, dass es ein Unfall war. Ein Versehen, keine Absicht. Du bist doch sonst so zimperlich, kannst nicht einmal einem Huhn den Kopf abhacken. Das weiß das halbe Dorf, die werden dir glauben.«

Die Gabel fiel klirrend auf den Teller, als sein Bruder aufsprang und ihn am Kragen packte. »Ich? Zimperlich? Hast du sie noch alle?«

Picco brach der Schweiß aus. »Ich meine doch nur, damit es glaubwürdig erscheint. Ich versuche, dir zu helfen!« Er bekam einen rüden Stoß und taumelte rückwärts.

»Eine große Hilfe bist du, Picco, ja, wirklich! Komm mit!« Sein Bruder schubste ihn vor sich her in den Flur und zur Kellertür. Er riss sie auf und drehte den Lichtschalter. »Los, runter.«

»Was soll das? Ich weiß, was da unten ist!« Vorräte, teilweise jahrzehntealt und längst zu Staub zerfallen, teils in Weckgläsern erhalten und möglicherweise sogar immer noch essbar. Picco hatte es bisher nicht gewagt, es auszuprobieren. Und hinter einer weiteren Tür der Durchgang zum Weinkeller unter der Scheune. Der Weg in ihre Zukunft – oder besser gesagt das, was sie dafür gehalten hatten, als sie nach dem Tod ihrer Eltern zurück nach Tramin gekommen waren.

Sein Bruder zwang ihn die schmale Holzstiege hinunter und zog ihn dann am Arm hinter sich her bis zu einer Nische, die mit einer Tür aus groben Holzlatten abgeteilt war. »Da, geh die Kartoffeln kontrollieren.« Er riss die Tür auf.

»Wie bitte?« Die Nische war kaum mehr als ein Rechteck von vier oder fünf Quadratmetern. Hinter einer Kiste verbarg sich der Durchschlupf zu einem noch älteren Kriechkeller, angeblich aus dem Mittelalter.

Mit einem Schaudern erinnerte sich Picco schlagartig an die jüngere Geschichte: seine Kindheit in diesem winzigen Haus in der Nähe von München. Und noch ehe er richtig begriffen hatte, was da vor sich ging, schloss sich die Lattentür mit einem Poltern, und das große Vorhängeschloss schnappte ein. Sein Bruder hatte ihn eingesperrt. Genau wie es der Vater früher mit ihnen beiden getan hatte, oft genug auch gemeinsam. Es war in einem anderen Keller gewesen, in einem anderen Leben. Dennoch fühlte es sich grässlich vertraut an.

»Was soll das jetzt?« Picco legte die Hände um zwei Latten und rüttelte. »Spinnst du? Lass mich raus!«

»Nichts da. Du bleibst hier, bis die Polizei aufhört, hier herumzuschnüffeln. Bis sie jemanden verhaftet haben oder weil sie aufgeben. Und dann sehen wir weiter. Aber dass du mich verpfeifst, so weit kommt's noch.«

»Ich will doch nur, dass du dich stellst! Ich würde dich niemals anschwärzen!«

»Oder dass du denen die Kaschi auslieferst. Das lass ich nicht zu.«

»Die kann gut auf sich selbst aufpassen!«

»Ich bring dir gleich was zu essen; ein Kotelett ist noch übrig. Kannst dir überlegen, ob du das isst. Du bleibst jedenfalls erst einmal dadrin. Du findest dich schon zurecht.«

Mit diesen Worten ging er. Picco lehnte die Stirn ans Holz und unterdrückte ein wütendes Schluchzen. Kaschi ausliefern, auf diese Idee war er noch gar nicht gekommen.

Aber wenn er ehrlich zu sich selbst war, wäre es genau das, was er am liebsten tun würde. Diese Frau hatte seinen Bruder vollkommen verdorben.

10. Kapitel, in welchem Tasso eine schrecklich nette Familie trifft

Der Donnerstagmorgen präsentierte sich mit einem wolkenverhangenen Himmel. Statt ins weitläufige Etschtal blickte Tasso auf eine graue Nebelwand. Nicht nur das Wetter war trüb, der Tag versprach insgesamt, nicht einer der besten zu werden. Mancuso hatte sich dienstunfähig gemeldet, und Mara musste entgegen ihrem ursprünglichen Plan wegen einer Familienangelegenheit nach Meran. Sie kündigte allerdings an, am Nachmittag zurück in Tramin zu sein, worauf Tasso wirklich sehr hoffte. Wenn er an das Theater dachte, das Jakob Oberhöller wegen Maras Beteiligung bei der Suche des entführten Bruno Visconti gemacht hatte, blieben ihm allerdings Zweifel.

Er und Vierweger hatten das Auto am südlichen Ortsrand von Tramin geparkt und gingen den Rest des Weges zu Fuß zum Elternhaus von Georg Mayer.

Was Tasso schon nach wenigen Schritten bereute. Es hatte in der Nacht gefroren, und der Schnee vom Vorabend hatte das Kopfsteinpflaster in eine Rutschbahn verwandelt.

»Wieder einmal zeigt sich, wie unnütz der Winter ist«, schimpfte er.

Vierweger stapfte mit lächerlich kleinen Schritten vor ihm her und versuchte, so gut es ging, auf dem schmalen Grasstreifen am Straßenrand vorwärtszukommen. »Sei nicht albern. Ohne Winter gibt es auch keinen Frühling und keinen Sommer. Die Natur braucht ihre Ruhe.«

»Aber darum muss es doch nicht frieren.« Erst recht sah er keinen Grund, warum die Menschen hier am Fuße der Alpen siedelten. In der Mitte und an der Spitze der italienischen Halbinsel war doch mehr als genug Platz. Und da gab es ebenfalls Berge für den Weinanbau.

»Das bisschen. Aurelio, das ist nicht einmal richtiges Glatteis. Du hättest die Winter meiner Kindheit erleben sollen. Da hatten wir gar nichts. Wie sind barfuß durch den Schnee zur Schule gelaufen!«

»Das ist doch albern. Jetzt machst du dich lustig über mich.«

Vierweger blieb stehen und blickte Tasso von oben herab an. »Aber es stimmt. Natürlich nur, wenn meine Mutter uns nicht erwischt hat. Solange wir uns bewegt haben, haben wir es gar nicht einmal gemerkt. Mein kleiner Bruder, der war allerdings genauso verfroren wie du. Der hat sich lieber zu den Ziegen in den Stall gelegt und im Stroh geschlafen.«

Tasso erwiderte nichts. Er wusste nur wenig über die Vergangenheit seines Kollegen, da sie kaum je darüber gesprochen hatten. Er verstand auch nicht, warum er ausgerechnet jetzt von seiner Kindheit erzählte. Vielleicht waren es diese alten Gemäuer um sie herum – mehrere Ansitze aus dem vierzehnten Jahrhundert und Bauernhöfe, die kaum jünger schienen –, die sich zu beiden Seiten der sanft ansteigenden Straße aneinanderdrängten, die Mauern eher hoch und abweisend als repräsentativ. Der Reichtum der Familien des niederen Adels, der diese Gebäude ab dem Mittelalter bewohnt hatte, zeigte sich erst in prächtigen Innenhöfen mit reichverzierten Holzbalkonen und Fresken oder riesigen Kachelöfen und wuchtigen Möbeln in den Wohnräumen.

Vierweger blieb vor einem grün gestrichenen Hoftor stehen, das sich durch nichts von den anderen ringsum unterschied. »Hier ist es.« Er fand einen Glockenzug und ruckte mehrmals an der Schnur. Irgendwo im Wohngebäude hörten sie Gebimmel.

Tasso rieb sich die erstarrten Hände. Er hatte immer noch keine neuen Handschuhe bekommen, seit er sein gutes Paar im Dezember in einem Auto hatte liegen lassen. Seine Tante Hedwig hatte angeblich keine Zeit, ihm ein paar neue anzufertigen, und die dünnen Lederdinger, die er noch besaß, taugten kaum für einen durchschnittlichen Südtiroler Winter.

Schritte näherten sich über Kies. Polternd wurde ein Riegel zurückgeschoben, und das Tor öffnete sich einen Spaltbreit. Eine Frau steckte ihren Kopf hindurch. Sie trug die blonden Haare als Kranz aufgesteckt.

Vierweger nahm den Hut ab. »Grüß Gott, wir sind von der Polizei aus Bozen. Das ist Commissario Tasso, der Leiter der Ermittlung. Vierweger mein Name. Der Hausherr Benedikt Mayer müsste über unser Kommen Bescheid wissen.«

»Ich wurde informiert. Guten Morgen, die Herren.« Sie zog einen Torflügel auf und winkte ihnen hineinzukommen. »Ich bin Rosalie Gruber. Meine beiden Schwestern und mein jüngster Bruder sind auch da. Papa hat gemeint, dass Sie mit uns allen sprechen wollen.« Sie verriegelte das Tor sorgfältig hinter ihnen. »Ich für meine Person möchte meine Eltern im Moment auch nicht allein lassen.«

»Werden Sie belästigt?«, fragte Tasso. »Dagegen können wir etwas tun.«

»Nein, das nicht. Na ja, nicht direkt, es ist nur, dass das halbe Dorf seine Aufwartung macht. Meine Mutter meint, dass das normal wäre, wenn jemand verstirbt. Vor allem, wenn es sich um ein Unglück handelt.«

»Die meinen es gut.«

»Das denke ich auch.«

Sie standen in einem vollständig umschlossenen Innenhof. Ab dem ersten Stock öffnete sich das Gebäude zum Tal hin. Tasso blickte sich neugierig um. Wie er erwartet hatte, wurde der Innenhof von einem Balkon aus dunklem Holz dominiert, der über ihren Köpfen an der U-förmigen Hauswand entlanglief. Sämtliche Balken waren aufwendig mit Schnitzereien verziert und vermutlich mehrere Hundert Jahre alt. Von dort aus musste man einen großartigen Blick über das Tal genießen können.

Rosalie Gruber führte sie unter einem Erker hindurch in einen quadratischen Raum, von dem mehrere Türen und Treppen abgingen, und weiter in eine Stube. Der Raum war düster, da es nur wenige kleine Fenster gab. Dafür war es mollig warm. Die Familie hatte sich um einen monströsen Holztisch versammelt. Falls jemand behaupten würde, den habe ein Riese am Stück aus einem Mammutbaum geschnitzt, wäre Tasso geneigt, das zu glauben.

Rosalie nahm ihnen die Mäntel und Hüte ab. Ihr Vater, ein weißblonder Mann um Mitte sechzig, hatte sich vom Kopfende des Tisches erhoben und streckte ihnen eine Hand entgegen. Er hatte einen dichten grauen Bart und buschige Augenbrauen, was seine Augen klein wirken ließ und es Tasso unmöglich machte, eine Gemütsregung abzulesen.

»Benedikt Mayer. Ich bin Schorschs Vater. Vielmehr war ich es.« Er räusperte sich und wandte sich zum Tisch. »Das ist meine Frau Sieglinde, daneben Margarete, meine Älteste. Dann kommen meine Tochter Sabine und ihr Mann Thomas. Der Junge ist mein Stefan, jetzt mein einziger Sohn.« Bei den letzten Worten kippte der Tonfall etwas.

Der Angesprochene, ein schlaksiger Bursche mit braunen Haaren, das sich hinter den Ohren kräuselte, grinste verlegen.

Tasso und Vierweger kondolierten der Familie, die ihre

Beileidsbekundungen einigermaßen gefasst entgegennahm. Alle wirkten erschöpft und hatten Augenringe, doch nur Sabines Augen waren dazu rot geädert.

Stefan fiel in anderer Hinsicht optisch heraus, bemerkte Tasso, während er und Vierweger sich auf die angebotenen Stühle setzten. Er hatte nicht nur als Einziger braunes Haar, auch seine Hautfarbe war eine Nuance dunkler als die der anderen. Er war zudem deutlich jünger als seine Schwestern, noch keine zwanzig. Sabine und Rosalie, beide hellblond und eher schlank wie der Vater, schätzte Tasso sechs bis acht Jahre älter als ihren toten Bruder Georg. Margarete wiederum ging wohl schon auf die vierzig zu und sah aus wie die jüngere Ausgabe ihrer Mutter mit welligem aschblondem Haar. Sie beide waren für Frauen sehr groß – vielleicht sogar größer als Tasso selbst – und stämmig. Sie nahmen viel Raum ein, und das war nicht nur wörtlich gemeint. Sie waren präsent, beide Gesichter vor Aufmerksamkeit angespannt, mit stechenden hellblauen Augen, dazu ein harter Zug um den Mund, der von einem Damenbart verstärkt wurde.

Sieglinde Mayer wirkte nicht so, als habe sie sehr viel Zeit auf die Trauerarbeit verschenkt. Dafür, dass Georg Mayer angeblich so beliebt gewesen sein sollte, und das müsste dann ja besonders auf seine Mutter zutreffen, hatte es in allen Gesprächen bisher wenig offenes Bedauern und erst recht keine Tränen gegeben. Würde das hier anders sein?

Rosalie bot ihnen Kaffee an und schenkte dann aus einer Porzellankanne mit rosa Blütenmuster ein. »Meinem Mann gehört die Schreinerei Gruber. Er muss arbeiten und ist auf einer Baustelle. Falls Sie ihn auch sprechen müssten, gebe ich Ihnen die Adresse.«

»War er denn beim Egetmann gestern dabei?« Tasso bediente sich aus der Zuckerdose.

»Natürlich. Er stand auf dem Wagen mit der Schmiede.«

Tasso tat so, als habe er verstanden, was sie damit meinte. Die Wagen beim Egetmann hatten alle ein Motto, die meistens den Handwerkszünften entsprachen, aber wie er sich eine fahrende Schmiede vorzustellen hatte, erschloss sich ihm nicht. Und es tat ja auch nichts zur Sache.

»Die Schmiede war schon längst über den Marktplatz gezogen, als es passierte«, erklärte Rosalie weiter. »Er war nicht einmal in der Nähe.«

»Geben Sie mir die Adresse seiner Werkstatt, es kann nicht schaden.« Tasso zog bereits sein Notizheft hervor. »Gibt es weitere Familienmitglieder, die gestern dabei gewesen sind? War Georg Mayer verlobt?«

»Nein«, erwiderte der Vater. »Er war noch auf der Suche nach der Richtigen.«

»Und Sie?« Vierweger wandte sich an Sabines Ehemann. Er sah als Einziger der Anwesenden nicht so aus, als würde er harte Arbeit verrichten oder sich mehr als nötig im Freien aufhalten. Sein Gesicht war käsig weiß, seine Hände, die er wie ein Schuljunge auf dem Tisch gefaltet hatte, waren glatt, die Fingernägel unversehrt und sauber.

»Thomas Wörndl mein Name. Sabine und ich wohnen in Bozen, ich arbeite bei der Südtiroler Volksbank.«

»Dann gehören Sie zu den Schnappviechern«, meinte Vierweger.

»Woher wissen Sie das?«

»Wir waren gestern in Ihrer Scheune, um uns die Kostüme anzusehen. Der Sohn vom Metzger hat uns hingeführt.«

»Ach so. Also ja. Das ist die Scheune meiner Eltern.« Thomas wandte verlegen den Blick ab.

Sabine legte eine Hand auf seinen Unterarm. »In der Nacht auf den Aschermittwoch hat er bei seinem Bruder geschlafen. Ich war nicht hier.« Wie zufällig ließ sie ihre Hand über die Wölbung ihres Bauchs gleiten.

»Und Ihr Bruder ist auch ein Wudele?«, fragte Vierweger.

Thomas nickte. »Richtig.«

»Wie heißt er?«

»Christoph Wörndl.«

Sieglinde Mayer reckte aggressiv das Kinn. »Was wollen Sie denn jetzt von uns? Warum sind Sie hier? Sie sollten den Kerl finden, der meinen Sohn auf dem Gewissen hat, statt hier herumzusitzen.«

»Genau das tun wir.« Tasso hielt ihrem stechenden Blick ungerührt stand, auch wenn es ihm schwerfiel. Diese Frau schüchterte ihn ein bisschen ein. Dazu wusste er aus leidvoller Erfahrung, dass der Umgang mit trauernden Müttern mitunter heikel werden konnte, da sie bei allen und jedem Schuld witterten. Dass diese Frau hier nicht so wirkte, als würde sie trauern, musste gar nichts bedeuten.

»Wir ermitteln in alle Richtungen. Selbst wenn es nur ein Unfall, ein tragisches Ereignis gewesen sein sollte, ist es unsere Aufgabe, die Umstände eines unnatürlichen Todes aufzuklären.« Er wählte mit Absicht kalte und distanzierte Worte.

Für eventuelles Mitgefühl war Vierweger zuständig.

»Wollen Sie damit sagen, es könnte kein Unfall gewesen sein?«, fragte der Vater.

»Nun, es gibt Hinweise darauf, dass es jemand mit Absicht gemacht hat, ja«, erklärte Tasso zögernd.

»Woher haben Sie das?«, grollte Benedikt Mayer. »Wer sollte meinem Sohn etwas antun wollen?«

»Um das herauszufinden, sind wir hier.«

Margarete schnaubte, es klang belustigt. »Schorsch war die große Nummer im Dorf. Die Mädchen haben ihn angehimmelt, alle miteinander. Und die Burschen buhlten um seine

Freundschaft. Schaut euch die beiden an.« Sie nickte ihren jüngeren Schwestern auf eine Art zu, die auf Tasso ziemlich herablassend wirkte. »Sie haben ihre Männer nur über den Schorsch kennengelernt.«

Rosalie setzte an, um etwas zu entgegnen, doch Tasso brachte sie mit einer Handbewegung zum Schweigen. »Und Sie?«

Margarete schüttelte den Kopf. »Ich bin fünfzehn Jahre älter und meinen eigenen Weg gegangen. Einen wie den Schorsch brauche ich nicht.«

»Sind Sie verheiratet?«

»Verwitwet. Aber ich weiß gerade nicht, was Sie das angeht. Mein Mann kann es jedenfalls nicht gewesen sein, sofern Sie nicht an Engel glauben.«

»Das reicht jetzt!« Benedikt Mayer schlug mit der flachen Hand auf den Tisch, sodass einige Tassen klirrten.

Sabine hielt den Kopf gesenkt, als wäre ihr der Auftritt der älteren Schwester peinlich.

Auch die Mutter hatte ein wenig von ihrer aggressiven Haltung aufgegeben. »Schorsch war sehr klug und dazu kreativ«, erklärte sie in freundlicherem Ton. »Seit er stehen kann, hat er über den Rand eines Weinfasses gelugt. Er war auf dem besten Weg, sich einen guten Namen als Winzer zu machen. Unser Wein hat einen ausgezeichneten Ruf, aber die Konkurrenz ist hart, und es ist immer noch viel Luft nach oben. Und aktuell wird in der Genossenschaft oft diskutiert, wie sie sich ausrichten soll.«

Tasso neigte den Kopf. War das ein erster Ansatz, in welche Richtungen sie suchen sollten?

Auch Vierweger beugte sich aufmerksam vor. »Welche Rolle hat Ihr Sohn denn in der Genossenschaft gespielt?«

»Er war ein Vorreiter.« Aus Benedikt Mayers Stimme klang

jetzt unverkennbar der Stolz. »Es ist doch immer so. Es gibt diejenigen, die der Tradition anhängen, und die anderen, die für Neuerungen offen sind. Ich habe meinen Sohn im Geist des Fortschritts erzogen. Die Welt verändert sich, Trinkgewohnheiten verändern sich, es gibt ständig neue Märkte. Schorsch wollte den Gewürztraminer weiterentwickeln, wollte vorankommen. Mit zwanzig war er eine Zeitlang in Deutschland an der Mosel sowie in der Toskana unterwegs und hat sich dort angesehen, wie sie Wein anbauen.«

»Das hat aber nicht jedem alteingesessenen Winzer gepasst«, stellte Tasso fest.

»Drum wird keiner von denen zum Messer greifen. Schon gar nicht mitten beim Egetmann.« Verunsichert zupfte Benedikt Mayer an seinem Bart herum. »Oder?«

Weder Tasso noch Vierweger gaben darauf eine Antwort. Sie wussten beide, dass manchmal Kleinigkeiten genügten. Eins kam zum anderen, und am Ende war jemand tot.

»Wer waren denn die lautesten Gegner Ihres Sohnes?«, fragte Tasso.

Erst schien es, als wolle niemand antworten. Tasso beobachtete die einzelnen Familienmitglieder genau. Wer gab sich über Gebühr unbeteiligt, wer rutschte auf seinem Stuhl hin und her?

»Signor Wörndl, was finden Sie so Interessantes auf der Tischplatte? Ist es die Maserung?« Es war ein Schuss ins Blaue. Doch Tasso bemerkte, wie um den Mund der ältesten Tochter Margarete ein kurzes hämisches Lächeln aufblitzte.

»Raus mit der Sprache, Signore.«

»Mein Bruder Christoph Wörndl«, sagte er leise. Sabine fasste nach seiner Hand.

Thomas räusperte sich. »Mein Vater ist auch Winzer, für uns beide war kein Platz im Betrieb. Also bin ich gegangen und habe die Bankausbildung gemacht. Bis jetzt habe ich es nicht bereut. Es geht gerade hoch her unter den Winzern. Die Zeiten ändern sich.«

»Es soll sogar eine Frau in dieser Männerdomäne gesehen worden sein«, erklärte Margarete süffisant.

Vierweger runzelte fragend die Stirn. »Was hat das mit dem Tod Ihres Bruders zu tun?«

»Nichts. Gar nichts. Ich sag's nur.«

»Peter Vogler ist auch so einer«, meinte Benedikt Mayer laut, bevor jemand auf Margaretes Äußerung reagieren konnte. »Wenn Sie mich fragen, reden Sie am besten mit dem. Da konnte Schorsch sagen, was er wollte, der Vogler und sein Vater, die haben immer dagegengehalten. Der alte Vogler ist krank, der war nicht beim Egetmann. Aber einer der Söhne? Denen trau ich alles zu. Die halten sich für was Besseres. Der Jüngere studiert in Innsbruck.« Er sagte das in einem Tonfall, als wäre das etwas Unanständiges.

Tasso notierte sich den Namen. War Peter Vogler nicht schon einmal genannt worden? »Wie heißt der Bruder von Peter Vogler? Wo wohnen die?«

»Der Jüngere heißt Herbert. Die leben ganz im Süden auf einem großen Hof, an der Straße Richtung Kaltern.«

»Und Ihren Bruder, Signor Wörndl, wo finde ich den? Wohnt er auf dem Hof Ihrer Eltern?«

Thomas hob abwehrend die Hände. »Schon. Aber hören Sie, mein Bruder hat nichts damit zu tun. Der und Schorsch, die haben diskutiert und waren oft unterschiedlicher Meinung, was den Wein und die Vermarktung anging. Aber sie mochten sich, trotz aller Differenzen. Christoph hatte nichts gegen ihn, ganz sicher nicht.«

»Aber als Schnappvieh müsste er am Dienstag in der Nähe gewesen sein, als es passierte«, wandte Vierweger ein.

»Was heißt *in der Nähe*? Ich war auch in der Nähe, wenn Sie das meinen. Auf der Straße, wo auch der Metzger war, der Reschner. Einer von den Unterbachers ist in die Zuschauermenge gelaufen, den sollten Sie fragen. Der muss ganz nah dran gewesen sein.«

Richtig, jetzt fiel es Tasso wieder ein. Wegen dieser Sache hatte es abends die Prügelei gegeben. Peter Vogler war der, der sich mit Alfons Unterbacher geprügelt hatte, weil der als Schnappviech vom Wege abgekommen war. Das hieß zwar nicht, dass er etwas mit dem Tod Georg Mayers zu tun hatte. Aber sobald ein Name in Laufe einer Ermittlung mehr als einmal genannt wurde, wurde er zu einer Person, mit der sie dringend sprechen sollten.

»Gut.« Er klappte sein Notizheft zu. »Ich denke, das war erst einmal alles. Johann, hast du noch Fragen?«

Vierweger erhob sich mit einem leisen Ächzen. »Nein. Herzlichen Dank für die Gastfreundschaft.«

***

»Und? Was denkst du?«, fragte Vierweger, kaum, dass sie wieder auf der Straße standen.

»Die wirkten weder sehr betroffen, noch waren sie auskunftsfreudig. Immerhin, wir haben zwei Namen, und das ist mehr, als ich erwartet habe.«

»Betroffen sind sie schon.« Vierweger steckte die Hände in die Hosentaschen und marschierte voran. »Die lassen es sich nur nicht anmerken. Das machen die mit sich aus. Und jetzt? Wen nehmen wir uns zuerst vor?«

»Peter Vogler, würde ich sagen. Der Wörndl weiß längst, dass wir kommen, um Fragen zu stellen, den werden wir nicht mehr überraschen.«

»Passt für mich. Gehen wir.« Vierweger stapfte davon.

»*Momento*, wo willst du hin? Zum Auto müssen wir in die andere Richtung.«

»Hast du nicht gerade entschieden, dass wir zum Vogler gehen? Das schaffen wir zu Fuß, das ist nicht weit.«

»Also gut.« Tasso gab sich geschlagen. Wenigstens war die Straße nicht mehr so rutschig, sodass nicht jeder Schritt zur Qual wurde. Zu gern hätte er eine Zigarette geraucht, weil ihm das half, sich besser zu konzentrieren. Aber was das anging, wollte er bis Ostern konsequent bleiben. Es würde sich noch zeigen, ob er das schaffte.

Inzwischen hatte er das Gefühl, dass Georg Mayer nicht der Mensch gewesen war, als den ihn bisher alle beschrieben hatten. War er wirklich der großartige Freund, der charmante Herzensbrecher, der Sohn, der die Erwartungen der Familie erfüllte? Ja, der Vater schien stolz auf die Rolle zu sein, die Georg in der Genossenschaft gespielt hatte. Aber das hieß noch lange nicht, dass er auch den Familienbetrieb im Sinne des Vaters zu führen gedachte. Vielleicht hatte es da noch Unstimmigkeiten gegeben. Und dass ein solcher Charmeur keine Verlobte, nicht einmal eine Kandidatin haben sollte, auch das kam ihm seltsam vor. Im Privatleben interessierten Tasso solche Brüche der Konventionen nicht, und er fand auch, dass diese Dinge außer den Betroffenen niemand etwas angingen. Sobald aber Menschen, die von dem, was sich schickte, abwichen, zu Tode kamen, musste er sich zwangsläufig damit beschäftigen.

Vierweger brummte nachdenklich. »Mich beschäftigt ja eher, dass die überhaupt so bereitwillig Namen genannt haben. Das ist ungewöhnlich, findest du nicht? Wir haben schon so manches Mal Tage gebraucht, bis wir irgendwas erfahren haben. Gerade auf den Dörfern.«

»Also der Wörndl konnte nicht anders. Da wir schon wussten, dass er zu den Schnappviechern gehört hat und die Kostüme da in der Scheune bei seinem Vater lagern, hätte der sich nicht mehr herauslügen können.«

»Das stimmt natürlich. Und vielleicht fiel ja genau deshalb ein zweiter Name. Um vom Christoph abzulenken. Die wollen, dass wir uns auf diesen Peter Vogler konzentrieren.«

Tasso nickte nachdenklich. Für ihn war das alles noch nicht recht greifbar. »Georg Mayer, genannt Schorsch, von allen geliebt und geschätzt. Der strahlende Erbe eines alteingesessenen Winzerhofs«, fasste er die bisherigen dürftigen Fakten laut zusammen. »Einen Vorreiter hat sein Vater ihn genannt, und dass er einen guten Ruf als Winzer habe. Was können sie denn am Wein überhaupt großartig anders machen als andere Betriebe?«

Vierweger blieb stehen. »Meinst du die Frage ernst?«

»Na ja, es gibt verschiedene Trauben, aus manchen machen sie Rotwein, aus anderen Weißwein oder Rosé. Ich trinke nur roten. Der Gewürztraminer ist ein weißer, daher kann ich zu dem wenig sagen. Und du hast erwähnt, dass die Gegend hier ein sehr altes Anbaugebiet ist.«

»Ja, das stimmt.« Vierweger setzte sich wieder in Gang. Tasso glaubte zu hören, wie er »Banause« oder etwas Ähnliches vor sich hin grummelte.

»Dann erklär's mir, Johann. Was ist so großartig kompliziert an der Weinherstellung?«

»Ich weiß nicht, ob es kompliziert ist. Aber vor einigen Jahren gab es eine große Diskussion hier unter den ortsansässigen Winzern, in der es darum ging, wie viel Zucker dem Wein zugesetzt werden darf. In Jahren, wo die Reben nicht genug Sonne abbekommen, wird nachgeholfen. Das ist nicht grundsätzlich verboten, versteh mich da nicht falsch.

Es nennt sich Trockenzuckern. Aber es gibt Höchstmengen, die beigemischt werden dürfen. Und für manche, so schien es mir immer, ist es eine Frage der Ehre, dass nicht ein einziges Körnchen Zucker zugesetzt wird. Sie keltern lieber weniger Wein, aber dafür einen ehrlichen, so hieß das damals.« Vierweger schnaufte und öffnete seinen Mantel. Inzwischen hatten sie den Rathausplatz erreicht und überquerten ihn.

Tasso erinnerte sich gerade wieder, dass er und sein ehemaliger Ispettore unterschiedliche Auffassungen davon hatten, wann ein Weg *nicht weit* war. Aber so groß war Tramin nun auch wieder nicht, sodass es sich vermutlich nicht mehr lohnte, zum Auto zurückzukehren.

»Das heißt, sie panschen den Wein mit Zucker, ja?«

»Ich würde es nicht panschen nennen. Es ist ja nicht verboten.«

»Worin liegt denn der Vorteil, Zucker in den Wein zu kippen?«

»Es wird gehaltvoller, der Alkoholgehalt steigt. Das ist oft ein Zeichen für bessere Qualität.«

»Mit dem Zucker wird also ein hochwertigerer Wein erzeugt.«

»Nun, genau dieser Begriff *hochwertig* wäre jetzt ein Gegenstand für Diskussionen. Manche sagen, das Gegenteil ist der Fall, eben weil der Zucker künstlich zugesetzt wird.«

Tasso schüttelte den Kopf. »Wein schmeckt mir, oder er schmeckt mir nicht. Bruno tut immer so, als verstünde er eine Menge davon, wie ein guter Wein zu schmecken hat. Mir hat er einmal eine teure Flasche geschenkt, die angeblich etwas ganz Besonderes war. Ich fand sie fürchterlich kratzig.«

Vierwegers Antwort bestand darin, mit dem ausgestreckten Arm auf eine Straße hinter dem Brunnen zu zeigen. »Da müssen wir entlang, es ist nicht mehr weit.«

»Natürlich nicht.« Tasso seufzte lautlos und beschleunigte seine Schritte. »Für uns wäre also interessant zu wissen, ob sich Georg Mayer hier mit einem oder mehreren anderen Winzern angelegt hat. Warum hast du den Vater vorhin nicht gefragt, wie sich sein Sohn die Zukunft des Gewürztraminers vorstellt?«

»Weil ich denke, dass wir erst mehr darüber herausfinden sollten, wie die Stimmung hier allgemein ist. Und falls das sogar so weit geht, dass der liebe Herr Sohn ein wenig zu großzügig mit dem Zucker ist und wirklich panscht, wird er uns das kaum auf die Nase binden.«

»Vorausgesetzt, er weiß überhaupt davon.«

Vierweger nickte nur.

»Wenn es so ist und dieses Trockenzuckern gegen die Winzerehre verstößt, würde ich ja eher erwarten, dass Georg Mayer einem der anderen Winzer das Panschen vorwirft. Weil er doch der Gute ist.«

»Kann natürlich auch sein. Aber genau das meinte ich, Aurelio: Darüber sollten wir erst mehr herausfinden. Und ich denke nicht, dass der Vater des Opfers dafür die richtige Adresse ist.«

Tasso brummte zustimmend. Leider hatte er nur noch keine Idee, wen sie stattdessen fragen sollten. Sie waren immer noch dabei, den Ablauf des Geschehens zu klären, tappten noch viel zu sehr im Dunkeln.

Nach einem längeren Fußmarsch erreichten sie einen Hof, der vermutlich nicht so alt war wie der der Mayers, aber dennoch schon seit einigen Generationen bewirtschaftet wurde. Unterwegs waren sie keiner Menschenseele begegnet, wozu das trübe Wetter sicherlich seinen Teil beitrug. Auch der ummauerte Platz zwischen einem mehrstöckigen Wohnhaus und einem Stall, aus dem das Geblöke von Kühen schallte, lag verwaist da.

Tasso ging voraus und klopfte. Da niemand öffnete, wandten sie sich zum Stall und betraten ihn. Wärme sowie der Geruch nach Fell und Dung schlugen ihnen entgegen. Gut zwei Dutzend Kühe standen ordentlich aufgereiht und rupften Heu aus den Raufen. Mehrere Grubenlampen baumelten von der Decke, alle durch ein durchhängendes Stromkabel miteinander verbunden. Zwischen den Dachbalken hingen staubbedeckte Spinnweben.

Tasso nahm den Hut ab. »Ist hier jemand? Signor Vogler?«

»Ja?« Ein Filzhut tauchte hinter dem Rücken einer Kuh auf, darunter ein Gesicht mit kurzem, struppigem Bart und einer breiten Nase. Das linke Auge war dunkelblau zugeschwollen.

»Sind Sie Peter Vogler?«

»Und Sie sind?«

»Commissario Tasso und Ispettore Vierweger. Wir ermitteln den Tod von Georg Mayer.«

»Ah, verstehe.«

»Woher haben Sie das blaue Auge?«

»Tut nichts zur Sache. Hat nichts damit zu tun.« Peter Vogler drückte die Kuh zur Seite und trat auf den Gang. Er trug einen blauen Schurz über einem Wollhemd. In der rechten Hand hielt er eine Mistgabel, die er auf eine mit Dung beladene Schubkarre legte.

»War das der Alois Unterbacher?«

»Wenn Sie's schon wissen, warum fragen Sie dann noch?« Er zog die schmalen Schultern hoch und lehnte sich an die Stallwand. »Ich habe zu tun. Mein Vater ist krank.«

»Ich dachte, Sie wären Winzer.«

Sein Gegenüber blinzelte verwirrt. »Ja? Stimmt doch auch.«

»Na, wegen der Kühe.«

»Die Hälfte gehört meinem Onkel. Der betreibt eine Sennerei oben auf der Alm. Aber wir sind so ziemlich die Letzten hier, stimmt schon.« Er klopfte einer Kuh auf den Hintern. »Südtiroler Grauvieh. Die sehen Sie ohnehin nicht mehr oft.«

»Die Kuh ist Bestandteil unseres Kulturguts, Aurelio.« Vierweger sagte das so stolz, als wären es seine eigenen Viecher.

Tasso ignorierte ihn. »Signor Vogler, wir würden gern wissen, wie Sie zu Georg Mayer standen und wo Sie am Dienstag während des Egetmann-Umzuges waren. Genauer gesagt, zu der Zeit, als es passiert ist.«

»Ich habe damit nichts zu tun.«

»Das ist wortwörtlich die Antwort, die ich erwartet habe, aber nicht hören will. Also nochmal von vorn.«

Sein Gegenüber senkte den Kopf und starrte stumm zu Boden. Von den Geräuschen der Kühe abgesehen wurde es still.

Nach einer Weile zog Vierweger eine Packung Zigaretten aus der Manteltasche. »Wollen Sie?«

Er blickte entschuldigend zu Tasso und bot ihm eine Zigarette an. Tasso stieß ein leises Grollen aus. Er verstand das Symbol dieser Geste durchaus und konnte nun gar nicht anders, als ebenfalls zuzugreifen. Peter Vogler wies sie mit einer Geste an, den Stall zu verlassen. Draußen entzündeten alle drei in friedlicher Eintracht die Streichhölzer.

Peter Vogler paffte ein paar Mal, als würde er eine gute Zigarre rauchen. »Ich war am Brunnen, habe auf dem Rand des Wasserbeckens gestanden, als die Schnappviecher die Straße heraufkamen«, begann er widerstrebend. »Ich habe auch gesehen, wie einer der beiden Unterbacher in die Menge gelaufen ist. Dass es Alois war, hab ich erst später erfahren. Genau wie die Sache mit Schorsch. Und das ist auch schon alles.« Er zog gierig an seiner Zigarette. »Und wie hilft Ihnen das jetzt weiter?«

»Mochten Sie Georg Mayer?«

»Was heißt schon mögen?«

»Kamen Sie gut mit ihm aus?«

Peter Vogler verengte die Augen zu schmalen Schlitzen. Vermutlich ahnte er, dass die Ermittler bereits von den Meinungsverschiedenheiten in der Genossenschaft wussten, traute sich jedoch nicht, es selbst anzusprechen.

Tasso wartete ungeduldig.

»Ich hätte gerne heute noch eine Antwort!«, knurrte er irgendwann. »Mochten Sie Georg Mayer?«

»Ging so.«

Vierweger lachte laut auf und schlug dem jungen Mann jovial auf die Schulter. »Jetzt raus damit! Er hat dir zu viel Staub aufgewirbelt.«

»Schon. Er war halt sehr … moralisch. Hat immer alles besser gewusst. Wir sollten in der Genossenschaft nach seiner Pfeife tanzen. Dabei hat er doch nicht mehr zu sagen als alle anderen. Er hat nur einfach das Maul immer am weitesten aufgerissen.«

»Moralisch?«, hakte Tasso nach.

Peter Vogler wedelte unbestimmt mit der Hand. »Irgendwie schon. So ähnlich wie das, was Ihr Kollege da gerade über die Kühe gesagt hat: Der Gewürztraminer, das wäre nicht einfach Wein, hat er immer gemeint. Der wäre Kultur. Und zugleich unser Kapital. ›Alles für die Qualität‹, das war sein Motto. Lieber wenig und teuer, als Masse produzieren.« Er lachte abfällig. »Kultur und Kommerz, das hat sich für ihn nicht ausgeschlossen.«

»Und Sie? Wie sehen Sie das?«, fragte Vierweger.

Schulterzuckend blickte Peter Vogler wieder zu Boden. »Wir sind Bauern, so sehe ich das. Wir bringen im Frühjahr das Vieh auf die Alm, schauen nach unseren Reben. Im Herbst holen wir die Tiere und den Käse wieder herunter und lesen die Trauben. Das ist alles. Wir kommen zurecht.«

Es fiel Tasso schwer einzuschätzen, wie gut die Familie von dem leben konnte, was sie tat. Wenn er das Wohnhaus betrachtete, könnte es durchaus einen neuen Anstrich gebrauchen. Die Fensterläden waren verwittert und hingen teils schief. Vielleicht war kein Geld da, um die Gebäude gescheit instand zu setzen, womöglich legten die Voglers aber auch einfach keinen Wert darauf.

»Wo ist Ihr Bruder?«, fragte er.

»Herbert? Der ist seit gestern wieder in Innsbruck und kommt vorläufig nicht zurück. Er studiert.«

»Können Sie ihn erreichen? Wir möchten mit ihm sprechen.«

Peter Vogler trat die Zigarette aus. »Warum?«

»Dazu kann ich Ihnen derzeit nichts sagen.«

»Ich kann versuchen, ihn anzurufen. Der wohnt in einem Wohnheim, und die haben da nur ein Gemeinschaftstelefon. Seine Mitbewohner sind nicht unbedingt zuverlässig darin, Nachrichten weiterzugeben. Manchmal dauert das Tage oder bis ich nochmal anrufe.«

»Rufen Sie ihn an und sagen Sie ihm, dass wir mit ihm sprechen müssen. Er soll herkommen.«

»Jawohl, ich versuch's.«

»Das war erst einmal alles.« Tasso gab Vierweger ein Zeichen, indem er mit dem Daumen hinter sich zeigte. Der große Mann nickte kaum merklich.

Tasso ließ seine Zigarette fallen und verabschiedete sich mit einem kurzen Gruß. Dann schlenderte er voraus. Vierweger begann, nach den Kühen zu fragen, und folgte Peter Vogler zurück in den Stall.

Noch bevor Tasso den Rathausplatz erreichte, hatte der ehemalige Ispettore ihn wieder eingeholt.

»Und?« Tasso blieb kurz stehen.

Vierweger schnaufte durch. »Kaum warst du weg und er in der Nähe der Kühe, wurde er redseliger. Ich habe ganz mächtig den Eindruck, dass unser Opfer bei Weitem nicht so charmant und beliebt war, wie alle das bis jetzt behaupten. Im Gegenteil! Der scheint einigen ganz schön auf den Wecker gegangen zu sein. Was uns gegenüber natürlich niemand gern zugibt, weil wir diese Leute dann sofort verdächtigen würden.«

»Willst du mir gerade sagen, dass wir ab jetzt ganz Tramin in Betracht ziehen sollten?«

»War das bisher nicht der Fall, Aurelio?«

Seufzend setzte Tasso sich wieder in Bewegung. »Ich vermute seit dem Gespräch mit dem Vater Benedikt Mayer, dass uns hier eine ganze Menge Halbwahrheiten aufgetischt werden. Und das spielt all jenen in die Hände, die was damit zu tun haben.«

»Nicht, dass uns das überraschen würde.« Vierweger folgte ihm etwas schwerfälliger.

»Natürlich nicht. Ist immer so.«

»Warum sagst du *all jenen*? Glaubst du, wir suchen mehrere Leute? Eine Verschwörung? Eine geplante Tat?«

Tasso hob abwehrend die Hand. »Wäre so etwas wirklich planbar? Ein Angriff mitten in einer Menschenmenge mit der Absicht, Georg Mayer zu töten?«

»Hm.« Vierweger versank in Schweigen.

Tasso verfolgte diese Frage in Gedanken weiter. Wann der Egetmann-Umzug stattfand und wie er ablief, stand fest. Aber das war auch alles. Wo sich Georg Mayer wann aufhalten würde und wer um ihn herum wäre, das war alles nicht gut vorauszuplanen. Nicht einmal das Wetter war exakt vorherzusagen. Und schon gar nicht war damit zu rechnen, dass sich ein Schnappvieh in die Zuschauermenge stürzte und für Aufruhr sorgte – sofern Alois Unterbacher nicht an einem Komplott beteiligt war und das alles mit Absicht gemacht hatte. Dafür gab es aber keinerlei Anhaltspunkte. Nach dem Vollzug eines Plans sah der gesamte restliche Ablauf auch nicht aus.

»Wir haben noch Zeit, bis wir Mara treffen. Ich hoffe ja sehr, dass sie kommt. Nach Bozen zurückzufahren lohnt sich jetzt aber auch nicht mehr. Lass uns im *Goldenen Löwen* einen Schwarzen trinken«, schlug Tasso vor.

»Gerne.«

Schweigend betraten sie den Gasthof, setzten sich an einen Tisch und warteten, bis der mürrische Wirt sie ausreichend lang empört angestarrt und ihnen dann Kaffee und Wasser gebracht hatte. Vierweger orderte dazu zwei Stücke Apfelstrudel.

»Also nochmal von vorne«, überlegte Vierweger laut. »Manfred Oberhofer lotst seinen Freund von der Clique weg zu einem bestimmten Punkt, dem Tatort. Dann sorgt der Alois Unterbacher für Ärger und Ablenkung. Wie sicher können wir sein, dass es nicht einer der beiden war?«

»Können wir nicht.« Tasso rührte Zucker in seine Espressotasse. »Ich wollte Mara bitten, noch einmal mit dem Oberhofer zu reden. Der stand am Dienstag im Krankenhaus unter Schock und war mit Medikamenten vollgepumpt. Ich denke, dass seine Aussage heute anders ausfällt. Ich kann nur nicht vorhersagen, wie.«

»Passt. Dass es der Unterbacher war, bezweifle ich. Ich kann mir nicht vorstellen, wie der mit was Scharfem rumhantiert und zugleich sein Schnappviech kontrolliert bekommt, ohne dass es jemand bemerkt.«

»Sehe ich genauso. Falls er beteiligt ist, war es seine Aufgabe, für Ablenkung zu sorgen. Und selbst das fällt mir schwer zu glauben, nach allem, was wir wissen.«

»Aber nehmen wir trotzdem einmal an, die beiden sind Mitwisser und spielen ihre Rollen, bis sich die passende Gelegenheit ergibt. Die nutzt Nummer drei, der uns noch unbekannt ist, um den Mord auszuführen.«

»Das klingt alles fürchterlich konstruiert und viel zu kompliziert. Drei Beteiligte, die das geplant haben sollen?« Tasso seufzte frustriert. »Wobei ich es nicht gänzlich ausschließen möchte. Nicht, bevor ich nicht weiß, was wirklich geschehen ist.«

»Das finden wir heraus. Mach dir da keine Sorgen.«

Vierweger behauptete das mit sehr viel mehr Zuversicht, als Tasso verspürte. Doch er widersprach ihm nicht.

11. Kapitel, in welchem Mara ein Angebot für ein neues Tätigkeitsgebiet bekommt, das sie nicht ablehnen kann

Im Laufschritt eilte Mara auf das Rathaus zu. Die Kirchturmuhr schlug bereits halb fünf, die Besprechung hatte sicherlich längst begonnen. Aber besser, sie kam zu spät als gar nicht. Jakob Oberhöller hatte versucht, ein Machtwort zu sprechen, war aber am Widerstand seiner Tochter gescheitert, die dabei Schützenhilfe von ihrer Großmutter mütterlicherseits erhielt.

»Grüß Gott, Fräulein Oberhöller.« Annegret Kofler empfing Mara im Flur des Rathauses mit einem Tablett voller Tassen und einer Thermoskanne. »Die Herren sitzen im Sitzungsraum, zweite Tür links. Möchten Sie auch Kaffee?«

»Sehr gern. Ich kann das Tablett mitnehmen.«

Annegret Kofler nickte erfreut und reichte das Tablett weiter. Mara betrat den Raum, in dem Tasso und Johann einander ratlos über einen runden Tisch hinweg ansahen.

»Mara!« Tasso erhob sich und schien fast zu einer Verbeugung ansetzen zu wollen. Er hielt mitten in der Bewegung inne und winkte stattdessen ungelenk. Wie schön, Sie zu sehen!«

»So überschwänglich?« Mara stellte das Tablett ab und zog ihren Pelzmantel aus.

Johann verteilte die Tassen und schenkte Kaffee ein. »Unser Commissario ist verdrießlich, machen Sie sich nichts draus. Das ist das Wetter, die feuchte Luft, der Schnee. Das gibt sich wieder, sobald die Sonne herauskommt.«

»Johann, das reicht.«

»Ist doch wahr.«

Tasso löffelte reichlich Zucker in seinen Kaffee. »Es ist vielmehr so, dass wir keinen Ermittlungsansatz haben, und das macht mir zu schaffen. Wie waren gerade dabei, über die möglichen Verdächtigen zu diskutieren. Aber wenn wir ehrlich sind, haben wir niemanden.«

Mara strich sich die Haare glatt und setzte sich. »Ist diese ganze Angelegenheit denn wirklich so undurchsichtig?«

Der Commissario verzog nur gequält das Gesicht, Johann zuckte mit den Schultern.

»Wie war es zu Hause? Konnten Sie Ihre Familienangelegenheit klären?«, lenkte Tasso anschließend ab.

Mara hätte am liebsten laut aufgelacht, beherrschte sich jedoch. »Es gab gar keinen Grund, nach Meran zu fahren. Mein Vater hat mich einbestellt, um mir die Leviten zu lesen, auf was ich mich da gerade wieder einlassen wollte. Aber ich habe mich durchgesetzt.«

Sie liebte ihren Vater wirklich sehr. Aber sie konnte nicht einsehen, dass sie nicht das gleiche Recht wie ihre beiden Brüder haben sollte, selbst über ihr Leben und darüber zu entscheiden, was sie tun und lassen wollte. Sie ahnte, dass ihr Vater sich Sorgen machte, weil ihm die Aussicht nicht behagte, dass seine Tochter allzu bald im fernen Mailand studieren würde und dort Eindrücken ausgesetzt war, die er nicht zu kontrollieren vermochte. Aber er musste sich wohl oder übel damit abfinden. Und darum ging es. Ihr die Ermittlung mit Commissario Tasso zu verbieten war nur ein letzter Versuch, ein wenig Einfluss zu nehmen.

»Das ist gut«, erklärte Tasso förmlich. »Ich habe eine Aufgabe für Sie. Sprechen Sie mit Manfred Oberhofer. Das ist der junge Mann, der nach dem Vorfall neben dem Verletzten gehockt hat. Er hat als Erster Zweifel daran geäußert, dass es sich um ein Unglück gehandelt haben sollte. Es sind jetzt zwei Tage vergangen. Damit ist er inzwischen hoffentlich wieder klar im Kopf und erinnert sich vielleicht an Details, von denen er mir nicht berichtet hat.«

»Es ist besser, wenn das als ein Gespräch unter Ihresgleichen geschieht«, ergänzte Johann. »Kein Verhör durch einen grimmigen Commissario.«

Mara kam nicht dazu, eine Antwort zu geben, da Annegret Kofler den Raum betrat und ihr eine Tasse brachte. An der Tür zögerte sie und schaute sich gründlich um.

»Möchten Sie etwas sagen, Signorina Kofler?«, fragte Tasso.

»Bürgermeister Sulzer lässt fragen, ob er wohl an der Besprechung teilnehmen könnte. Er möchte über den Stand der Ermittlungen informiert sein und Sie, falls möglich, unterstützen.«

»Er ist selbstverständlich willkommen.«

»Ich gebe ihm Bescheid.« Damit verschwand die Gemeindesekretärin.

»Also das ist kein Problem, Tasso«, nahm Mara den Faden wieder auf. »Ich spreche mit Manfred Oberhofer. Vielleicht finde ich ja etwas heraus.«

»Das hoffe ich, Mara. Das hoffe ich wirklich.«

Mara musterte Tasso aus den Augenwinkeln. Er wirkte erschöpft und abgeschlagen. Das war nicht so eindrücklich wie während der Ermittlungen zur Entführung von Bruno Visconti, aber es fehlte auch nicht allzu viel. Sie vermutete aber, dass es weniger an dem Fall in Tramin lag als vielmehr an der Anhörung, die ihm morgen früh bevorstand.

Jakob Sulzer betrat mit einem Gruß den Raum, und sie alle erhoben sich und schüttelten einander die Hände. Der Bürgermeister war ein Mann um Mitte fünfzig, hager und grauhaarig, bekleidet mit einer schwarzen Hose und einer dunkelgrünen Lodenjacke darüber.

Er nahm seine Brille ab und setzte sich. »Der Todesfall hat einiges Aufsehen erregt. Ich habe gestern mehrere Interviews gegeben, doch für heute habe ich Annegret angewiesen, alle Anfragen abzuwimmeln. Natürlich brodelt im Dorf die Gerüchteküche.«

Tasso und Johann tauschten einen Blick.

»Erzählen Sie uns davon«, forderte Tasso ihn höflich auf. »Es wäre für uns sehr wichtig, die Aussagen abzugleichen. Oft haftet Gerüchten ja ein wahrer Kern an.«

Jakob Sulzer schob das Kinn vor. »Die Leute sagen Ihnen nichts, habe ich recht? Das ist eine verstockte Bande, nicht wahr?«

Johann verschränkte die Arme und lehnte sich zurück, sodass der Stuhl quietschte. »Die sind wie überall. Der Unterschied ist, dass es in dieser Gemeinschaft eine Person gibt, die vom Wege abgekommen ist und andere ermordet.«

»Andere? Mehrzahl? Wollen Sie damit sagen, dass Sie mit weiteren ... Angriffen rechnen?« Der Bürgermeister war eine Spur blasser geworden.

»Aber nein, das meinte ich nicht.« Der ehemalige Ispettore wedelte beschwichtigend mit einer Hand. »Wobei wir allerdings nichts ausschließen sollten.«

Mara war sich nicht sicher, ob Johann sich da nicht ein kleines Spielchen erlaubte. Aber ob es nun Absicht war oder nicht, er hatte Jakob Sulzer gründlich verunsichert.

»Ich kann mir vorstellen, dass Ihnen möglicherweise noch niemand von den Meinungsverschiedenheiten innerhalb der Genossenschaft erzählt hat«, sagte Jakob Sulzer. »Sowohl zwischen einigen Familien als auch über die Generationen hinweg. Es gibt unter den alteingesessenen Winzern eine Handvoll Querulanten, die der Meinung sind, dass sich auf keinen Fall etwas ändern dürfe und dass der Wein auch im kommenden Jahrhundert noch so produziert werden sollte, wie das hier schon seit Ewigkeiten der Brauch ist.«

Tasso beugte sich interessiert vor. »Und wo stehen Sie? Tradition oder Fortschritt?«

»Ich versuche, neutral zu bleiben. Was mir ganz gut gelingt, da ich dem gesamten Thema den Rücken gekehrt habe. Wenn ich nicht gerade Bürgermeister bin – wobei es sich, wie Sie sich denken können, um ein Ehrenamt handelt –, bin ich Handelsvertreter.«

»Für Wein?«

»Gott bewahre. Für Sportartikel.«

»Aber Ihre Familie ist hier alteingesessen. Es gibt sogar einen Ansitz Sulzer, wenn ich mich recht erinnere.«

»Den gibt es, doch der ist leider nur noch eine Ruine.« Jakob Sulzer nickte traurig. »Mein Vater hat vor dem Krieg optiert und ist mit meinen beiden Brüdern ins Deutsche Reich ausgewandert. Was ihn dazu getrieben hat, müssten Sie ihn schon selbst fragen.«

»Das heißt, Ihr Vater lebt noch?«

»Oh ja, bei meinem Bruder. Er ist sechsundachtzig. Aber wenn er eines nicht macht, dann ist das, über diese Zeit zu reden. Er hat mir den Ansitz und das Haus danebenüberschrieben. Der gesamte Betrieb war aber schon in den Dreißigern heruntergewirtschaftet; die Rebstöcke verlaust, der Weinkeller feucht und vom Schimmel befallen. Ich habe dort gelebt und alles in Ordnung gehalten, so gut es ging. Nach dem Krieg kamen Vater und mein Bruder Anton zurück. Dem habe ich das kleinere Haus abgetreten. Er hat geheiratet und daraus eine Pension gemacht.«

»Das wäre also die Pension Bacchus«, sagte Mara und ergänzte auf Tassos fragenden Blick hin: »Herrn Sulzers Schwägerin ist Veronikas Tante Selma, geborene Bacher, verheiratete Sulzer. Wir haben am Faschingsdienstag in ihrer Pension übernachtet.«

»Was ist mit dem Ansitz? Und dem Weinberg?«, fragte Johann.

Jakob Sulzer lachte auf. »Weinberg ist ein sehr großes Wort für die paar Reben am Hang. Ich habe das alles meinen beiden Neffen überlassen. Mein zweiter Bruder Johann ist nie zurückgekommen, sondern nach dem Krieg in Deutschland geblieben. Wir hatten keinen Kontakt, bis eines Tages seine beiden Burschen hier vor der Tür standen und nichts mit ihrem Leben anzufangen wussten. Sie versuchen nun, alles wieder auf Vordermann zu bringen. Aber es fehlt ihnen an allem, besonders an Geld und an Fachwissen. Die beiden können Wein trinken, aber von seinem Anbau haben die keine Ahnung.«

»Die in der Genossenschaft lassen die Jungwinzer auflaufen«, stellte Johann fest.

»So ist es. Und das tut niemandem gut. Ich versuche, mich herauszuhalten. Ich habe meinem Vater zwar in meiner Jugend geholfen, aber ich bin kein Winzer. Wollte ich auch nie sein. Aber ich sehe es nicht gern, dass das Haus meiner Familie verfällt. Und als Bürgermeister habe ich ebenfalls kein Interesse daran, dass so eine Ruine den Ort verschandelt. Das kommt nicht gut bei den Gästen an. Die erwarten etwas anderes.«

»Nichts für ungut, Signor Sulzer«, sagte Tasso. »Was hat das alles mit unserem Mordfall zu tun?«

»Gar nichts, bitte entschuldigen Sie, dass ich ein wenig abgeschweift bin.«

»Schon gut, ich war es ja, der nach Ihrem Vater und dem Ansitz gefragt hat.«

»Was ich eigentlich sagen wollte, ist, dass Sie sich unter

den Winzerfamilien genauer umschauen sollten. Wenden Sie sich an meinen Neffen Josef. Er ist der Jüngere von beiden. Er wird mit Ihnen sprechen. Sein Bruder Franz ist ein wenig … dickköpfig. Aus dem werden Sie nicht viel herausbekommen.« Jakob Sulzer blinzelte nervös. »Die anderen Jungwinzer behandeln sie, als hätten sie kein Recht, hier zu sein. Die beiden sind Außenseiter. Was ein Schmarrn ist, meine Familie lebt hier schon genauso lange wie viele andere. Aber Franz glaubt, mit falscher Solidarität etwas erreichen und Teil der Gemeinschaft werden zu können. Der Jüngere, Josef, ist dagegen ruhig und clever. Der wird mit Ihnen sprechen, und der hat einen guten Überblick, wer mit wem kann und wer nicht.«

»Fürchten Sie nicht, dass Ihr Neffe Josef sich mit einer Aussage noch mehr ins Abseits manövriert?«, meinte Tasso.

»Das soll er selbst entscheiden. Ich für meinen Teil glaube nicht, dass es für ihn überhaupt noch schlimmer kommen könnte.«

Johann und Tasso schwiegen nachdenklich.

Allmählich begriff Mara, warum Jakob Sulzer so auskunftsfreudig war. Hatte sie zu Beginn des Gespräches vermutet, dass er seinem Gerechtigkeitssinn folgte, schien es ihr jetzt vielmehr, dass er die Angelegenheit einfach möglichst schnell aus der Welt schaffen wollte. Spätestens bis Ostern musste der Ruf von Tramin als idyllischem Reiseziel in den Südtiroler Alpen wiederhergestellt sein. Außerdem wollte er die Gelegenheit nutzen, die Situation für seinen Neffen Josef ein wenig zu verbessern. Dass dieser das schaffte, indem er mit der Polizei kollaborierte, bezweifelte Mara allerdings stark. Doch das sollte nicht ihr Problem sein. Sie mussten jede noch so winzige Chance nutzen, um an Informationen zu kommen, wenn sie diesen Fall lösen wollten.

Jakob Sulzer erhob sich. »Wenn Sie noch Fragen an mich

haben, stehe ich gern zur Verfügung. Fräulein Kofler wird Ihnen frischen Kaffee bringen.«

»Sehr liebenswürdig, herzlichen Dank.«

Kaum hatte der Bürgermeister den Raum verlassen, musterte Mara Tasso und Johann nacheinander. »Sie beide sehen nicht so aus, als würden Sie sich über die neuen Informationen freuen.«

Tasso nahm den Kaffeelöffel und tippte damit gegen den Rand der Tasse. »Weil sie nicht neu sind. Dass das Opfer gar nicht so beliebt war, gerade in der Genossenschaft, ist uns schon bekannt. Interessanter wäre gewesen zu erfahren, wer sich da gegen wen stellt und wer kooperiert. Georg Mayer gehörte, wenn ich einmal die Worte des Bürgermeisters bemühen darf, zu den fortschrittlichen Geistern. Gegner seiner Ansichten haben wir ebenfalls schon ausfindig gemacht: die Winzerfamilien Wörndl und Vogler.« Er hob die Hand und machte eine Greifbewegung. »Wir haben bereits mit Christoph Wörndl und Peter Vogler gesprochen. Die beiden und das Opfer waren nicht gerade die besten Freunde. Aber das klang auch alles nicht danach, als hätten sie einander umbringen wollen. Und so ist das bisher bei allen Aussagen. Es gibt nichts Handfestes, nichts, wo wir anpacken können.«

Er wurde von Annegret Kofler unterbrochen, die mit einer Thermoskanne frischen Kaffees und einem Teller Kekse eintrat.

Johann beugte sich neugierig vor und nahm einen Keks, kaum, dass der Teller die Tischplatte berührte. »Wir brauchen einen Undercoverermittler. Einen, der in den inneren Zirkel vordringt und Informationen sammelt.«

»Du schaust zu viele amerikanische Filme, Johann.«

»Ich finde, Ihr Kollege hat recht, Commissario.« Auf der sorgfältig geschminkten Miene der Sekretärin malte sich ein listiges Lächeln ab. »Noch besser wäre allerdings eine Ermittler*in*. Ich sage Ihnen, damit rechnet niemand.«

»Haben Sie etwa eine konkrete Idee, Signorina Kofler?«

»Vielleicht.« Sie zwinkerte Mara verschwörerisch zu. »Heute Abend findet der wöchentliche Stammtisch der Winzergenossen im *Goldenen Löwen* statt. Dort werden sie die jüngsten Ereignisse natürlich besprechen. Wenn Sie dort Mäuschen spielen könnten, hätten Sie am Ende des Abends ganz sicher einen hervorragenden Überblick darüber, wie die Männer dort zueinander stehen.«

»Wirklich eine interessante Idee. Aber wie sollten wir dort unerkannt jemanden einschleusen? Abgesehen davon, dass sich mein Agente Mancuso krankgemeldet hat und kaum Deutsch versteht, würden die doch sofort misstrauisch, sobald der sich zu denen setzt.«

»Sicher. Aber die Kellnerin, die an dem Abend bedient, die wird niemand beachten.« Abermals bedachte sie Mara mit einem vielsagenden Blick. Dann verschwand sie mit einem knappen Gruß.

Einen langen Moment schwiegen sie, dann sprachen alle gleichzeitig.

»Mara, könnten Sie sich das vorstellen …?«

»Ich finde das eine ausgezeichnete Idee, Aurelio!«

»Natürlich würde ich das tun. Sofort …«

»Fragt sich nur, wie wir den Löwenwirt dazu bekommen könnten …«

»Wer hätte gedacht, dass mein kleines Versehen so eine Wirkung hat.«

»Ich habe allerdings keine Ahnung vom Bedienen. Aber so schwer kann es nicht sein.«

»… Signorina Oberhöller für einen Abend anzustellen. Ideen, Johann?« Tasso stutzte. »Was für ein Versehen?«

Johann versuchte sich an einer unschuldigen Miene.

Mara blickte verwirrt von einem zum anderen.

»Johann, raus mit der Sprache!«

»Es ist nichts, glaub mir. Ich war doch vorhin ein paar Minuten vor dir hier, erinnerst du dich?«

»Natürlich.«

»Die Tür zum Rathaus stand offen, also bin ich hineingegangen und habe gerufen. Als niemand geantwortet hat, habe ich an die nächstbeste Tür geklopft. Das Büro des Bürgermeisters.«

»Und?«

Jetzt wurde es Johann offenbar doch ein wenig unangenehm. »Ich habe Geräusche aus dem Büro gehört, also habe ich die Tür geöffnet. Der Rest ist ... die übliche peinliche Geschichte.«

Tasso machte große Augen. »Der Bürgermeister und ... Nein.«

Johann zog mit einer übertrieben reumütigen Grimasse die Schultern hoch, als wolle er sagen, dass er doch nichts dafürkönne, wenn der Bürgermeister und die Sekretärin die Tür nicht absperrten.

Tasso schüttelte ungläubig den Kopf. »Deshalb sind die beiden so beflissen. Die wollen, dass wir möglichst schnell wieder verschwinden.«

»Schadet nicht, oder? Die Kekse sind übrigens gut.« Johann langte noch einmal ordentlich zu.

Mara fühlte sich von der Situation gerade ein wenig überfordert. Erst der Löwenwirt und sein Zimmermädchen, Jetzt die nächste heimliche Liebschaft?

Sie räusperte sich. »Dann soll ich mich jetzt also beim Löwenwirt bewerben? Denn wenn ich vorher noch mit dem Manfred Oberhofer spreche, dann wüsste der zumindest, wer ich bin, und würde die anderen Mitglieder des Stammtischs vorwarnen.«

»Da haben Sie völlig recht. Sie halten sich bis heute Abend zurück.« Tasso atmete tief durch. »Was haben wir noch? Johann, wann treffen wir diesen Chronisten?«

»Chronisten? Meinst du Werner Rittener, den Senioren, den wir in der Kirche gesehen haben? Der war Apfelbauer.«

»Genau den meine ich. Du hast ihn einen Chronisten genannt.«

»Ich habe gesagt, dass er eine wandelnde Dorfchronik ist. Nachdem ich mich mit ihm verabredet habe, hat er bereits ausführlich über die Geschichte der Kirche referiert, einschließlich der Familienfeiern seiner Kinder, Enkel und Urenkel. Wir können ihn heute Abend treffen, er hat mich auf ein Glas Wein in seinem Häuschen eingeladen. Das liegt an der Straße Richtung Söll, ganz in der Nähe der Scheune, in der die Schnappviecher hausen.«

»Dann hoffen wir mal, dass er auch so auskunftsfreudig über die Befindlichkeiten zwischen den Winzerfamilien oder wegen möglicher Mordmotive ist. Und wenn ich dann morgen Mittag wieder zurück bin, haben wir vielleicht ein ... Sippengemälde der Traminer Winzerfamilien und endlich auch Tatverdächtige.«

»Morgen Mittag?«, fragte Mara.

Statt einer Antwort wich Tasso ihrem Blick aus.

Johann beugte sich zu ihr. »Die Anhörung.« Er senkte die Stimme. »Wünschen Sie uns Glück. Mit dem Innenministerium ist nicht zu spaßen.«

12. Kapitel, in welchem Picco nicht mehr weiß, was er seinem Bruder noch alles zutrauen muss

»Jetzt nimm schon! Zier dich nicht so, Herrschaftszeiten!«

»Lass mich hier raus, dann esse ich was.«

»Nein. Dann verhunger halt. Ist mir doch egal.«

Ein Rumpeln kam von jenseits der Tür, die zum Weinkeller unter der Scheune führte, gefolgt von energischen Klopfzeichen.

»Das ist Kaschi.« Sein Bruder sprang auf und lief zur Tür.

Picco lehnte die Stirn gegen eine Holzlatte. Soweit er das hatte nachhalten können, war es noch keine vierundzwanzig Stunden her, dass er hier eingesperrt worden war, dennoch kam es ihm vor wie eine Ewigkeit. Er weigerte sich, etwas zu sich zu nehmen. Allerdings hatte er seit Mittwochmittag nichts mehr gegessen, und die lange Zeit nüchtern zu bleiben hatte ihn leicht schwindelig werden lassen. Doch vor allem war es der Durst, der ihm zusetzte. Sehnsüchtig schielte er auf die Wasserflasche, die sein Bruder durch die Latten gereicht und ihm direkt vor die Nase gestellt hatte. Wem nutzte es eigentlich, wenn er sich hier zu Tode quälte? Ihm selbst am allerwenigsten. Und Georg Mayer wurde davon auch nicht wieder lebendig.

Er ließ sich auf eine umgedrehte Holzkiste plumpsen, die einzige Sitzgelegenheit hier drin. Geschlafen hatte er in alte Kartoffelsäcke gehüllt auf dem nackten Boden.

»... müssen was unternehmen. Die werden wir nicht los,

bis die einen Schuldigen haben«, hörte Picco jetzt Kaschis verhasste Stimme.

Er schaute durch die Latten hinaus. Sie trug einen weiten Überwurf mit Kapuze, doch er hätte ihre unförmige Gestalt jederzeit erkannt. Sogar im Halbdunkel konnte er seinen Bruder um die mächtige Gestalt der Frau herumscharwenzeln sehen wie einen unterwürfigen Köter. Was fand er nur an der?

»Was hast du vor?«, fragte er gerade.

Kaschi lachte dreckig. »Sie wollen einen Schuldigen, sie bekommen einen Schuldigen. Heute Abend noch. Ich werde die Jungs zusammentrommeln und ihnen einen präsentieren, um den es nicht schade ist. Mehr musst du nicht wissen, dann wirkt es auch authentisch, wie erstaunt du bist.«

»Kann ich denn sonst nichts tun?«

»Du solltest dich zurückhalten. Erst wenn es losgeht, machst du den größten Schreihals ausfindig und redest ihm nach dem Mund. Brüllst herum. Mach es einfach genau wie die anderen und reagier bloß nicht als Erstes. Du darfst nicht übereifrig werden. Ich werd mir den Fredl vornehmen. Aber wenn es ein anderer übernimmt, soll es mir auch recht sein.«

Er griff ihr in den Nacken und flüsterte etwas, das Picco nicht verstehen konnte. Sie lachte und stieß ihn weg. Dann bemerkte sie den Verschlag und kam näher. Picco sprang auf und floh so weit wie möglich gegen die rückwärtige Wand.

»Oh, sieh mal! Picco, alles in Ordnung bei dir? Dein Bruder sagt, du isst nichts.«

»Geht dich nichts an.«

Sie trat heran, griff zwischen die Latten und streckte ihm lasziv die Zunge heraus. »Ich wüsste, wie ich dir Appetit machen kann. Möchtest du?«

»Lass mich in Ruhe.«

»Ich denke ja nicht dran. Dein Bruder ist immer so

schlecht gelaunt, wenn du herumzickst.« Sie rieb sich am Holz und strich sich über dem Mantel über die Brust.

»Kaschi, lass ihn.«

Sie wandte sich seinem Bruder zu. »Was denkst du? Wir könnten es gleich hier treiben. Vor dem Verschlag. Er kann nicht abhauen und müsste zusehen.« Sie schnalzte mit der Zunge. »Das würde mich wahnsinnig heißmachen.«

Picco wurde übel. Flehend blickte er zu seinem Bruder.

Wenigstens schien dem diese Vorstellung auch zu weit zu gehen. Er packte Kaschi am Arm und zog sie hektisch in Richtung Kellertreppe. »Lass uns ins Bett gehen, da ist es weicher. Picco, wenn ich wiederkomme, hast du das Brot aufgegessen!«

Damit verschwanden beide.

Picco wollte sich wieder setzen, als er zu seinen Füßen eine dunkle Öffnung bemerkte. Er hockte sich hin. Natürlich, der Kriechkeller! Er legte den Kopf auf den Boden und versuchte, in dem stockfinsteren Loch etwas zu erkennen. An dem Schloss der Lattentür hatte er sich bereits vergeblich zu schaffen gemacht. Aber das hier, war das ein Fluchtweg?

13. Kapitel, in welchem für Mara der Abend ganz anders endet, als sie erwartet hat

Erschöpft schob Mara das Tablett mit den leeren Bierkrügen über die Theke, was ihr nicht den ersten tadelnden Blick des Löwenwirts einbrachte. Sie hatte sich den ganzen Abend wirklich die größte Mühe gegeben, aber inzwischen war sie zu der Überzeugung gelangt, dass sie es diesem Mann aus Prinzip nicht recht machen konnte. Dabei verstand sie durchaus, warum der nicht gerade begeistert von der Idee gewesen war, Mara für diesen Abend anzustellen. Der Bürgermeister hatte ihn erst am Ende einer halblaut geführten Diskussion davon überzeugen können mitzuspielen. Nur so, hatte er gesagt, würde das Dorfleben wieder zur Normalität zurückfinden.

»Fräulein, zwei Viertel noch!«, rief ein schnauzbärtiger Mann von einem Ecktisch zu ihr hinüber und zeigte auf sich und seinen Begleiter.

Mara zwang sich zu einem Lächeln. »Kommt sofort!«

Es war schon nach halb elf, und ihr brannten die Füße. Niemals hätte sie gedacht, dass es so anstrengend sein könnte, ein paar Getränke in einer Schankstube zu servieren. Ihre Achtung vor den Obern und Kellnerinnen, die diese Arbeit tagein, tagaus machten, war gehörig gestiegen.

Trotz der späten Stunde schien es weder den Stammtisch der Winzergenossen noch die übrigen Gäste nach Hause zu ziehen. Der Schankraum brummte unvermindert vor Stimmen und Gelächter, Gläserklirren und Stühlerücken. An einem der Tische wurde Watten gespielt, an der Theke dis-kutierten vier ältere Bauern leidenschaftlich über die Milch-preise. Nur Johann Vierweger war nach einem Viertel Wein schnell wieder verschwunden. Er war nur auf ein Glas ge-kommen und um Mara zu fragen, ob sie ihn am kommenden Morgen an Tassos Stelle zu diesem alten Apfelbauern beglei-ten wolle, weil die Verabredung am Abend geplatzt war. Na-türlich hatte Mara eingewilligt und war nun gespannt darauf, was dieser Werner Rittener zu erzählen hatte. Zweiundneun-zig sei der Mann schon, hatte Johann ehrfürchtig geflüstert. Der könne wirklich noch von sich behaupten, er wisse, wie es war, als Südtirol noch zur Habsburger Monarchie gehörte. Vielleicht, witzelte Johann, sei er sogar der Kaiserin Sisi ein-mal persönlich begegnet.

Mara hätte wirklich nichts dagegen gehabt, wenn der ehe-malige Ispettore noch ein wenig geblieben wäre.

Sie brachte den beiden Männern den bestellten Weißwein und ging am Tisch der Winzergenossen vorbei, um nachzu-sehen, wer da noch Nachschub wünschte. Dort saßen seit Stunden Männer zusammen und sprachen über Gott, Wein und die Welt. Geblieben waren jedoch nur noch die sieben jüngeren, vier weitere ältere Herren hatten das Gasthaus gegen zehn Uhr verlassen. Die Stimmung war inzwischen aufgeheizt, die Zungen vom vielen Reden und dem Wein schwer.

Am Kopfende saß Manfred Oberhofer. »Ich glaube ja, dass es doch ein Unfall war«, meinte er gerade mit belegter Stimme. »Es ist furchtbar, so furchtbar. Aber es trifft immer die Besten. Ist doch so.« Dabei hob er den verletzten Arm wie zum Beweis für seine Aussage in die Höhe und schwankte dabei leicht mit dem Oberkörper. Sein Verband war fleckig, und das nicht nur vom Jod. Mara hatte den Eindruck, dass der junge Mann seit seiner Entlassung aus dem Krankenhaus womöglich nicht mehr nüchtern gewesen war.

Zu seiner Rechten saß Peter Vogler, unschwer an dem blauen Auge zu erkennen, das er sich bei der Prügelei nach dem Egetmann-Umzug eingehandelt hatte. »Genau. Wer würde den Schorsch auch umbringen? Unseren besten Mann! Auf Schorsch!« Schwungvoll hob er sein Glas, sodass der Wein darin überschwappte.

»Pass doch auf!« Christoph Wörndl, der Peter Vogler gegenübersaß, versuchte, dem herumspritzenden Wein auszuweichen, und stieß dabei das eigene halbvolle Glas um.

Geistesgegenwärtig schnappte Mara es aus der Luft und verhinderte, dass es zu Boden fiel. Sie erntete einen lauten Fluch und zwei anerkennende Ausrufe. Nur mit Mühe gelang es ihr, nicht die Augen zu verdrehen.

Sie behielt das Glas gleich in der Hand. »Ich hole einen Lappen.«

»Und einen neuen Wein für mich«, rief Christoph Wörndl ihr hinterher.

Mara ging zum Tresen, wo der Löwenwirt ihr mit finsterem Blick einen kleinen Eimer mit Wasser und Tüchern reichte. Mara ersparte sich den Hinweis, dass sie das Glas schließlich nicht umgestoßen hatte. Sollte er doch froh sein. Je mehr die verschütteten, umso mehr mussten die nachbestellen.

»Heben Sie die Gläser, meine Herren, aber vorsichtig. Nicht, dass noch etwas zu Bruch geht. Lassen Sie mich aufwischen, ja?«

»Dange schön, Frollein«, lallte Christoph Wörndl zerknirscht. »Bring'n Sie mir gleich noch ein neues Glas, bitte?«

»Das hast du schon bestellt«, wies Burkhardt Bichler ihn zurecht. »Oder willst du gleich noch zwei trinken?«

»Hab ich nicht!«

»Hast du doch!«

»Willst du Ärger, Bichler?« Christoph Wörndl reckte aggressiv das Kinn.

Sein Gegenüber reckte die Faust zu einer obszönen Geste.

»Schon recht, kommt gleich.« Während Mara in aller Seelenruhe den Tisch trockenwischte, musterte sie Christoph Wörndl aus den Augenwinkeln. Er war ein hagerer Mann, so blass wie ein Leichentuch. Tasso hatte darum gebeten, dass sie auf ihn ein besonderes Auge hatte. Zum einen, weil er der Schwager des Toten war und sie noch viel zu wenig darüber wussten, wie die Familienmitglieder zueinander standen. In Familien schwelten schließlich häufig genug Konflikte, die zu einer solchen Tat eskalieren könnten, hatte der Commissario gemeint. Zum Zweiten, und das war der bedeutsamere Grund für seine Bitte, war der Jungwinzer in der Genossenschaft einer der lautesten Gegner Georg Mayers gewesen.

Nur leider hatte Mara den gesamten Abend über nichts aufgeschnappt, was in irgendeiner Weise verdächtig gewesen wäre. Weder von ihm noch von einem der anderen. Einzig, dass Manfred Oberhofer jetzt behauptete, es wäre doch ein Unfall gewesen, war neu.

»Der gute Wein«, meinte Peter Voglers Sitznachbar spöttisch. »Bring mir doch auch noch ein Glas, bevor noch mehr verschüttet wird«, wandte er sich an Mara. Sie nickte nur. Dieser Mann namens Stefan – eine rustikale Erscheinung Anfang vierzig mit einer dicken Hornbrille, die seine Augen winzig erscheinen ließen – war ihr am unangenehmsten. Einmal hatte er sogar versucht, ihr im Vorbeigehen auf den Allerwertesten zu schlagen, aber sie war wie zufällig ausgewichen und behielt seine Hände seitdem im Blick. Zum Mörder machte ihn das natürlich noch nicht.

»Schrecklich«, murmelte Manfred Oberhofer und schluchzte. Die anderen ignorierten ihn.

Die Namen aller Anwesenden hatte Mara im Laufe des Abends kennengelernt. Sie hatte sich sogar einen Notizzettel gemacht, um die Aussagen später auch den richtigen Personen zuordnen zu können. Was ihnen das für die Ermittlung bringen würde, war ihr allerdings schleierhaft. Sicher, den halben Abend ging es um Georg Mayers Tod und welche Auswirkungen das auf ihre gemeinsame Arbeit haben würde. Immerhin war er eine der führenden Stimmen gewesen, die forderten, den Gewürztraminer bekannter zu machen, anstatt sich auf die regionale Vermarktung zu konzentrieren.

Besonders Burkhardt Bichler, ein Nachbar, Schulkamerad und offenbar einer der besten Freunde des Opfers, sprach sich leidenschaftlich für eine internationale Kampagne aus. Was genau er damit meinte, blieb jedoch sein Geheimnis, weshalb Mara inzwischen vermutete, dass er »dem Schorsch« nur gedankenlos nachgeplappert hatte.

Drei Männer, deren Väter zuvor nicht dabei gewesen waren, schwiegen die meiste Zeit über und starrten in ihre Weingläser, als müssten sie darin bereits die Last eines langen, schweren Lebens ertränken. Zwei von ihnen konnten dem Alter nach die Neffen des Bürgermeisters Sulzer sein, doch Mara bekam nur die Vornamen mit – Franz, Josef und den des Älteren, eben Stefan.

Verstohlen gähnte sie und kassierte bei den Kartenspielern ab. Immerhin hatte sie im Laufe des Abends ein ganz gutes Trinkgeld bekommen, und das würde sie natürlich behalten. Lohn hatte der Löwenwirt ihr nämlich nicht in Aussicht gestellt.

Sie war gerade dabei, den Tisch der Kartenspieler abzuräumen, als die Stimmen der Jungwinzer hinter ihr abermals lauter wurden.

»Du spinnst doch!« Das war die Stimme von Burkhardt Bichler.

»Halt dein Schandmaul, du hast doch keine Ahnung!«, rief Josef, der bisher kaum etwas gesagt hatte.

»Aber du schon, ja?«

»Pass bloß auf, Hundsfott!«

Ein Stuhl polterte. Mara fuhr herum. Gerade war Josef aufgesprungen und wich Christoph Wörndl aus, der versuchte, ihn am Revers seines Hemds zu packen. Die anderen versuchten, die beiden Streithähne zurückzuhalten und zu beruhigen.

Nach ein paar weiteren lautstarken Beschimpfungen entspannte sich die Situation wieder, und sie setzten sich. Doch sie alle wirkten angespannt. Mara war überzeugt, dass nicht viel fehlte, bis die Situation von Neuem eskalierte. Lediglich Manfred Oberhofer starrte stumm vor sich hin, ballte dabei jedoch gedankenverloren die Fäuste, als wollte er jemanden erwürgen.

Mara hob das Tablett mit den leeren Gläsern an und sandte ein Stoßgebet zum Himmel, dass die Jungwinzer doch endlich nach Hause gingen.

Ihr Wunsch wurde nicht erfüllt. Vielmehr flog plötzlich die Tür zur Gaststube auf und ein gedrungener Mann mit strähnigen aschblonden Haaren und roter Nase stürmte auf den Stammtisch zu. Er hatte den Hut tief bis über die Augen gezogen. »Ich weiß, wer den Schorsch abgestochen hat! Der Tonio vom Unterbacher war das. Und der will abhauen. Wir müssen den aufhalten! Kommt!«

Manfred Oberhofer sprang sofort auf und musste sich auf der Tischplatte abstützen, sonst wäre er umgekippt.

»Wer? Der Italiener?«, rief Peter Vogler.

»Genau der! Der war's! Ich hab gesehen, wie der was im Garten vergraben hat!«

»Das wird das Messer gewesen sein.«

»Genau, die Mordwaffe!«

Weitere Stühle fielen um oder kratzten hässlich über den Holzboden.

»Der kann sich auf was gefasst machen«, knurrte jemand.

»Den kriegen wir!« Josef stürmte zur Tür.

»Niemand kommt davon!«, schrie Manfred Oberhofer. Mit einer Geschwindigkeit, die Mara ihm in seinem Zustand gar nicht zugetraut hätte, rannte er aus der Gaststube.

Draußen erhob sich wütendes Gebrüll. Zwei weitere Männer drängten zur Tür hinaus. Mara musste zwei Schritte zurückweichen, um nicht umgestoßen zu werden. Die Gläser klirrten aneinander. Im letzten Moment hielt sie die Balance. »Langsam, die Herren! Sie müssen doch jetzt nicht …«

Sie wurde von einem Stoß in den Rücken unterbrochen. Burkhardt Bichler drängte sich an ihr vorbei. Dieses Mal konnte sie das Tablett nicht mehr halten. In hohem Bogen flogen die Gläser zu Boden, wo sie zerschellten.

»Wo ist der Lump?«, schrie jemand.

Mara wich bis an die Theke zurück, wo die vier Bauern den Aufruhr gelassen grinsend beobachteten. Glas knirschte unter Stiefelsohlen. Die beiden Männer vom Ecktisch schlossen sich den Jungwinzern an. Die Letzten stürmten hinaus und ließen die Tür offen stehen.

Mara atmete tief durch. »Was haben die vor?«

»Was wohl?« Der Bauer neben ihr lachte. »Dem Mörder zeigen, dass es sich nicht gehört, einen umzubringen.«

Mara hatte Mühe, die aufkommende Panik zu unterdrücken. Waren die hier allen Ernstes gerade dabei, zu Lynchjustiz zu greifen? Sie musste in der Questura anrufen!

Sie wandte sich zur Theke. In einer Wandnische hing ein Telefon. Rasch nahm sie den Hörer ab. Da legte sich eine Pranke um ihr Handgelenk.

»Was wird das, Fräulein Oberhöller?« Der Löwenwirt starrte sie unter gesenkten Augenbrauen an.

»Haben Sie nicht gehört, was die vorhaben?«

»Doch, natürlich. Lassen Sie die Jungs nur machen.«

»Wie bitte? Meinen Sie das ernst?«

Der Wirt lachte amüsiert. »Die werden ihn schon nicht gleich umbringen.«

»Wie können Sie da so sicher sein?« Wenn Mara sich vorhin nicht ganz verguckt hatte, hatte einer der Männer sogar einen Knüppel in der Hand gehabt.

»Sie haben gehört, wer es war, dieser Tonio«, erklärte der Löwenwirt barsch. »Das ist so ein Dreckskerl aus dem Süden. Das trifft auf jeden Fall den Richtigen, wenn die sich den vorknöpfen. Und wenn der den Schorsch abgestochen hat, werden sie ihn natürlich brav bei der Polizei abliefern. Das sind doch keine Wilden!«

»Lassen Sie mich augenblicklich los!« Mara ruckte vergeblich an ihrer Hand. »Ich werde die Polizei alarmieren, ob Ihnen das gefällt oder nicht!«

Der Wirt hielt sie eisern fest. »Tun Sie, was Sie nicht lassen können. Aber nicht von meinem Telefon aus.«

Mara überlegte nur kurz und kniff dann entschlossen mit der freien Hand in den Unterarm des Wirts und drehte ein kleines Stück Haut zwischen Daumen und Zeigefinger. Eine schnelle Bewegung mit schmerzhafter Wirkung. »Verbrennen« hatten ihre Brüder das genannt; die hatten sie nie zimperlich behandelt. Und egal, ob der Wirt nur überrascht war oder es ihm auch – hoffentlich – ordentlich wehtat, jedenfalls ließ er Mara mit einem Aufschrei los. Bevor er abermals zupacken konnte, rannte sie aus der Gaststube hinaus.

Wohin? Wo in aller Welt gab es in Tramin ein Telefon? Oder wenigstens eine Notrufsäule.

Auf dem Rathausplatz drehte Mara sich einmal um die eigene Achse und ging ihre Möglichkeiten durch. Dabei fiel ihr siedendheiß ein, dass sie gar nicht wusste, wo sich die Pension der Familie Unterbacher befand. Sie glaubte, von jenseits des Rathauses Geschrei zu hören, aber sicher war sie nicht. Die Kaserne der Carabinieri lag in entgegengesetzter Richtung.

Mara rannte los. Die Pension Bacchus von Veronikas Tante war die einzige Möglichkeit, die ihr einfiel.

Sie hatte den Rathausplatz noch nicht ganz überquert, als eine Gestalt aus einem Torbogen heraustrat. Mara konnte nicht mehr bremsen und prallte frontal mit ihr zusammen.

»Ja, ist das denn die Möglichkeit? Sie sind doch Signorina Oberhöller!«, schallte es ihr auf Italienisch entgegen.

Mara trat einen Schritt zurück. Ein kleiner Mann um die dreißig, schmale Schultern und blauschwarze Locken unter einem Hut. Den kannte sie doch?

»Spartaco Girolamo? Der freie Reporter!«

»Ich bin Salvatore. Spartaco ist mein Bruder, aber ansonsten richtig. *Piacere!*« Er lüpfte den Hut. »Was ist das für ein Aufruhr? Ich sah gerade knapp ein Dutzend Männer über den Platz rennen.«

»Die glauben zu wissen, wer der Mörder von Georg Mayer ist! Laufen Sie hinterher, halten Sie sie auf!«

»Wie stellen Sie sich das vor?« Unruhig blickte der Reporter sich in alle Richtungen um.

»Nur kurz, ich laufe gerade zu einem Telefon, um die Polizei zu alarmieren. Jetzt machen Sie schon!« Sie hörte noch, wie er ihr hinterherrief, warum sie denn nicht in den Gasthof zum Telefonieren ginge, aber sie nahm sich keine Zeit für eine Antwort.

Nur wenige Minuten später hämmerte sie mit der Faust an die Tür, und eine erstaunte Selma Sulzer öffnete ihr, bereits mit einer Haube über ihren grauen Haaren mit den Lockenwicklern und im Nachthemd unter einer Strickjacke.

»Mara! Kind, was ist denn passiert? Greifen die Russen an?«

»Nein, Frau Sulzer, ich muss die Polizei anrufen! Gerade kam ein Mann zum Stammtisch der Winzer und hat gemeint, ein gewisser Tonio hätte den Georg Mayer getötet. Sie wollen ihn sich vornehmen!«

Die ältere Frau schüttelte den Kopf. »Ich versteh nur die Hälfte. Aber komm nur, ruf an. Welcher Tonio denn?«

»Ich weiß es nicht. Der Tonio vom Unterbacher meinte der Mann.«

»Was für ein Mann, wie sah der aus?« Selma Sulzer führte sie bereits durch den schmalen Flur und schloss das Büro der Pension auf.

»Der war vielleicht um die vierzig, rote Nase, dunkelblonde lange Haare. Mehr hab ich nicht erkennen können, der hatte den Hut ganz tief ins Gesicht gezogen.«

»Klingt nach Markus Hofer. Der war mal Knecht bei den Wörndls. Nicht gerade ein heller Bursche. Tut alles für eine Münze.« Sie wählte das Amt und reichte Mara den Hörer. »Es ist gut, dass du gekommen bist. Ich gehe und wecke meinen Mann. Wenn diese Winzerburschen erst einmal auf einen losgehen, kennen die weder Freund noch Feind.« Selma verließ das Büro.

Eilig gab Mara ihren Notruf ab und beharrte darauf, dass Commissario Tasso informiert werden solle. Der Mann am anderen Ende der Leitung versprach, sich darum zu kümmern. Für ihren Geschmack war er entschieden zu gelassen, und sie hatte das Gefühl, nicht ernst genommen zu werden.

Veronikas Tante Selma und deren Ehemann Anton Sulzer hatten ihre Worte dagegen mit großer Sorge aufgenommen, wie sich bald darauf herausstellte. Mara hatte das Gespräch beendet und war unschlüssig in den Flur zurückgegangen und dort von dem Ehepaar, beide mit je einem Gewehr unter dem Arm, und zwei weiteren Männern empfangen worden.

»Wir gehen und versuchen, die Burschen von dem abzuhalten, was immer sie zu tun gedenken.« Anton Sulzer strich sich mit einer fahrigen Bewegung über seine Halbglatze.

»Wenn du willst, kannst du mitkommen. Aber du hältst dich aus allem raus, verstanden?«, ergänzte seine Frau. »Ich will keinen Ärger mit der Vreni, sollten diese Kerle am Ende auf ihre Freundin losgehen.«

Mara hätte am liebsten laut aufgelacht. Die Situation war grotesk, besonders Veronikas Tante mit dem Gewehr und den Lockenwicklern stellte einen ziemlich absurden Anblick dar. Doch von den Gesichtern las sie die Entschlossenheit ab, heute Nacht einen Menschen vor einer Tracht Prügel zu bewahren – oder Schlimmerem.

Sie reckte entschlossen das Kinn. »Ich verspreche es.«

Insgeheim fragte sie sich, was für eine Geschichte sich hinter dieser Tatkraft verbergen mochte. Sie hatte nach einem Telefon gesucht und Verbündete gefunden. Sicher würde sich später eine Gelegenheit dazu ergeben, Vreni danach zu fragen.

***

»Was für ein Durcheinander.« Carabiniere Giulio di Fabar atmete tief durch und zündete sich eine Zigarette an. »Möchten Sie auch?« Er hielt Mara auffordernd die Schachtel hin.

»Danke.« Sie nahm eine, obwohl es *Nationali* war, ein starker Tabak, der vor allem unter den süditalienischen Männern beliebt war. Tasso hatte sie einmal als »Arbeiterzigarette« bezeichnet. Mara gab sich Mühe, den Rauch nicht allzu tief zu inhalieren. Aber sie merkte, wie er sie beruhigte. Das Zittern in ihren Beinen ließ endlich nach.

Sie stand mit dem Carabiniere ein Stück von der Pension Alpenrose entfernt nahe einer Schuppenwand. Das letzte Auto der Polizia di Stato wendete gerade mitten auf der Straße und fuhr davon. Die beiden Männer, die das Ehepaar Sulzer begleitet hatten, standen mit Alfons Unterbacher, dem Sohn des Pensionswirts, ein Stück abseits und unterhielten sich. Selma und Anton Sulzer waren bereits in ihre eigene Pension zurückgekehrt.

Es war inzwischen weit nach Mitternacht, und die Situation hatte sich wieder beruhigt. Der Tonio vom Unterbacher, mit vollem Namen Antonio Bianco, Gastarbeiter aus Sizilien, war verhaftet worden. Ob der Commissario und seine Kollegen den Beschuldigungen, Tonio habe Georg Mayer erstochen, glaubten oder dies nicht eher zum Schutz des Mannes geschah, blieb dahingestellt. Tasso hatte ihm persönlich Handschellen angelegt und dann zum Wagen begleitet. Zum Glück, und vor allem dank Salvatore Girolamos Einsatz, war noch nicht mehr passiert, als dass Tonio ein paar Schläge und Tritte abbekommen hatte, bis die Polizei eintraf. Er würde morgen früh vernommen werden.

Dafür hatte Tasso Christoph Wörndl und einen der fremden Männer, die den Jungwinzern hinterhergelaufen waren, ebenfalls verhaften lassen. Der Anstifter, bei dem es sich den Augenzeugen nach tatsächlich um Markus Hofer handeln sollte, war von der Bildfläche verschwunden. Die übrigen Männer konnten glaubhaft machen, sie hätten nur zugeschaut. Aber natürlich würde diese ganze Sache auch für sie ein Nachspiel haben, zumindest hoffte Mara das inständig. Sie schwankte immer noch zwischen Wut, Empörung und Fassungslosigkeit, weil so eine hastig dahingeworfene Beschuldigung ausgereicht hatte, dass diese jungen Burschen durchdrehten.

Neben Mara tauchte eine Gestalt auf. Giulio zuckte, als wolle er sofort auf die Person losgehen. Doch dann hörten sie ein Räuspern, und Salvatore Girolamo trat ins Licht einer Straßenlaterne. Atemwolken stiegen vor seinem Mund auf. Die Temperatur war wieder gefallen.

»*Buonasera*, Signore. Signorina Oberhöller, ich freue mich, Sie wohlbehalten anzutreffen.«

Mara lächelte ihm herzlich entgegen. »Das Gleiche könnte ich zu Ihnen sagen. Sie haben es wirklich geschafft, die Burschen davon abzuhalten, hier einen Unschuldigen zu lynchen.«

Der Reporter zog einen Notizblock aus einer Innentasche seines Mantels. »Sie gehen also davon aus, dass Antonio Bianco unschuldig ist? Können Sie das begründen?«

Mara hielt inne. Sie sprach hier nicht mit dem Privatmenschen Salvatore, sondern mit dem Reporter Girolamo. Während der Entführung von Bruno Visconti hatte sie bereits auf unangenehme Weise gelernt, dass ein falsches Wort gegenüber der Presse ernsthafte Konsequenzen haben konnte.

Giulio bot dem Neuankömmling eine Zigarette an und gab ihm Feuer. Für einige Züge standen sie einträchtig schweigend beisammen, wobei sich Mara seines auffordernden Blickes durchaus bewusst war.

»Ich weiß nicht, ob Antonio Bianco schuldig oder unschuldig ist«, beendete sie das Schweigen. »Aber ich werde Ihnen erzählen, was sich zuvor abgespielt hat.«

»Das interessiert mich sehr, herzlichen Dank!«

»Ich war vorhin im *Goldenen Löwen*, als ein Mann völlig unvermittelt in den Schankraum gestürmt ist und behauptet hat, der Tonio vom Unterbacher wäre der Täter.«

»Der Anstifter war Markus Hofer, richtig?«

»So heißt es, aber ich habe den Mann noch nie zuvor gesehen, und er hat sich nicht die Zeit genommen, sich vorzustellen.«

»Natürlich, Entschuldigung. Fahren Sie fort.«

»Tonio wäre also derjenige, der Georg Mayer abgestochen hätte. Und das war auch schon alles. Die Männer vom Winzerstammtisch sind umgehend hinausgestürmt und wollten ihn sich vorknöpfen. Von denen war keiner mehr nüchtern, und die Stimmung war bereits zuvor ziemlich gereizt. Da brauchte es also nicht viel. Ich habe unterdessen die Polizei verständigt.«

»Sie hätten zu mir kommen sollen«, maulte Giulio gekränkt.

»Der Weg in die Kaserne wäre viel weiter gewesen. Ich bin einfach zum nächsten Telefon gerannt und habe den Notruf gewählt. Ob nun Carabinieri oder Staatspolizei alarmiert werden, entscheide ich doch nicht.« Und Mara war auch nicht besonders daran interessiert, wie das System genau funktionierte. Der Notruf war durchgekommen, die Polizia di Stato angerückt. Kurz vor Ende des Einsatzes war dann auch Commissario Tasso eingetroffen und hatte die Verhaftungen in die Wege geleitet. Wie erwartet war er alles andere als begeistert gewesen, Mara inmitten des Getümmels zu entdecken, doch er hatte nichts gesagt und schien eher über Gebühr müde und angespannt zu sein, was vermutlich mit der bevorstehenden Anhörung zu tun hatte. So ein nächtlicher Einsatz trug gewiss nicht dazu bei, die Nerven zu beruhigen.

Giulio, als einziger Wachhabender in der Kaserne, war ebenfalls recht früh von einer Nachbarin der Pension Alpenrose verständigt worden. Er war zu Fuß hergekommen, zunächst nur, um sich ein Bild zu machen, und arglos mitten ins Geschehen geraten. Zum Glück für ihn – und Salvatore Girolamo – war die Konkurrenz sehr bald angerückt.

»Wie haben Sie beide es denn geschafft, die Meute davon abzuhalten, zum Äußersten zu gehen?«, wandte Mara sich an den Reporter.

Dieser nickte mit dem Kinn zu Giulio, der einen Schritt zur Seite getreten war, als ginge ihn das alles gar nichts an. »Ohne seine Hilfe hätte ich das vermutlich nicht geschafft. Die waren wie von Sinnen.« Er griff abermals in seinen Mantel und zog einen silbernen Gegenstand hervor, ungefähr doppelt so groß wie eine Zigarettenschachtel. »Das ist eine Kleinbildkamera. Ich habe behauptet, Fotos zu schießen, um sie für einen exklusiven Artikel zu verwenden. Und diese Gruppe mag alkoholisiert und aufgeputscht gewesen sein, aber so blöd, dass sie sich fotografieren lassen, während sie einen lynchen, waren sie dann doch nicht.« Er lächelte dünn. »Wie gesagt kam in dem Moment zum Glück der Carabiniere. Nicht einmal die Tatsache, dass es sich um einen Angriff auf die Pressefreiheit gehandelt hätte, wenn die auch auf mich losgegangen wären, hätte die noch länger in Zaum gehalten.«

»Das soll eine Kamera sein? Die ist ja winzig! Haben Sie Bilder gemacht? Zeigen Sie die mir?«

Salvatore Girolamo seufzte tief und warf seine Zigarette fort. »Das würde ich, ich schwöre es. Aber es war kein Film drin. Sie dürfen Sie gern aufmachen.« Er reichte Mara die Kamera. »Dies ist ein Werbegeschenk, exklusiv für die Presse. Es handelt sich um eine Kodak 35 Instamatic. Sie wird erst im März auf der *Photokina* offiziell vorgestellt. Dieses kleine

Schätzchen wird den Markt für Fotokameras revolutionieren, das sage ich Ihnen. Die Handhabung ist erschreckend simpel, damit werden bald sogar Kinder gute Fotos machen. Aber leider habe ich lediglich einen Film mit zwölf Aufnahmen bekommen, um sie zu testen. Die hab ich natürlich alle beim Egetmann-Umzug verschossen.«

Mara schwieg beeindruckt. Sie liebte ihre Leica-Kamera, sie war modern und gut zu handhaben. Aber gegen dieses kleine Knipskästchen war ihr Fotoapparat ein klobiges Ungetüm. Lächelnd reichte sie Salvatore Girolamo die Kodak zurück. »Dann würde ich natürlich diese Fotos gerne sehen. Bei Gelegenheit.«

Der Reporter strahlte übers ganze Gesicht. »Was halten Sie von einem Abendessen? Am Samstag in Bozen?«

Mara hielt verblüfft inne. Damit hatte sie nicht gerechnet. Dazu verzog Giulio kurz das Gesicht, als habe er in eine Zitrone gebissen. Er hatte sich rasch wieder unter Kontrolle und blickte unbeteiligt die Straße entlang. Alfons Unterbacher und die beiden anderen waren inzwischen ins Haus gegangen. Alles lag still und friedlich da, als wäre nie etwas passiert.

»Wie Sie vielleicht wissen, Signor Girolamo, lebe ich in Meran. Und am Samstag binden mich familiäre Verpflichtungen. Es tut mir leid.« Sie hoffte, dass es nicht allzu sehr nach einer Ausrede klang.

»Kein Problem. Dann später einmal. Würden Sie morgen Vormittag in mein Büro kommen, damit mein Kollege ein Foto von Ihnen machen kann? Ich würde Ihre Aussage gern aufnehmen. Wenn alles gut läuft, bekomme ich die Sache von heute Nacht exklusiv für die Abendausgaben verkauft. Sie finden uns in der Laubengasse 34.«

»Das ... ich weiß nicht.« Tasso würde das ganz und gar nicht gutheißen, da war Mara sicher. Während dieser Ermittlung war es ihr zwar nicht verboten, mit der Presse zu sprechen, aber welche Konsequenzen es haben würde, sollte sie namentlich erwähnt werden, vermochte sie nicht zu ermessen.

»Ich möchte nicht, dass Sie meinen Namen nennen. Können Sie nicht einfach von *laut Aussage einer Zeugin* schreiben?«

»Klar könnte ich das, aber ...«

»Sie haben es gehört.« Giulio fasste Mara behutsam am Oberarm und zog sie ein Stück weit hinter sich. »Und jetzt gehen Sie bitte. Es ist spät geworden, finden Sie nicht? Ich habe noch Dienst, aber es soll Leute geben, die gern ins Bett möchten.«

Salvatore Girolamo setzte zu einer Erwiderung an, doch der Carabiniere baute sich breitbeinig vor ihm auf und ruckte mit dem Kopf die Straße hinauf. Der Reporter schien zu wissen, wann er es besser gut sein ließ, winkte zum Abschied und trollte sich.

»*Grazie mille*«, sagte Mara. »Aber den wäre ich auch allein losgeworden.«

»Daran zweifele ich überhaupt nicht. Es hätte allerdings erheblich länger gedauert. Der Mann ist wie eine Fliege, die einen Kuhfladen umschwirrt. Wohin darf ich Sie nach Hause begleiten?«

»Moment mal! Haben Sie mich gerade mit einem Kuhfladen verglichen?«

»Das ... ich ...« Giulio senkte den Kopf wie ein geprügelter Hund. »Es ist spät.«

Mara kicherte. Sie hatte erst jetzt das Gefühl, endgültig wieder zu sich zu kommen. Diese Männer waren furchterregend gewesen. Einige hatten Knüppel gehalten, einer sogar eine brennende Fackel, die er Gott weiß wo hergeholt hatte. Dann der Anblick Tonios, wie er sich mit panisch geweiteten Augen gegen die Hauswand der Pension gedrückt hatte. Das alles war wirklich passiert und kam ihr doch schon vor, als wäre es nur ein Alptraum gewesen.

Giulio deutete ihr Kichern offensichtlich falsch. Er versenkte die Hände in die Taschen seiner Uniformhose und stapfte ohne ein weiteres Wort davon.

»Warten Sie!« Mara sah zu, dass sie ihn einholte. »Das war doch nicht schlimm, ich habe schon verstanden, was Sie sagen wollten. Und Sie haben ja auch recht. Wenn es Ihnen nichts ausmacht, mich zum *Goldenen Löwen* zu begleiten, wäre ich Ihnen sehr verbunden.«

»Natürlich nicht.« Sein Tonfall blieb kühl, er wandte sich nicht einmal um. »Es gehört zu den Aufgaben eines Carabiniere, eine Signorina des Nachts zu begleiten. Und ich habe Ihnen bereits erklärt, dass ich meine Arbeit entgegen landläufiger Vorurteile ernst nehme.«

Mara schloss zu ihm auf, hielt aber eine Armlänge Abstand. Es gehörte zu seinen Aufgaben, sie zu begleiten? Dann tat er das allein aus Pflichtgefühl? Überrascht bemerkte sie, dass sie ein wenig gekränkt war. Sie fühlte sich zurückgewiesen, und irgendwie hatte sie das nicht erwartet.

Sie ließ den Blick die stille Straße entlangwandern. Ihr fiel dieser ominöse Markus Hofer wieder ein, der in das Gasthaus gestürmt war und die Jungwinzer aus heiterem Himmel aufgewiegelt hatte. Warum eigentlich? Wusste er tatsächlich etwas? Und war die Anschuldigung berechtigt? Oder hatte er mit Antonio Bianco noch eine Rechnung offen? Und wo trieb sich dieser merkwürdige Kerl jetzt herum?

Obwohl Mara sich gewünscht hätte, dass Giulio es nicht nur getan hätte, weil es seine Aufgabe war, war sie sehr froh, den Weg nicht allein gehen zu müssen.

14. Kapitel, in welchem Tasso sich etwas anhören muss

Tasso musste sich überwinden, um die Stufen zum Bozner Rathaus hinaufzusteigen. Mit einem letzten Blick in den wolkenverhangenen Himmel wandte er sich dem Eingang zu, vor dem an diesem Morgen ein uniformierter Agente stand.

Tasso lüpfte den Hut. »*Buongiorno*, warten Sie etwa auf mich?«

»*Buongiorno*, Signor Commissario. In der Tat.« Der Agente hielt ihm die Tür auf und heftete sich dann an seine Fersen. Tasso hatte keine Idee, ob das üblich und normal oder seinen besonderen Umständen geschuldet war. Natürlich musste es die interne Prüfung und die Anhörung geben, das verstand er. Aber wurde denn wirklich jedes Mal so ein Aufheben darum gemacht?

Er wollte die Treppe in den ersten Stock nehmen, um zu dem Raum zu gelangen, den Vice-Questore Ferrara ihm am Vortag mitgeteilt hatte. Doch der Agente winkte ihm höflich. »Die Anhörung findet im Erdgeschoss statt, Signor Commissario.«

»Wie bitte? Aber warum denn?«

»Ich weiß es nicht. Ich habe heute Morgen die Anweisung erhalten, Sie in den Raum 114 zu führen und dort mit Ihnen zu warten, bis Sie gerufen werden.«

Das wurde ja immer besser. Hatte da jemand Sorge, er würde abhauen? Wäre das seine Absicht, hätte er es längst getan.

Raum 114 stellte sich als karg eingerichtetes Wartezimmer

heraus, in dem sich außer vier Plastikstühlen und einer künstlichen Palme nichts befand. Nicht einmal Gardinen hingen vor den Fenstern. Tasso wandte sich dorthin und starrte auf den Rathausplatz hinaus, der sich allmählich belebte. Ein Briefträger der *Poste Italiane* knatterte auf einer olivgrünen Vespa über den Platz. Zwei Straßenkehrer johlten ihm zu und salutierten mit erhobenen Besen. Der Briefträger legte lässig eine Hand an die blaue Schirmmütze.

Tasso wandte sich ab und ging mit auf dem Rücken verschränkten Armen auf und ab. Der Agente hatte neben der Tür Stellung bezogen und verzog keine Miene. Tasso fand das Schweigen unangenehm, aber da ihm auch nichts einfiel, über das sie unverfänglich reden konnten, blieb es dabei.

Er war nervös. Von diesem Termin hing ab, wie sich seine Zukunft gestaltete. Es war nicht das Gespräch, das ihm Sorgen machte, sondern die möglichen Konsequenzen. Seit Ferrara ihm den Termin mitgeteilt hatte, dachte er immer wieder darüber nach, wer er war und was ihm in seinem Leben wichtig war. Antworten hatte er nicht gefunden. Immer noch nicht. Seine Arbeit war alles, was ihn ausmachte.

Vielleicht konnte er mit Johann Vierweger darüber sprechen. Seit der trotz seines Ruhestandes an den aktuellen Ermittlungen beteiligt war, fragte Tasso sich, ob es bei dem alten Südtiroler wirklich so anders war als bei ihm selbst. Sein Ispettore hatte während ihrer Zusammenarbeit immer so gelassen gewirkt, in sich ruhend, genau wissend, wo er hingehörte. Aber stimmte das? Was wusste Tasso schon darüber? Und vermittelte er nach außen hin vielleicht auch diesen selbstsicheren Eindruck?

Das erste Mal seit vielen Tagen dachte er an Meran. An Rosa Marthaler, die Wirtin der *Bunten Kuh*. Er mochte sie, wirklich. Er war jeden Mittag, an dem er Bruno Visconti während seines Kuraufenthalts besucht hatte, bei ihr gewesen und hatte gedacht, dieses *Mögen* beruhe auf Gegenseitigkeit. Sie waren zum freundschaftlichen »Du« übergegangen, hatten einige schöne Gespräche geführt. Dabei war es geblieben. Tasso wusste nicht, was er anstellen sollte, um ihr näherzukommen, und Rosa selbst gab sich verschlossen. Er hatte keine Erfahrung in diesen Dingen. In der Zeit, in der er sie als junger Mann hätte sammeln sollen, hatte er sich in einer ausschließlich aus Männern bestehenden Gruppe im lombardischen Hinterland im Widerstand gegen die Nazis herumgetrieben. Er war knapp achtzehn gewesen, als der Krieg vorbei war, immer noch mehr als jung genug, um sich der Damenwelt anzunähern, aber irgendwie waren ihm lange Zeit stets andere Dinge wichtiger erschienen. Und jetzt hatte er das Gefühl, viel zu alt zu sein, um noch etwas Romantisches zu beginnen. Was nicht hieß, dass er es nicht gern versuchen würde.

Und natürlich war es kein Zufall, dass er ausgerechnet jetzt darüber nachsann. Denn der Ausgang des ihm bevorstehenden Gespräches berührte auch die Möglichkeit, dass er bald mehr als genug Zeit haben würde herauszufinden, wie er Rosas oder ein anderes Herz erobern könnte.

Seufzend blickte er auf die Armbanduhr. Noch zehn Minuten. Er nahm seine ruhelose Wanderung wieder auf.

Er hatte in der vergangenen Nacht kein Auge zugemacht. Diese Nacht, die er durchaus als eine der schlimmeren bezeichnen würde. Zum ersten Mal seit ewigen Zeiten hatte er während eines Einsatzes Angst gehabt. Weniger um sich, sondern um Mara und um diesen Tonio, der ihn tags zuvor mit seinem heimwehkranken Blick angesehen hatte. Diese Jungwinzer waren ziemlich betrunken und aggressiv gewesen. Eigentlich war die größte Gefahr längst vorbei, als Tasso eingetroffen war, aber das hatte er in diesem Moment noch nicht erkannt. Und das hieß auch nicht, dass die Situation harmlos gewesen wäre. Es war die Stimmung, die ihm zugesetzt hatte, diese aufgeheizte Atmosphäre, bei der nicht viel fehlte, dass ein falsches Wort zu einer Eskalation geführt hätte.

Möglicherweise war alles im Nachhinein betrachtet gar nicht so schlimm gewesen. Aber er fühlte sich an die Stimmung erinnert, die in seiner Jugend in den Straßen Roms geherrscht hatte. An diese Zeit, in der die Menschen in zwei Gruppen unterteilt worden waren, die mit richtiger und die mit falscher Gesinnung. An diese Zeit, in der auf Letztere gnadenlose Hetzjagden stattgefunden hatten.

Der Agente rührte sich, riss die Tür auf und schaute hinaus. »Kommen Sie, Signor Commissario!« Er winkte Tasso, ihm zu folgen, und ging voraus.

Widerstrebend trat Tasso in den Flur – und wäre am liebsten sofort wieder in diesen kalten Raum zurückgewichen. Drei Männer kamen auf ihn und den Agente zu.

Einer davon …

»Bruno? Ich meine, Questore Visconti, ist etwas … passiert?«

Der Angesprochene blickte aus dem Rollstuhl zu ihm auf und lächelte dünn. »Wir wussten beide, dass es eines Tages so weit sein würde, oder nicht?«

Vice-Questore Ferrara grüßte Tasso mit grimmiger Miene und zog ihn dann ein Stück zur Seite. »Fragen Sie nicht weiter«, sagte er leise. »Er ist gestern Abend die Treppe in der Questura runtergestürzt. Zum Glück war Signorina Rosso direkt hinter ihm. Er hat sich das Knie verdreht. Der Rollstuhl war die einzige Möglichkeit, bei Ihrer Anhörung dabei zu sein. Dass ich hier bin, genügt ihm ja nicht. Nicht in Ihrem Fall.« Er klopfte Tasso unbeholfen auf die Schulter. »Ach, der grauhaarige Herr mit der Brille da drüben in der Robe ist übrigens Dottore Fiorentin, Ihr Rechtsbeistand, falls einer nötig wird. Jetzt kommen Sie.« Er nickte dem Agente mit dem Kinn zu, dass der den Rollstuhl schieben solle, und ging mit langen Schritten davon.

Tasso folgte ihm unbehaglich. Seine Gedanken überschlugen sich. Natürlich hatte er erwartet, dass Visconti ihn begleitete. Doch jetzt bekam er ein schlechtes Gewissen, denn ganz offensichtlich bereitete er seinem väterlichen Freund damit gerade große Umstände, und das wollte er wirklich nicht.

Ferrara hielt die Tür zu einem Büro auf und bat Tasso hinein. Ein wuchtiger Schreibtisch dominierte den Raum. Dahinter wartete bereits der Sekretär des Innenministers, der die Anhörung leiten würde, ein kräftiger Mann mit Halbglatze und Vollbart. Zu seiner Rechten hatte ein Beisitzer Platz genommen, zur Linken an einem Beistelltisch mit einer Schreibmaschine saß der Protokollant. Alle drei erhoben sich und begrüßten die Hereinkommenden. Es dauerte ein wenig, bis Ferrara und sein Begleiter Dottore Fiorentin, der Tasso bisher kaum eines Blickes gewürdigt hatte, seitlich des Schreibtischs Platz genommen hatten. Tasso musste sich wie ein Angeklagter auf den Stuhl direkt davor setzen. Das trug nicht gerade dazu bei, seine Nerven zu beruhigen.

Er sandte einen letzten Blick zu Bruno Visconti, der ihm aufmunternd zunickte.

Der Sekretär stellte sich und seine beiden Kollegen vor und las aus einem Dokument vor, was Tasso vorgeworfen wurde. Unerlaubter Waffenbesitz und ein Schusswechsel mit Todesfolge. Außerdem gäbe es bei den bisherigen Aussagen Unklarheiten. Tasso würde aufgefordert werden, seine Sicht der Dinge darzulegen, danach würde darüber entschieden, ob man ihn wieder zum Polizeidienst zuließe. Die zeitweilige

Aufhebung der Suspendierung durch Vice-Questore Ferrara für eine aktuelle Ermittlung bliebe davon unberührt.

An Tasso rauschten die Worte nur so vorbei, ohne eine Wirkung zu hinterlassen. Er hatte sich nicht einmal die Namen der Anwesenden gemerkt. Bruno saß im Rollstuhl. Nur für kurze Zeit, solange das Knie schmerzte? Oder war das jetzt eine endgültige Sache?

Allein dieser Anblick hatte ihm mehr zugesetzt als alles, was ihm in den letzten Wochen und Monaten widerfahren war. Die Zeit schritt unerbittlich voran. Es würde nie wieder so sein, wie es einmal war. Das allein war ja nicht so schrecklich, aber musste es denn immer schlimmer kommen, das Unvermeidliche wirklich eintreten und …

»Signore?«

Tasso schrak zusammen. »Verzeihung, ich war kurz abgelenkt.«

Er sah sofort, dass ihm das keine große Freundschaft mit dem Sekretär eingebracht hatte. Dieser Mann wirkte auf ihn wie ein altrömischer Rachegott in einem Kirchenfresko.

»Ich bitte Sie, Ihre Sicht des Sachverhalts darzulegen.« Und sein Tonfall war mehr als unterkühlt, als wäre ihm die ganze Sache samt dieses unsäglichen Aurelio Tasso vor allem eines, nämlich lästig.

»Nun, also, wie es zu dieser Situation gekommen ist, ist ja bekannt.« Tasso räusperte sich. »Signor Bosco hatte mir die Waffe geliehen. Er verfügt über die entsprechende Legitimation, solch eine Waffe zu besitzen. Es handelt sich um eine kleinkalibrige Sportwaffe. Ich befand mich mit Ricardo Bosco in diesem Waldstück, als das spätere Opfer auf uns geschossen hat.«

»Wie oft haben Sie geschossen?«

»Zweimal.«

»Und Ricardo Bosco?«

»Einmal … glaube ich.« Er blinzelte verwirrt. Das wusste er wirklich nicht. »Es gab zwei Schusswechsel. Beim ersten wurde unser Gegner nur verwundet. Ich hatte gedacht, dass Ricardo Bosco getroffen worden sei, und bin zu ihm gelaufen, um ihm zu helfen. Es stellte sich jedoch heraus, dass er unverletzt war.«

»Und dann gab es den zweiten Schusswechsel?«

»So ist es. Wir haben alle drei abgedrückt. Der junge Falko Löffler wurde vom Schuss des Faschisten getroffen, der eigentlich auf mich gezielt hatte. Ricardo Bosco hat niemanden getroffen. Die Kollegen von der Spurensicherung haben die von ihm abgefeuerte Patrone später aus einem Baumstamm herausgeschnitten. Der dritte Schuss, der von mir abgegebene, hat meinen Gegner getötet.«

»Tomaso Esposito. Sie dürfen das Opfer gerne beim Namen nennen.«

Tasso schwieg. Dieser Mann hatte zu Lebzeiten keinen Funken Ehre im Leib gehabt und deshalb auch nach seinem Tod keinen Respekt verdient.

Der Sekretär beugte sich zu seinem Beisitzer. Beide Männer flüsterten miteinander und nickten sich dann zu.

»Signor Commissario, bereuen Sie Ihre Tat?«

»Nein. Ich würde jederzeit wieder so handeln.«

»Sie würden also jederzeit wieder einen Menschen erschießen?«

»Einen Menschen, der seinerseits andere Personen mit dem Tod bedroht? Sofern sich keine andere Lösung ergibt, ja.« Tasso schluckte und fragte sich, ob er jetzt dabei war, sich um Kopf und Kragen zu reden. »Bitte vergessen Sie nicht, dass es dunkel war und die Situation unübersichtlich. Die Möglichkeit, einen Schuss zu setzen, der nicht tödlich wäre, aber dennoch die Bedrohung ausschalten, habe ich nicht gesehen.«

War das jetzt eine gute Antwort? Er konnte sich nicht erinnern, dass jemand während seiner gesamten beruflichen Karriere solche moralischen Fragen gestellt hätte, geschweige denn, dass ihn jemand auf derartige Fragen vorbereitet hatte, damit er sich nun passende Antworten zurechtlegen konnte. Aber das mochte daran liegen, dass er zwar schon häufiger geschossen, aber noch nie jemanden getötet hatte. Nicht als Polizist jedenfalls. Was davor alles geschehen war, war Vergangenheit und zählte hier nicht.

Der Sekretär faltete die Hände zu einem Dach. »Und wie sieht es mit dem Fälschen von Beweisen aus?«

»Wie bitte? Ich verstehe die Frage nicht, Signore.«

Hinter ihm atmete jemand scharf ein.

»Haben Sie Tomaso Esposito erschossen?«

»Habe ich, so ist es, Signore.« Tasso ahnte bereits, worauf das hinauslief. Die wussten Bescheid. Das würde nicht gut enden.

Die nächsten Worte brachten ihm die Gewissheit, dass er die Fähigkeiten der modernen Ballistik gründlich unterschätzt hatte. »Es gibt Hinweise darauf, dass Sie den tödlichen Schuss gar nicht abgegeben haben können.«

»Hinweise?« Tasso zwang sich zur Ruhe.

»Der Schusswinkel. Die Nähe zum Opfer. Sie befanden sich in seiner unmittelbaren Nähe, ist das richtig? Wenn ja, wo genau?«

»Das ist richtig. Ich habe vielleicht auf eine Armlänge entfernt direkt vor ihm gestanden.«

Papier raschelte. Der Beisitzer reichte dem Sekretär eine dünne Mappe. Der setzte eine Lesebrille auf und schlug sie auf.

»Esposito wurde von zwei Schüssen getroffen.«

Tasso nickte zustimmend.

»Nach unseren Erkenntnissen sind die Patronen zwar vom gleichen Kaliber, stammen aber aus zwei verschiedenen Waffen.«

Verwundert blickte Tasso auf. Das musste ja bedeuten, dass sein erster Schuss Esposito getroffen hatte. Und es stimmte, was er vorhin vermutet hatte, dass Ricardo Bosco wirklich nur einmal geschossen hatte.

Er erinnerte sich nur noch, dass er bei seinem ersten Schuss in ein Loch getreten war und die Waffe verrissen hatte. Er hatte in Richtung des Faschisten gezielt, aber wohin genau, wusste er nicht mehr. Das war alles so schnell gegangen.

Der Sekretär wartete einen Moment, da Tasso aber nichts sagte, fuhr er fort: »Die Ballistiker sind sich außerdem einig, dass der zweite Schuss aus größerer Entfernung abgegeben worden sein muss. Was nur bedeuten kann, dass der junge Signor Bosco den tödlichen Schuss abgefeuert hat und Ihrer hingegen in den Baum eingeschlagen ist. Die Patrone im Baum stammt aus derselben Waffe wie die, von der Esposito das erste Mal getroffen wurde. Demnach besagt die einzige Erklärung, die mir zu diesem Sachverhalt einfällt, dass Sie oder Bosco die Waffen nach Ihrem zweiten Schuss ausgetauscht haben müssen.«

»Das ist eine Unterstellung. Warum hätten Bosco und ich das tun sollen?« Tasso hörte seine Stimme verklingen. In dem Raum war es einen Atemzug lang totenstill. Dann hämmerte der Protokollant die letzten Worte in die Schreibmaschine.

»Genau deshalb sitzen Sie hier. Das ist die Frage, die wir uns und Ihnen stellen. Warum sollten Sie das tun?«

Weil Ricardo Bosco ihm damit das Leben gerettet hatte und Tasso im Gegenzug nicht dafür verantwortlich sein wollte, dass der junge Mann sich mit dieser Heldentat seine Karriere verdarb? Weil er selbst dagegen nichts zu verlieren hatte? Tasso sah sich nicht als jemanden, der über dem Gesetz stand. Und niemals würde er sich anmaßen, über ein Menschenleben zu richten. Aber dieser spezielle Fall lag anders. Er wünschte sich von Herzen, den tödlichen Schuss abgefeuert zu haben. Brunos Entführer hatte bekommen, was er verdient hatte. Dass Tasso an Stelle von Ricardo Bosco, der nur zur falschen Zeit am falschen Ort gewesen war, dafür die Konsequenzen tragen sollte, war das Mindeste, was er tun konnte.

Das Schweigen zog sich in die Länge, nachdem der Protokollant sein Tippen beendet hatte. Hinter Tasso knarzte ein Stuhl, weil sich einer der Herren bewegte.

»Nun? Möchten Sie sich nicht erklären?«

»Ich wüsste nicht, was ich Ihnen anderes erklären sollte als das, was ich bereits gesagt habe. Sie unterstellen mir …«

»Wir unterstellen Ihnen nichts, Signor Commissario. Wir erwägen nur alternative Möglichkeiten.«

»Dann sage ich Ihnen, dass Sie falschliegen. Ich kann Ihnen keine Gründe nennen, warum ich etwas tun würde, weil ich es nicht getan habe.«

»Und dabei bleiben Sie?«

»Dabei bleibe ich.« Tasso war stolz, dass seine Stimme nicht zitterte. Er schaffte es auch, den Blickkontakt zu halten.

Abermals berieten sich der Sekretär und der Beisitzer flüsternd.

»Also gut«, sagte der Sekretär endlich. »Warten Sie bitte alle draußen. Bis auf Sie, Avvocato Fiorentin.«

Tasso erhob sich und folgte den anderen in den Flur. Der Agente rollte Bruno Visconti in eine Seitennische mit Fenstern und ging dann zu Ferrara, der sich einige Meter entfernt in den Flur zurückgezogen hatte und sich eine Zigarette anzündete.

»Aurelio, was wird das?«, zischte der Questore. Dabei packte er mit beiden Händen die Armlehnen, als wollte er aufspringen und sich auf Tasso stürzen.

»Lass mich, Bruno. Das geht dich nichts an.«

»Und ob mich das etwas angeht! Ist dir klar, dass du dich jetzt noch eines Meineids schuldig machst? Das ist das Ende deiner Laufbahn.«

Tasso verschränkte die Arme vor der Brust und blickte stur geradeaus. Draußen vor den Fenstern lugte eine milchige Sonne zwischen den Wolken hervor.

»Die Tatsache, dass du während dieses Einsatzes suspendiert warst, ist schlimm genug. Aber das hätten wir hinbekommen. Alessia und ich haben jeden einzelnen Tag daran gearbeitet, das Ganze als Formfehler zu einer Aktennotiz verkommen zu lassen. Jeden einzelnen verfluchten Tag, seit ich aus der Kur zurück bin! Alessia arbeitet sogar schon länger daran. Sie hat Stunden mit dem Studium der Dienstvorschriften verbracht.« Bruno stockte atemlos.

Tasso wäre am liebsten im Erdboden versunken.

»Du hättest es mir sagen können, Aurelio.«

»Aber warum denn?«

»Dann hätten wir vielleicht eine Lösung gefunden, mit der alle gut leben könnten.«

Tasso schob das Kinn vor. »Ich kann mit dieser Lösung sehr gut leben.«

»Trifft das auch auf Ricardo Bosco zu?«

»Er hat sich noch nicht beschwert.«

»Weil du ihm keine Wahl gelassen hast.«

Das war ganz sicher ein Grund. Tasso hatte den jungen Mann seit dieser Sache nicht wiedergesehen. Wenn es nach ihm ginge, sollte sich das auch nicht ändern. Die Angelegenheit war kompliziert genug. Es gab Dinge, über die besser ein Mantel des Schweigens gebreitet wurde.

Bruno lehnte sich zurück und vergrub das Gesicht in den Händen. Tasso schielte aus den Augenwinkeln zu ihm hinab. Er hätte nicht in Worte fassen können, wie sehr ihn dieser Anblick schmerzte. Sein alter Freund schien endgültig geschlagen.

»Wie kommst du die Treppen zu deiner Wohnung hinauf?«, fragte er, um irgendetwas zu sagen, das sie beide ablenkte.

Bruno ließ die Hände wieder sinken und verschränkte sie im Schoß. »Gar nicht. Ich wohne in einer Pension in der Nähe der Franziskanerstraße. Schon seit meiner Rückkehr aus der Kur. Ich habe mich noch am selben Abend dort eingemietet.«

»Das ... wusste ich nicht.«

»Es wäre mir auch lieber gewesen, wenn es dabei geblieben wäre, bis ich eine neue Unterkunft gefunden hätte. Es ist nicht wegen der Lage. Eine Treppe bis in den ersten Stock werde ich doch wohl noch ein paar Jahre lang bewältigen.«

Er fühlte sich in der Wohnung nicht mehr sicher, begriff Tasso. Weil ihn dort zwei Entführer aus dem Bett gezerrt, betäubt und verschleppt hatten. Rational betrachtet mochte diese eine Wohnungstür so sicher sein wie jede andere. Ebenso konnte das Gleiche theoretisch erneut passieren, egal wo er wohnte. Aber mit dem unguten Gefühl, das Bruno jetzt in dieser Wohnung beschleichen mochte, hatten solche rationalen Erwägungen eben nichts zu tun.

Die Tür zum Sitzungsraum öffnete sich, und der Protokollant winkte ihnen zu, wieder hineinzukommen. Tasso hätte zu gern noch eine Zigarette geraucht und schielte neidisch auf Ferrara, der seine gerade ausdrückte.

Avvocato Fiorentin war dabei, ein Dokument zu unterschreiben. Er richtete sich auf und hielt es Tasso unter die Nase. »Bitte lesen Sie sich das gründlich durch«, sagte er leise. »Wenn Sie Fragen haben, gehen wir beide noch einmal vor die Tür und besprechen das. Andernfalls rate ich Ihnen dringend, das zu unterschreiben.«

»Was ist das?«

»Lesen Sie.«

Tasso versuchte vergeblich, sich einen Reim auf den Text zu machen. Schon seit Kindheitstagen hing er der Theorie an, dass das Italienisch, das Anwälte und Richter verwendeten, nicht dasselbe war wie das, das er gelernt hatte und sprach.

War das ein Schuldeingeständnis? Wegen Meineid? Weil er Beweise gefälscht hatte?

Tasso ließ das Dokument sinken und starrte den Anwalt wortlos an. Avvocato Fiorentin hob auffordernd die Augenbrauen.

»Das unterschreibe ich nicht.«

Fiorentin beugte sich ganz nah zu ihm. »Sie haben gar keine andere Wahl. Die Beweise sind eindeutig.«

Die Sonne bringt es an den Tag. Das pflegte Tante Hedwig immer zu sagen, wenn sich ein fieses Gerücht innerhalb der Bozner Gesellschaft als wahr herausgestellt hatte oder ein von ihr ungeliebter Lokalprominenter über seine eigenen Lügen gestolpert war. Und nie sprach sie es ohne ein triumphierendes Lächeln aus.

Tasso dagegen hätte sich lieber eine ruhige Ecke gesucht und leise geweint. Er hatte gerade das Gefühl, dass der letzte Rest Ordnung in seinem Leben auseinanderbrach.

»Ich unterschreibe das nicht«, wiederholte er und hielt Avvocato Fiorentin das Dokument hin. Der blickte ratlos zu Tassos Vorgesetzten. Ferrara zog eine Grimasse. Auf seinen

Wangen zeigten sich rote Flecken. Unablässig schlang er die Finger ineinander und wippte mit einem Fuß. Der Vulkan stand unmittelbar vor dem Ausbruch. Bruno dagegen war nicht anzusehen, was er dachte. Aber Tasso wusste, dass er zutiefst enttäuscht war.

Er räusperte sich und zog den Anwalt einige Schritte mit sich. »Ich unterschreibe das nur unter einer Bedingung.«

»Ich fürchte, Sie sind nicht in der Position, Forderungen zu formulieren, Signore.«

»Ricardo Bosco wird dafür nicht belangt.«

»Wie soll ich das verhindern? Das wäre Strafvereitelung. Das ist Sache der Staatsanwaltschaft, nicht der hier Anwesenden.«

»Wenn Sie dafür sorgen können, unterschreibe ich.«

»Signor Commissario, auf ein Wort. *Pronto*!« Bruno gab seinem Rollstuhl einen wütenden Stoß und vertrieb den Agente, der ihn anschieben wollte. Hastig riss Tasso die Tür für ihn auf und folgte dem hinauseilenden Questore.

»Bruno, ich werde das nicht unterschreiben.«

»Was steht in dem Dokument?«

»Dass ich den Meineid und das Fälschen von Beweisen zugeben soll.«

»Dann tust du das. Dann wird die Sache neu aufgerollt, aber dieses ganze Dilemma um die Waffen und den Tod Espositos ist vom Tisch. Ferrara und mir wird schon etwas einfallen, wie wir dich dann wieder in den Dienst bringen.«

»Das will ich nicht.«

Bruno verengte die Augen zu schmalen Schlitzen. »Was willst du nicht?« Nur an einem Zucken seines Mundwinkels unter dem grauen Schnauzbart konnte Tasso erkennen, wie wütend sein alter Freund wirklich war.

»Ich will nicht, dass Ricardo Bosco angeklagt wird. Er hat

mir das Leben gerettet! Esposito hätte andernfalls mich erschossen. Er soll nicht für ein angebliches Unrecht geradestehen.«

»Das ist Sache der Staatsanwaltschaft. Wir werden ihm Avvocato Fiorentin zur Seite stellen, er ist sehr erfahren.«

Tasso hob flehend die Hände. »Comandante, Bosco ist ...«

»Komm mir nicht so, Aurelio! *Oddio*, denk doch ein einziges Mal an dich!« Fahrig rieb Bruno mit den Händen über die Armlehnen.

Tasso fiel nichts ein, was er darauf noch sagen könnte.

»Pass auf, Aurelio. Wenn es dich beruhigt, werde ich mit Bürgermeister Gallo sprechen. Er hält große Stücke auf seinen jungen Assistenten. Genau deshalb wird er alle Hebel in Bewegung setzen und ihn so gut wie möglich vor allem bewahren. Vielleicht sogar auf Wegen, von denen weder du noch ich Genaueres wissen wollen. Der kriegt das hin.«

Zu behaupten, dass Bruno und der Bürgermeister von Bozen gut befreundet wären, käme einem weiteren Meineid gleich. Tasso begriff sehr wohl, dass er kein besseres Angebot bekommen würde.

»Könnte ich vorher mit Ricardo Bosco sprechen?«

»Du kannst mit ihm sprechen, sobald du hier raus bist. Er wird ja im Haus sein, nehme ich an. Aber vorher unterschreibst du.«

»Ich ...«

»Wenn es dir hilft, werde ich es dir als dein Vorgesetzter befehlen.« Bruno stockte. »Als dein Freund bitte ich dich inständig darum. Mach dir nicht noch mehr Schwierigkeiten. Wenn es nicht anders geht, dann tu es für mich.«

Wortlos nickte Tasso. Was hätte er diesen Worten noch entgegensetzen können?

***

Dieser unsägliche Sekretär und seine beiden Schergen, der Anwalt des Teufels und auch Vice-Questore Ferrara schienen ihren Willen bekommen zu haben. Noch bevor die Tinte von Tassos Unterschrift auf dem Dokument trocknen konnte, wurde die Anhörung für beendet erklärt. Bruno Visconti ließ sich mit einem kühlen Abschiedsgruß von dem Agente hinausfahren.

Tasso zog sich in einen Winkel des Flurs zurück und genehmigte sich endlich eine Zigarette – es gab jetzt Schlimmeres, als die Fastenzeit zu brechen.

Es war nicht so, dass er eine konkrete Erwartung gehabt hatte, wie so eine Anhörung ablief, geschweige denn, wie sie ausging. Aber dass die Ballistiker längst herausgefunden hatten, was in jener Nacht wirklich vorgefallen war, damit hatte er nicht gerechnet. Hätte ihn da niemand vorwarnen können?

Er erinnerte sich noch, dass er dem Impuls widerstanden hatte, seine Fingerabdrücke von der Waffe zu wischen. Es gab keine, er und Bosco hatten beide Handschuhe getragen. Wer von ihnen beiden wie oft geschossen hatte, war ebenfalls völlig egal. Es ging um den einen, den tödlichen Schuss.

Missmutig drückte Tasso die Zigarette in einem großen, mit Sand gefüllten Becken aus. Besser, er brachte das Gespräch jetzt sofort hinter sich. Danach wollte er sich wieder den Ereignissen in Tramin widmen. Antonio Bianco, genannt Tonio vom Unterbacher, wartete in der Untersuchungshaft auf seine Vernehmung. Da aber niemand gewusst hatte, wann die Anhörung zu Ende sein würde, war es nicht wichtig, wann genau Tasso dort aufkreuzte.

Er stieg die Treppen zum Büro von Bürgermeister Gallo hinauf und klopfte an die Tür des Vorzimmers. Ihm wäre es lieber gewesen, Ricardo Bosco dort nicht anzutreffen, damit er dieses Gespräch noch ein wenig vor sich herschieben könnte, aber der Assistent des Bürgermeisters saß hinter seinem Schreibtisch und sortierte Briefe in eine Unterschriftenmappe. Er sah genau so aus, wie Tasso es in Erinnerung hatte – wie frisch einem amerikanischen Kinofilm entsprungen, in einen dunkelblauen Maßanzug mit passender Krawatte gekleidet und die Haare akkurat zu einer Tolle pomadiert.

»Commissario Tasso, welch eine Überraschung!« Ricardo Bosco sprang auf und reichte ihm die Hand. Falls er gewusst hatte, dass Tasso heute wegen der Anhörung im Haus war, ließ er sich das nicht anmerken.

»*Buongiorno*. Können wir kurz unter vier Augen miteinander sprechen?« Tasso sah keinen Grund, warum er nicht gleich zur Sache kommen sollte.

»Sicher, kommen Sie.« Mit einem Seitenblick auf seinen Kollegen, der sie beide von einem zweiten Schreibtisch aus unverhohlen neugierig beobachtete, führte Ricardo Bosco ihn zurück auf den Flur und geleitete ihn in einen Sitzungsraum mit einem runden Holztisch. Die Anordnung erinnerte Tasso ein wenig an die legendäre Tafelrunde von König Artus, nur dass sich statt des Heiligen Grals eine moderne Telefonanlage mit mehreren Hörern in der Mitte des Tisches befand.

»Was gibt es?«, fragte Bosco. »Sie wirken besorgt.«

»Ich hatte heute Morgen meine Anhörung.«

»Ich weiß. Dieser Sekretär des Innenministeriums ist schon seit gestern Nachmittag hier und tut ungeheuer wichtig. Sogar dem Bürgermeister ist es zu viel, und das will was heißen.«

Tasso nickte. Dann gab er sich einen Ruck. »Sie haben herausgefunden, wer den Faschisten erschossen hat. Sie wissen, dass ich die beiden Berettas ausgetauscht habe, und sie konnten rekonstruieren, dass der tödliche Schuss aus größerer Entfernung gekommen sein muss. Ich hätte nicht gedacht, dass so etwas möglich ist.« Er stockte. »Ich habe versucht, alle Schuld auf mich zu nehmen. Aber es war ... Sie sollten sich besser einen guten Anwalt suchen. Questore Visconti wird Sie unterstützen.«

Ricardo Bosco nahm die Nachricht mit größerer Gelassenheit auf, als Tasso erwartet hatte. Er senkte den Kopf, strich sich über die Umschlagmanschetten und sagte zunächst nichts.

»Es tut mir wirklich leid. Ich habe getan, was ich konnte«, schob Tasso nach.

»Sie trifft keine Schuld. Sie haben es gut gemeint. Ich hätte ja nicht schießen müssen.«

»Ich bin froh, dass Sie es getan haben. Andernfalls stünde ich jetzt nicht hier.«

Mit einem Schulterzucken winkte Ricardo Bosco ab. »Ich habe nicht nachgedacht. Aber selbst wenn ich die Zeit dazu gehabt hätte, so hätte ich nicht anders gehandelt.«

Wieder einmal staunte Tasso, wie ernst und sensibel der junge Mann auf den zweiten Blick wirkte. Für ihn als geübten Beobachter wäre es eigentlich nicht schwer, hinter die Fassade der perfekten Frisur und des teuren Anzuges zu schauen. Doch bei ihren früheren Begegnungen war er dem oberflächlichen Eindruck erlegen, der einen typischen ehrgeizigen Karrieristen zeigte, skrupellos und stets auf den eigenen Vorteil bedacht.

»Und was passiert jetzt mit mir?«, fragte Ricardo Bosco in seine Gedanken hinein.

»Ich weiß es nicht, um ehrlich zu sein. Rechnen Sie mit dem Schlimmsten, dass nämlich die Staatsanwaltschaft Anklage erhebt. Es kann Sie Ihre Karriere kosten.«

»Genau das, wovor Sie mich bewahren wollten.« Der junge Mann lächelte schmallippig.

»Es hätte genug sein sollen, dass Sie mit Schuldgefühlen leben. Wenn Sie ein guter Mensch sind, und ich halte Sie für einen, reicht es nicht, sich einzureden, dass er es verdient hatte.«

Ricardo Bosco schüttelte wortlos den Kopf. Er versuchte, seine Gesichtszüge unter Kontrolle zu behalten, doch Tasso konnte ihm ansehen, wie sehr ihn seine Tat belastete. Er haderte mit sich, und das nicht erst seit gerade eben.

»Passen Sie auf.« Unbeholfen legte Tasso ihm eine Hand auf die Schulter. »Wenn Sie darüber reden wollen, melden Sie sich bei mir. Ich höre Ihnen zu. Manchmal hilft das. Nicht immer, so viel muss ich zugeben. Aber ich weiß, wie das ist.« Was er in der Vergangenheit getan hatte, zählte nicht, hatte er vorhin bei der Anhörung gedacht. Das stimmte nur in Bezug auf Recht und Ordnung. Was es mit ihm gemacht hatte und wie es um sein Gewissen bestellt war, stand auf einem anderen Blatt. »Ich weiß auch, was Sie fühlen. Es ist nicht leicht, das in Worte zu fassen, aber Sie könnten es versuchen.«

»Wer hat Ihnen zugehört?«

»Was denken Sie?«

»Questore Visconti.«

Tasso nickte. Ihm hatte es geholfen, sich seine Taten von der Seele zu reden. Zu viele, nein, sogar alle Menschen in seinem Leben hatten nichts von dem wissen wollen, was er getan und mitangesehen hatte. Schließlich sei ja Krieg gewesen, und er habe zu den »Guten« gehört. Aber, heilige Madonna, beim ersten Mal war er gerade sechzehn gewesen. Das hatte niemanden gekümmert. Niemanden außer einem.

»Ich …« Ricardo Bosco verschränkte die Arme. »Vielleicht nehme ich das Angebot bald an.«

»Bitte tun Sie das.«

Tasso nahm die Hand von seiner Schulter und verabschiedete sich. Ricardo Bosco zupfte sich Revers und Manschetten glatt, straffte die Schultern und ging zurück in sein Büro, als wäre nichts gewesen.

15. Kapitel, in welchem Mara die ganz alten Geschichten zu hören bekommt

Johann Vierweger klopfte energisch an die Haustür eines winzigen Reihenhäuschens in einer Seitenstraße gar nicht weit vom Rathausplatz und trat dann einen Schritt zurück.

Mara unterdrückte ein Gähnen und schaute in den Himmel. Es war ein trockener Tag mit hochnebelartigen Wolken, die die Sonne verschleierten, sodass die Landschaft in milchig helles Licht getaucht wurde.

Mitleidig blickte Johann Mara an. »Geht es denn? Ich meine, sind Sie überhaupt in der Lage, diesem Gespräch zu folgen?«

»Es wird schon gehen, danke. Ich war erst gegen drei Uhr im Bett.« Ihr Lächeln fiel ein wenig gequält aus.

»Na, Sie sind ja noch jung. Ist das nicht eine ausgezeichnete Vorbereitung auf das Leben als Studentin in einer Großstadt?«

»Wenn Sie es sagen.«

Schlurfende Schritte näherten sich hinter der Tür. Gleich darauf wurde ein Riegel zurückgeschoben, und das runzelige Gesicht von Werner Rittener zeigte sich im Türspalt. Er war fast zwei Köpfe kleiner als der Ispettore und hielt sich außerdem gebeugt.

Johann lüpfte den Hut. »Guten Morgen, Herr Rittener. Ich bin es, Johann Vierweger, wie verabredet. Das ist Mara Oberhöller, sie begleitet mich und wird sich einige Notizen machen, wenn Sie nichts dagegen haben.«

Werner Rittener blinzelte eifrig mit den wässrigen Augen und öffnete die Tür ganz. »Gar nichts habe ich dagegen. Ich habe schon gar nichts dagegen, dass Sie den Italiener zu Hause gelassen haben.«

»Mit Verlaub, Commissario Tassos Mutter ist eine gebürtige Vernatscher aus Bozen.«

»Ist das wahr? So sieht er aber nicht aus! Dachte, das wäre noch so ein sizilianischer Strolch.«

»Sein Vater ist Römer.«

»Auch das noch.«

Johann seufzte leise und gab auf. Mara unterdrückte ein Kichern und tarnte es mit einem Hüsteln. Das konnte ja heiter werden.

»Kommen Sie. Machen Sie die Tür zu.« Werner Rittener wartete gar nicht erst ab, bis sie beide hereingekommen waren und die Mäntel abgelegt hatten, sondern ging durch den schmalen Flur in den hinteren Bereich des Hauses.

Sie folgten ihm in ein kleines Wohnzimmer. Mara dachte sofort, sie wäre in einem Ausstellungsraum des Heimatmuseums gelandet. Ein mit Schnitzereien verzierter Schrank und wuchtige Polstermöbel ließen den Raum winzig erscheinen. Mehrere Gewehre hingen über einem Kachelofen, der eine mörderische Hitze verströmte, was erklärte, wieso ihr Gastgeber nur mit einem dünnen weißen Hemd und einer Cordhose und Hosenträgern bekleidet war.

Ein unbequem aussehendes Sofa mit verschlissenen Polstern, die vielleicht einmal braun gemustert gewesen sein mochten, stand rechter Hand der Tür. Das Radio auf einem Beistelltisch war der einzig moderne Gegenstand in diesem Raum.

»Setzen Sie sich, Herr Inspektor. Mädchen, können Sie Kaffee kochen?«

Mara riss sich vom Anblick des Ölschinkens über dem Sofa los, der das Alpenglühen am Schlern darstellen sollte. »Wie bitte?«

Johann warf ihr einen entschuldigenden Blick zu. »Ich mache das. Wo ist die Küche?«

»Sind wir gerade dran vorbeigekommen, die erste Tür links. Nein, rechts, wenn Sie von hier aus gehen.«

Werner Rittener ließ sich mit einem Ächzen auf einen der zwei Stühle an einem quadratischen Esstisch sinken. »So, dann sind Sie eine Assistentin vom Inspektor? Eine so junge Dame? Sind Sie überhaupt schon großjährig?« Tadelnd ließ er seinen Blick über sie wandern. Mara konnte sich denken, was ihn jetzt schon wieder empörte: ihre Wollhose in einem dunklen Violett und der für dieses Zimmer viel zu warme fliederfarbene Angorapullover. Letzterer mochte noch angehen, aber ein braves Mädchen lief natürlich nicht in Hosen herum.

»Selbstverständlich bin ich großjährig.« Mara ließ sich auf das Sofa sinken und spürte einzelne Federn im Polster. Sie packte ihren Notizblock und einen Kugelschreiber aus.

»Das sind Zeiten. Als Nächstes werden Frauen auch noch Polizist. Oder Anwalt!«

Mara lächelte strahlend und schwieg. Die erste Anwältin in Italien war Lidia Poet gewesen, die 1883 in Turin ihre Zulassung beantragt hatte und sie erst siebenunddreißig Jahre später, mit fünfundsechzig Jahren, erhielt. Und das war 1920 immer noch knapp zehn Jahre früher als in Österreich, wo die Wienerin Marianne Beth als erste Rechtsanwältin vor Gericht trat. So oder so war dieser Beruf vielleicht auch heute noch eine Männerdomäne, aber es gab die eine oder andere Anwältin. Und Mara hatte sich fest vorgenommen, eine zu werden.

Johann kehrte mit Kaffeebechern zurück und hielt Mara einen davon hin. »Der ist am wenigsten angeschlagen, aber Vorsicht, er hat am Henkel eine Macke«, murmelte er ihr zu.

»Meine Urenkelin kommt jeden Tag und bringt mir mein Mittagessen«, erklärte Werner Rittener munter.

Der ehemalige Ispettore drehte sich zu dem Greis um, der sich nun im Gegensatz zu vorhin sehr aufrecht auf dem Stuhl hielt. Dabei hatte Mara das Gefühl, dass seine Augen nicht mehr die besten waren. Sie hatte erst gedacht, dass er sie als junge Frau nicht hatte ansehen wollen, aber jetzt bemerkte sie, dass er auch Johann nicht ins Gesicht schaute, sondern eher auf den Hals.

»Wie alt ist denn Ihre Urenkelin?«, fragte er höflich und setzte sich.

»Die Annamaria wird fünfundzwanzig. Fesches Mädchen, die muss sich nur noch für den Richtigen entscheiden, dann kann sie heiraten. Ihr Bruder Burkhardt, der ist auch ein feiner Junge. Aus dem wird ein guter Winzer.«

Mara betrachtete ihre bisherigen Notizen. »Sprechen Sie von Annamaria und Burkhardt Bichler?«

»Natürlich, zwei meiner Urenkel. Von wem denn sonst?«

Johann schaute Mara fragend an, die auf ihre Notizen tippte und nickte. Der alte Herr sollte ruhig über das Geschwisterpaar sprechen, denn die Namen der beiden waren bereits gefallen. Sie lebten nicht nur Tür an Tür mit dem Opfer, sondern waren auch mit ihm und Manfred Oberhofer unterwegs gewesen. Annamaria war außerdem diejenige, die von dem Gestänge von Alfons Unterbachers Schnappviech getroffen worden war und wegen der daraufhin die Rauferei stattgefunden hatte.

Es drehte sich am Ende immer um die gleichen wenigen Personen.

»Die Annamaria ist heißbegehrt, das sage ich Ihnen. Ich kann das sehr gut verstehen. Wenn ich jünger wär … Die ist eine gute Partie und muss sich jetzt nur noch für den Richtigen entscheiden«, wiederholte Werner Rittener und begann, die möglichen Heiratskandidaten aufzuzählen. Mara notierte sich sämtliche Namen, wobei ihr auf Anhieb keiner der Genannten etwas sagte. Aber das konnte sie später immer noch mit Tasso und Johann auseinanderpuzzeln.

Der Ispettore verließ den Raum und kam mit einer Thermoskanne Kaffee zurück.

Werner Rittener zeigte auf eine Blechdose, die neben dem Radio stand. »Dadrin sind selbstgebackene Kekse, bringen Sie die her und greifen Sie zu.«

Mara holte die Dose und stellte sie geöffnet auf den Tisch. Höflich lehnte sie jedoch ab, etwas zu essen. Nach ranzigen Vanillekipferln stand ihr nun wirklich nicht der Sinn. Vermutlich stammten sie aus dem letzten Advent. Normalerweise hielten sich Kekse ja, aber die Tatsache, dass diese Weihnachten überlebt hatten, sprach nicht dafür, dass sie gut schmeckten.

Johanns Miene, als er in einen hineinbiss, bestätigte ihre Befürchtungen. Werner Rittener aß ebenfalls keinen.

»Die Annamaria kann ja selbst entscheiden, wen sie heiratet. Ist ja nicht mehr so wie früher, nicht wahr? Aber eines sage ich Ihnen.« Werner Rittener stach nachdrücklich mit dem Kaffeelöffel in die Luft. »Wenn die den Oberhofer nimmt, dann braucht die mein Haus nicht mehr zu betreten!«

Erstaunt hielt Johann inne. »Manfred Oberhofer? Den Fredl?«

»Das ist ein ganz linker Hund, das sage ich Ihnen! Auf den ist kein Verlass.«

Mara hielt kurz den Atem an und tauschte dann einen

Blick mit Johann. Ihr brannten eine Menge Fragen auf der Zunge, aber sie würde sich zurückhalten. Dem erfahrenen Ispettore würde es kaum anders ergehen.

»Was hat denn der Fredl angestellt?«, fragte Johann auch prompt im Plauderton.

»Der kann nichts, außer klug daherschwatzen. Meistens dem Schorsch nach dem Mund. Der war wirklich pfiffig, hat Erfahrung im Ausland gesammelt. Und Ideen hatte der! Ist natürlich nicht einfach, gegen die alten Betonköpfe in der Genossenschaft anzureden. Aber wann war so etwas je einfach?«

»Sie meinen, der Fredl war auf seiner Seite?« Johann trank einen großen Schluck Kaffee.

»Natürlich war er das, was denken Sie denn? Aber der Schorsch war geduldig. Der hat keinem einen Vorwurf gemacht, wenn die auf die herkömmlichen Methoden gesetzt haben. Sie wissen, was Trockenzuckern ist?«

»Selbstverständlich.«

»Nun ja. Manche machen's, manche nicht.« Werner Rittener seufzte tief. »Ist ja nicht verboten, wird aber nicht gern gesehen. Das ist wie mit den Äpfeln, wissen Sie? Ich war früher Apfelbauer. Und da gab es auch immer Diskussionen, wie viel Insektengift drauf darf. So viel wie nötig, doch nicht mehr. Aber was heißt das? Ist ein bisschen Mehltau in Ordnung? Ein paar Blattläuse?«

»Welche Haltung hatte denn der Schorsch zum Trockenzuckern?«, hakte Johann behutsam nach.

»Dem war das egal, ehrlich. Er meinte nur, es wär nicht nötig, wenn sie den Gewürztraminer erst einmal als Qualitätswein etabliert hätten. Je weniger, desto besser, desto teurer, lautete seine Devise. Er hat auch versucht, den Anbau anderer Rebsorten durchzusetzen, und davon wollte niemand etwas hören.«

Bisher fiel es Mara leicht, die wesentlichen Informationen mitzuschreiben. Aber Werner Ritteners monotone Stimme und die Hitze ließen sie schläfrig werden. Und dazu schien sie gerade Kaffee HAG zu trinken. Johann hatte den zwar stark gebraut, aber entweder war kein Koffein enthalten oder es wirkte nicht.

»Schorsch hatte Geduld. Der war ja noch so jung, wissen Sie? Und das war ihm bewusst. Der Fredl war das Gegenteil, der wollte immer alles schon gestern. Hat nie eingesehen, dass manche Dinge Zeit brauchen. Vor allem Veränderungen. Und Dünkel hatte der! Hielt sich für was Besseres. Das hat der von seinem Vater.«

Mara gähnte abermals hinter vorgehaltener Hand. Sie fragte sich, wieso Werner Rittener von Manfred Oberhofer in der Vergangenheit sprach. Sie schüttelte den Kopf, doch das half nicht. Ihr Verstand arbeitete einfach zu träge. Was würde sie dafür geben, ein Fenster aufmachen zu können. Die Luft im Raum war zum Schneiden dick, und der Kachelofen knisterte.

»Die Oberhofers, die sind schon seit Jahrhunderten hier, wissen Sie? Na ja, da können die sich schon etwas drauf einbilden. Wo sind Sie her?« Er wandte sich direkt an Johann.

Maras Anwesenheit schien der Alte völlig vergessen zu haben, was ihr keineswegs unangenehm war.

»Aus dem Passeiertal. Aus Sankt Martin.«

»Na, da ist es auch nicht anders als hier, oder? Lebt Ihre Familie dort noch? Was hat Sie hierher verschlagen?«

»Die Arbeit, wissen Sie? Für meinen Lebensabend habe ich ein schönes Häuschen in der Nähe von Kaltern gefunden, also gar nicht weit von hier.« Johann lächelte freundlich. Es war Mara unmöglich, aus seiner Miene herauszulesen, was er wirklich dachte. Sie fand diese Fragen jedenfalls sehr direkt, schon fast unhöflich. Solch ein Benehmen war ihr fremd, erst recht seitens der älteren Generation.

»Und die Familie? Haben Sie keine Frau gefunden?«

Mara blickte auf. Das war aber jetzt eindeutig aufdringlich. Zumal ja sie und der Ispettore hier waren, um Fragen zu stellen, und nicht umgekehrt.

Doch Johann tat, als wäre das ein ganz normales Gespräch. »Die Richtige war nie dabei. Und meine Familie, von denen lebt niemand mehr. Ich bin der Letzte.«

»Wie traurig.« Jetzt wirkte Werner Rittener aufrichtig betroffen. Er senkte den Kopf und rieb sich mit den Daumen über die Hosenträger.

»So ist das Leben.« Johann lächelte freundlich.

Ihr Gastgeber nickte und schwieg zunächst.

Der Ispettore warf Mara einen schnellen Blick zu. Sie verstand, dass sie schweigen sollte, auch das kannte sie bereits von Tasso. Der war ebenfalls gut darin, eine Gesprächspause auszuhalten.

»Jedenfalls«, fuhr Werner Rittener ganz von selbst fort, »leben die meisten Familien hier seit der Eiszeit. Mindestens. Na ja, das ist natürlich übertrieben, aber es waren einmal Archäologen hier, und die meinten, dass seit Tausenden von Jahren hier gesiedelt wird. Ich weiß nicht, ob das stimmt, aber warum nicht? Ist ja ein schönes Fleckchen Erde. Ich würde nirgendwo anders leben wollen. Und sicher ist, dass hier schon die Römer Wein angebaut haben, wussten Sie das?«

»Ja, das weiß ich.«

Wieder folgte eine Gesprächspause.

»Wollen Sie einen Obstbrand?« Der Kopf des alten Mannes flog auf, und er deutete unbestimmt in den Raum.

»Gerne, Herr Rittener. Wenn Sie einen mittrinken.«

»Wo denken Sie hin? Der Arzt hat es mir verboten. Holen Sie in der Küche zwei Gläser. Die Flasche steht in dem Schrank über dem Gasherd.«

Johann tat wie befohlen. Mara malte Blumen auf ihren Zettel und beobachtete ihren Gastgeber verstohlen. Werner Rittener brummte unbestimmbar vor sich hin und rieb einen Fleck von der Tischplatte. Er wirkte, als wäre er selbst Teil des Inventars.

Johann kehrte mit dem gewünschten Schnaps zurück und wollte Mara ein Glas reichen, die erschrocken abwinkte. Es war noch nicht einmal elf Uhr!

Gleichzeitig rief auch schon Werner Rittener: »Nicht doch. Das gute Zeug ist viel zu stark für das Mädchen. Das zweite Glas ist für mich.«

»Aber Sie sagten doch, Sie dürfen den nicht trinken.«

»Ich sagte, dass der Arzt es mir verboten hat. Doch werden Sie erst einmal so alt wie ich, dann brauchen Sie auch keine Vorschriften und guten Ratschläge mehr.« Er schlug mit dem leeren Glas einmal auf den Tisch und hielt es Johann auffordernd hin.

Erst nachdem er getrunken hatte, nahm er den Faden wieder auf. »Wo war ich? Ach ja, die alten Familien. Das bedeutet hier in Tramin wirklich etwas. Das sind nämlich nur die, die dageblieben sind. Verstehen Sie? Nicht die Optanten, die diesem Verführer aus dem Norden geglaubt haben. Die sind weg, ausgewandert ins gelobte Hitler-Deutschland und nicht mehr wiedergekommen. Also sind die, die hier sind, schon wirklich lange da, und nicht einmal dieser Mussolini hat sie vertreiben können. Und die Optanten? Da sehen Sie ja, was die davon hatten. Höfe sollten die bekommen. Alles Lügenmärchen! Jetzt haben sie nichts mehr, sind da irgendwo im Norden geblieben oder ganz woanders hingegangen. Selbst schuld.« Auffordernd hielt er sein Schnapsglas in die Höhe.

Widerstrebend schenkte Johann noch etwas ein, füllte das Glas jedoch nicht einmal zur Hälfte. Werner Rittener knurrte böse, sagte aber nichts und stürzte den Schnaps in einem Zug hinunter.

»Eine Ausnahme gibt es, haben Sie davon schon gehört? Der alte Sulzer, der Johann, der hat mit zweien seiner Söhne optiert. Der dritte Sohn ist hiergeblieben, das ist der Jakob, unser Bürgermeister. Guter Mann.« Werner Rittener strich begeistert mit der flachen Hand über den Tisch. »Der ist geblieben, hat den Lügen nicht geglaubt und ist dem Vater nicht hinterher. Deshalb ist er ja auch Bürgermeister.«

Jetzt bemühte Mara sich, alles mitzuschreiben. Nicht selten, das hatte sie schon während der ersten beiden Ermittlungen gelernt, waren solche Informationen über die Vergangenheit wertvoll. Und die Sulzers waren schon einmal erwähnt worden. Sie war gespannt, ob sich das, was Werner Rittener zu berichten hatte, mit dem deckte, was sie vom Bürgermeister wussten.

»Der Johann Sulzer«, dozierte der alte Mann weiter, »hat also nur zwei von seinen Söhnen mitgenommen. Den Johann junior und Anton. Den Hof hat er dem Jakob gelassen, aber der wollte nichts davon wissen.«

Mara machte einen Kringel um Anton Sulzers Namen. Das war Veronikas angeheirateter Onkel, so weit stimmte die Geschichte überein.

Johann schüttelte traurig den Kopf. »Solche Geschichten sind leider alle gleich.«

»Und der alte Sulzer lebt noch! Nur ein paar Jahre jünger als ich, wohnt beim Anton in der Pension. Der andere Johann, der Sohn, der ist tot, gestorben im deutschen Nirgendwo.« Werner Rittener senkte verschwörerisch die Stimme. »Der Anton ist auch ein Guter. Der und der Jakob, die wollten den

Hof wieder herrichten. Der Anton hat all sein Geld zusammengekratzt, um die Pension ordentlich aufzubauen. Dafür hat es gereicht, aber der Hof verlottert. Bis dann die Neffen vom Jakob kamen. Franz und Josef. Verstehen Sie das mit den Namen? Nach Franz Joseph, dem ehrwürdigen Habsburger, unserem letzten Kaiser.«

Bei allem Verständnis, das Mara aufbrachte, wenn ältere Leute hin und wieder von den alten Zeiten schwärmten, als Südtirol noch zur Habsburger Monarchie gehört hatte, für die Verehrung des alten Kaisers hatte sie nichts übrig. Besser gesagt, allgemein für die Verehrung eines Staatsoberhauptes, das niemand gewählt hatte oder aufgrund seiner Kompetenz an der Spitze einer Nation stand, sondern nur, weil er oder sie zufällig in die richtige Familie hineingeboren worden war.

»So, sehen Sie? Jetzt schließt sich der Kreis!«, rief Werner Rittener plötzlich, sodass Mara aus ihren Gedanken aufschreckte. »Der Oberhofer Fredl, der hat auf die beiden Sulzer runtergeschaut, wie es nur einer kann, der auch das Recht dazu hat. Weil die beiden eben zwei dahergelaufene Burschen waren, noch dazu Kinder eines Optanten. Wenn ich sage, dass er das Recht dazu hat, dann meine ich damit nicht, dass ich das richtig finde. Aber ich kann verstehen, dass er's tut, verstehen Sie?«

»Ja, natürlich.« Johann nickte.

Mara verstand es dagegen nicht so ganz, entschied aber, dass dieses Detail vielleicht nicht so wichtig war. Sie konnte den Ispettore später noch einmal bitten, ihr das zu erklären.

»Jedenfalls, wenn Sie mich fragen, dann sollten Sie bei den Sulzers nachforschen. Die hatten nämlich vor dem Egetmann ganz schön Streit mit dem Fredl. Da ging es um das Trockenzuckern und was da noch erlaubt ist und wo die Grenzen sind.

Ich sage jetzt nicht, dass einer von denen den Fredl umgebracht hat, aber ich könnte es mir vorstellen.«

Mara runzelte die Stirn. Den Fredl umgebracht? Den Manfred Oberhofer?

Werner Rittener zeigte abermals auf die Obstbrandflasche.

Johann ignorierte den Wink. »Verzeihen Sie, Herr Rittener, aber der Manfred Oberhofer erfreut sich doch bester Gesundheit. Der Georg Mayer wurde getötet. Wie passt das denn zu dem, was Sie gerade gesagt haben?«

»Was?« Der alte Mann blinzelte verwirrt. »Natürlich, Sie haben ja recht. Ja, das stimmt. Dann passt das gar nicht, was ich sage. Oder doch?«

Mit ratloser Miene wandte Johann sich Mara zu. Sie zuckte mit den Schultern. Hatte sie zu Beginn noch gedacht, dass die Informationen vielleicht interessant sein könnten, hatte sie jetzt eher den Eindruck, dass Werner Rittener einfach erzählte, was ihm gerade in den Sinn kam.

»Weshalb«, fragte der Ispettore, »sagen Sie denn, dass der Fredl Oberhofer ein linker Hund ist?«

»Na, weil er den beiden Sulzer-Burschen erst versprochen hat, ihnen zu helfen. Mit dem Wein und dem Keltern und alldem. Aber dann hat ihm was nicht länger in den Kram gepasst, und jetzt spricht er schlecht über die. Die waren ihm nicht gut genug. Ich weiß ja nicht, was der sich davon versprochen hat, die zu unterstützen. Das müssen Sie ihn schon selbst fragen. Wie gesagt, der hat ein Recht, auf die runterzuschauen, aber denen erst Hoffnungen zu machen und sie dann auflaufen zu lassen, das gehört sich nicht.«

»Herr Rittener«, Johann atmete vernehmlich durch, »das ist alles sehr vage, was Sie da erzählen. Ist denn ganz konkret etwas vorgefallen?«

»Wenn Sie mich so fragen, nein. Ich hab das ja alles nur am

Rande mitbekommen. Hier und da was aufgeschnappt. Und die Selma hat ein wenig erzählt, weil der ihre Neffen leidtun. Die Selma ist eine geborene Bacher, die Familie ist ...«

»Sie wissen also, dass es einen Streit zwischen Franz und Josef Sulzer sowie Manfred Oberhofer gab. Sonst noch etwas?«

»Schenken Sie mir noch einen halben Obstbrand ein, ja? Dann waren das einer und zwei halbe. Auf einem und einem halben Bein kann ich nicht stehen, Sie wissen schon.«

Kopfschüttelnd griff Johann nach der Flasche und schenkte einen Fingerbreit ein. Mara packte in der Zeit ihre Notizen ein. Dann murmelte der alte Herr etwas vor sich hin, ohne auf Johanns letzte Frage einzugehen.

»Danke schön, Herr Rittener«, hörte sie den ehemaligen Ispettore sagen. »Sie haben uns wirklich sehr weitergeholfen.«

Er alte Mann strahlte über das ganze Gesicht und murmelte stolz etwas.

Selten hatte Mara erlebt, dass eine offensichtliche Lüge so eine Wirkung entfaltet hätte und gern geglaubt wurde. Sie konnte es kaum erwarten, wieder frische Luft zu atmen.

***

»Tut mir leid, Fräulein Oberhöller. Ich fürchte, das war reine Zeitverschwendung.«

»Bitte nennen Sie mich Mara.«

»Sehr gern, aber es bleibt dabei: Wir haben diesen Morgen mit einem sinnlosen Gespräch vergeudet. Und die Kekse! Hoffentlich waren die nicht verdorben.« Johann schien sich gerade noch davon abhalten zu können auszuspucken.

»Immerhin wissen wir, dass es Streitereien gab. Da ist es ja nicht auszuschließen, dass auch das Opfer in die ein oder andere Auseinandersetzung verwickelt war. Könnte es nicht sogar sein, dass er recht hat? Möglicherweise war Manfred Oberhofer das wahre Ziel. Er wurde ebenfalls verletzt. Es könnte etwas geschehen sein, vielleicht ein Stoß, eine Bewegung in der Menschenmenge, die dazu geführt hat, dass das falsche Opfer getötet wurde.«

Johann nickte bedächtig. »Ein interessanter Gedanke. Wir sollten das mit Aurelio besprechen.«

»Mich wundert auch«, fuhr Mara fort, »dass der alte Herr so redselig war. Wenn ich Tasso recht verstanden habe, war es bisher eher mühselig, Informationen von den Beteiligten zu bekommen.«

»Der Mann ist einsam. Er war froh, dass er überhaupt mal mit jemand anderem reden konnte als mit seiner Urenkelin. Wir sollten mit Annamaria Bichler sprechen. Der Name ist jetzt häufiger gefallen, vielleicht haben sie oder ihr Bruder doch mehr mit der Sache zu tun, als wir bisher ahnen.«

Mara seufzte tief. »Ich sehe da noch gar kein Licht am Ende des Tunnels. Nur einen Haufen Namen, die alle irgendwie miteinander verwoben sind. Viele sind sich nicht richtig grün, aber niemand will so recht mit der Sprache herausrücken. Wie sollen wir das lösen?«

Johann lachte laut auf. »Das ist völlig normal, glauben Sie mir. Ich gehe hin und wieder ins Kino und schaue mir Filme an. Kennen Sie die Edgar-Wallace-Verfilmungen? Oder Dr. Mabuse? Die sind der Renner. Ich liebe sie, aber mit einer echten Ermittlung hat das alles nichts zu tun! Unsere Arbeit kann sehr langweilig sein.«

»Ich weiß. Das hat Questore Visconti meinem Vater auch versichert, sonst hätte er mich das Praktikum niemals antreten lassen.« Mara verschwieg, dass sie hin- und hergerissen war. Der Aufruhr in der vergangenen Nacht war wieder einmal zu viel des Guten gewesen. Sie war nicht erpicht auf weitere Erfahrungen dieser Art. Zugleich war ihr Bedarf an Gesprächen mit alten Herren, die von Thema zu Thema sprangen, ebenfalls gedeckt. Gab es denn keinen Mittelweg? Vor allem aber wünschte sie sich ein wenig Erfolg, einen Hinweis, etwas, das sie weiterbrachte.

Doch diese Hoffnung wurde auch bei ihrer nächsten Station nicht erfüllt. Von der Wirtin, bei der Markus Hofer, der Knecht, der für den Aufruhr der vergangenen Nacht verantwortlich zeichnete, wohnte, erfuhren sie, dass er schon in der Frühe den Linienbus nach Bozen genommen hatte. Die Frage, warum er den Stammtisch der Jungwinzer aufgewiegelt hatte, würde zunächst unbeantwortet bleiben, wie so viele andere Rätsel.

Mara ließ sich normalerweise nicht so schnell entmutigen, aber jetzt fühlte sie sich erschöpft. Es bereitete ihr Mühe, auf dem Weg zum Auto mit Johanns langen Schritten mitzuhalten.

»Warten Sie nur ab, Mara«, meinte der gutgelaunt und ignorierte ihr verstohlenes Gähnen. »Aurelio hat bisher keine ungelösten Fälle auf seinem Konto. Da wird auch Tramin nichts dran ändern, da bin ich zuversichtlich. Wir fahren jetzt erst einmal nach Bozen.«

»Und hören uns an, was die Anhörung ergeben hat?«

»Sie haben es erfasst.«

16. Kapitel, in welchem Tasso endlich einen Verdächtigen hat – und ein ganz, ganz mieses Gefühl

Wenigstens durfte Tasso im Mordfall während des Egetmann-Umzugs weiterermitteln. Vorerst, wie Ferrara grantig betont hatte. Welche Strippen er und Bruno Visconti dafür hatten ziehen müssen, wagte er nicht zu fragen. Er musste sich jetzt auf die Verdächtigen konzentrieren, was ihm schwerer fiel als je zuvor. Seine Aussichten, beruflich wie privat, erschienen ihm nicht allzu positiv. Dazu kam Brunos Zukunft, das eine hing mit dem anderen zusammen. Er konnte sich gerade nicht entscheiden, welche Fragen ihm mehr zusetzten.

Zwei Stunden später saß Tasso an seinem Schreibtisch und versuchte, sich auf den Bericht von Dottore Agnelli zu konzentrieren. Der Arzt war sicher, dass Georg Mayer mit einem Messer verletzt worden war, konkreter gesprochen mit einem scharfen Ausbeinmesser, wie es Jäger benutzen, glattgeschliffen, mit leicht gebogener Klinge und Spitze. Er hatte den Schnitt analysiert und war davon überzeugt, dass die Klinge am Schlüsselbein angesetzt und über die Schulter Richtung Nacken geführt worden war, da sie in diesem Verlauf tiefer eindrang. Ein Messer wurde in der Regel gezogen und nicht gedrückt. Am wahrscheinlichsten war demnach, dass das Opfer von hinten niedergestochen worden war.

Tasso schob den Bericht zurück in die braune Umlaufmappe. Ihm wäre es lieber gewesen, wenn sich das alles wider

Erwarten als tragischer Unfall herausgestellt hätte. Aber mit diesem Befund war das ziemlich unwahrscheinlich geworden. Niemand fuchtelte versehentlich in einer feiernden Menschenmenge mit einem Messer herum.

Seufzend erhob er sich. Mara war noch mit Vierweger unterwegs und würde erst gegen Nachmittag kommen. Die beiden versuchten, diesen Markus Hofer ausfindig zu machen, wobei Tasso nicht damit rechnete, dass sie den Mann so schnell fanden, nach dem, was er angerichtet hatte.

Das Verhör mit dem ersten der drei gestern Abend verhafteten Männer würde er also alleine führen. Aber dieses Gespräch fand ohnehin nur statt, um der Pflicht Genüge zu tun. Er wusste bereits, dass Antonio Bianco nicht der Täter sein konnte. Kein Geringerer als Giulio di Fabar, der Carabiniere, mit dem Tasso kurz nach der Tat aneinandergeraten war, war heute Morgen während der Anhörung in der Questura aufgetaucht. Er hatte eine kleine Frau mitgebracht, die Inhaberin einer Pizzeria namens Maria Donato. Sie hatte zu Protokoll gegeben, dass der Tonio den gesamten Faschingsdienstag bis spätabends in ihrer Wirtschaft gewesen sei. Soweit Tasso das richtig verstanden hatte, gewährte diese Frau all jenen Asyl, die mit dem Brauchtum nichts anfangen konnten. Er merkte sich die Adresse gut.

Tasso hoffte dennoch darauf, dass der Verdächtige vielleicht mit der einen oder anderen interessanten Information über das Zusammenleben im Ort aufwarten konnte.

Antonio Bianco, der Mann, den sie in Tramin als Sündenbock ausgemacht hatten, wartete in einem kahlen Vernehmungszimmer auf ihn. Er wirkte eingeschüchtert und saß wie erstarrt da, nur sein dunkler Blick huschte rastlos im Raum umher.

Tasso nahm ihm gegenüber Platz. »Signor Bianco, bitte

entspannen Sie sich, hier wird Ihnen nichts geschehen. Möchten Sie ein Glas Wasser? Eine Zigarette?«

»Gern.« Zum ersten Mal, seit Tasso den Raum betreten hatte, rührte der Verdächtige sich. Er nahm die Zigarette an und ließ sich Feuer geben. Gierig inhalierte er und lehnte sich etwas weniger verkrampft zurück.

»Was meinen Sie damit, dass mir nichts passieren kann?« Antonio Bianco sprach mit einem starken sizilianischen Akzent und nuschelte, weshalb Tasso Mühe hatte, ihn zu verstehen. Der Grund waren vermutlich die beiden fehlenden Vorderzähne.

Tasso lächelte breit. »Sie haben das genau richtig verstanden. Was die Winzerburschen aus dem Dorf anbelangt, können die Ihnen hier nicht auf den Leib rücken. Was allerdings Ihre fehlenden Papiere betrifft, so ist das eine Sache der Guardia di Finanza. Da hängt aber Alfons Unterbacher mit drin, der hat Sie schließlich illegal beschäftigt.« Tasso hob mit gespielter Nachsicht den Zeigefinger. »Ich versichere Ihnen, dass mir dieser Umstand vollkommen gleichgültig ist. Wenn Sie mir ein wenig über die … Seilschaften, Beziehungen oder auch Animositäten insbesondere der Traminer Jungwinzer berichten könnten, werde ich Ihre Kooperation wohlwollend erwähnen.«

»Glaub nicht, dass ich Ihnen helfen kann.« Antonio Bianco sog an der Zigarette, als hinge sein Leben davon ab.

»Sie arbeiten für Alfons Unterbacher in der Pension Alpenrose.«

Sein Gegenüber nickte.

»Mit wem ist Ihr Dienstherr befreundet? Wer ist ihm nicht gewogen?«

Unsicherheit huschte über Antonio Biancos Miene. Er aschte mehrmals in den bereitstehenden Aschenbecher. »Weiß nicht. Der hält sich zurück.«

»Wie meinen Sie das?«

»Wie ich's sage. Der ist ein Außenseiter.«

»Außer beim Egetmann? Beim Umzug geht er doch mit.«

»Schon. Aber Sie haben's gehört. Wegen dem haben sie sich geprügelt. So ist das immer.«

»So ist *was* immer?«

Antonio Bianco zuckte unbestimmt mit den Schultern.

»Signor Bianco, mit solchen Andeutungen kann ich nichts anfangen. Was können Sie mir über Alfons Unterbacher sagen?«

Offenbar wurde dem Verdächtigen bewusst, dass er gerade dabei war, ein wenig zu gründlich von sich abzulenken. Er drückte die Zigarette aus und wedelte hektisch mit beiden Händen. »Ist ein guter Mann. Wirklich. Stellt keine Fragen. Ich hab mein Zimmer, meinen Lohn. Ich mach, was er sagt. Und was sein Vater sagt. Dem gehört die Pension, und manchmal ist der noch da. Aber eigentlich schmeißt der Sohn den Laden. Ich bleib für mich. Geh nicht in die Wirtschaft. Versteh die ja nicht.« Er holte Luft, schielte auf die Zigarettenpackung, die vor Tasso lag. »Der Unterbacher geht auch selten raus. Hat keine Freunde, der. Ist aber kein schlechter Kerl.«

Tasso musterte Antonio Bianco gründlich. Nach wie vor klimperte er mit den Lidern und bewegte die Augen, als suche er nach einem Punkt, den er fixieren könnte. Er arbeitete illegal, das mochte ausreichen, um so nervös zu sein. Oder verbarg sich mehr dahinter?

Dieser Fall drohte allmählich auszuwachsen. Alpendörfer waren wie eine archäologische Fundstätte. Einmal angefangen, förderte jede Grabung eine tiefere Schicht und neue Erkenntnisse zutage. Bösartig ausgedrückt waren sie eine Schutthalde. Das Ergebnis war das gleiche.

Tasso wollte nichts weiter als den Täter. Er war inzwischen

davon überzeugt, dass es nur ein Mann sein konnte. Verdächtige Frauen kamen bisher nicht vor, dafür eine Horde übereifriger junger Männer, die zu gern jemanden gelyncht hätten. Ganz egal, welcher von denen am Ende Georg Mayer umgebracht hatte, die Schuld der anderen würde Tasso nicht vergessen.

»Kennen Sie Markus Hofer? Den Mann, der Sie beschuldigt hat?«

»Seh ihn hin und wieder. Redet wenig, trinkt viel. Er kann kein Italienisch, bei dem reicht es nur für ein paar Beschimpfungen.«

»Und Sie sprechen kein Deutsch.«

Wieder ein unbestimmtes Schulterzucken. »Brauch ich nicht. Der Unterbacher macht mir klar, was ich tun soll.« Wieder war da so ein vager Unterton. Tasso konnte den Finger nicht darauflegen. Es war nicht mehr als eine Ahnung. Da lag noch ein Geheimnis in der Luft.

Hatte es mit dem Mord zu tun? Dann musste er es erfahren. Andernfalls ging es ihn nichts an.

Er lehnte sich nach vorne über den Tisch. »Wer hat Ihrer Meinung nach Georg Mayer abgestochen?«

Antonio Bianco zuckte zurück, als wäre er am liebsten aufgesprungen. »Ich war's nicht, ich schwör es Ihnen auf die Bibel!« Hastig schlug er ein Kreuz und faltete die Hände.

»Beruhigen Sie sich, ich glaube Ihnen doch. Deshalb habe ich Sie ja auch gefragt, wer es Ihrer Meinung nach gewesen sein könnte.«

Er erntete nur ein entschiedenes Kopfschütteln. Tasso seufzte tief. Das führte zu gar nichts. Er hatte auch keine Idee, was er seinen Verdächtigen noch fragen könnte. Dieser Mann war einfach ein Unglücksrabe, der zur falschen Zeit am falschen Ort gewesen war. Mehr nicht.

Er verabschiedete sich von Antonio Bianco und verließ den Raum.

»Lassen Sie ihn abführen«, sagte er zu dem wartenden Agente. »Der bleibt noch so lange wie möglich hier, aber das ist zu seinem Schutz, damit die dem nicht nochmal auf die Pelle rücken.«

»*Sì, va bene,* Signor Commissario.«

Dann entdeckte er Mara, die über den schmalen Flur auf ihn zukam.

»Signorina Mara, Sie sind der erste Lichtblick heute.«

Sie grinste breit. »So schlimm?« Da er nicht reagierte, wurde sie sofort ernst. »Was ist denn?«

»Bruno sitzt im Rollstuhl. Hat sich das Knie verdreht.«

»Alessia hat es mir gerade erzählt. Wir hatten keinen Erfolg, Markus Hofer ist verschwunden. Er ist zuletzt von seiner Wirtin gesehen worden, wie er in den Linienbus nach Bozen eingestiegen ist. Wie ist die Anhörung verlaufen?«

Madonna mia, diese ragazza *schafft es wirklich, mir das Messer in der Wunde auch noch herumzudrehen.*

»Wir werden sehen. Möchten Sie bei dem Verhör von Christoph Wörndl dabei sein?«

»Ist das ratsam? Ich meine, er hat mich gestern als Kellnerin im Löwen gesehen. Wird er dann reden?«

»Wenn Sie möchten, können Sie das Verhör übernehmen und ihn mit dem konfrontieren, was er gestern Abend von sich gegeben und getan hat. Ja, vielleicht ist das sogar eine gute Idee. Sie haben schließlich selbst erlebt, wie wütend er war.«

Mara schien von dieser Aussicht nicht allzu begeistert zu sein, doch nach einem Zögern nickte sie. »Wenn Sie dabeibleiben, würde ich es versuchen.«

»Selbstverständlich bleibe ich dabei, wo denken Sie hin?

Ich beginne mit den Formalitäten, und wenn ich Ihnen zunicke, übernehmen Sie.«

»*D'accordo*, einverstanden.«

Während Tasso einen Agente anwies, den Verdächtigen in den Verhörraum zu bringen, und dort wartete, brachte Mara zwei Becher Kaffee für sie beide.

»Wunderbar, Sie haben ein Gespür für das Wesentliche«, rief er erfreut aus.

Mara warf ihm einen weiteren, schwer zu deutenden Blick zu. Tasso befahl sich innerlich, sich zusammenzureißen. Diese junge Frau war einfach nur zu höflich, ihn darauf hinzuweisen, dass er sich höchst seltsam benahm. Er konnte sich das selbst nicht erklären. Seit dem Ende der Anhörung fühlte er sich aufgekratzt, beinahe euphorisch. So wie er sich als kleiner Junge gefühlt hatte, wenn er mit seiner Schwester Kletterpartien auf den Dächern Roms unternommen hatte. Er hatte es nie so empfunden, als wären sie wirklich in Gefahr gewesen. Dabei erinnerte er sich deutlich an den Anblick des Abgrunds, die Straßen drei, vier oder sogar sechs Stockwerke unter sich. Und so fühlte es sich jetzt auch an: stimulierend und ein wenig angsteinflößend.

War das diese berühmte Erleichterung des Lügners, der aufgeflogen war und gestanden hatte? Oder war es …

»Der Verdächtige Christoph Wörndl, Signor Commissario.« Der Agente schob den sich sträubenden schlaksigen Mann vor sich her in den Raum, schloss die Tür und stellte sich mit verschränkten Armen davor.

»Stehen Sie nicht herum, setzen Sie sich«, sagte Tasso auf Deutsch und zeigte auf den Stuhl.

Christoph Wörndl reckte störrisch das Kinn. »Ich will einen Anwalt.«

»Sollen Sie bekommen. Aber erst reden wir miteinander.

Ich verspreche Ihnen, dass Sie nichts zu befürchten haben.«
Tasso schlug einen etwas freundlicheren Ton an, und das half.

Christoph Wörndl ließ sich auf den Stuhl sinken, wobei diese Bewegung wirkte, als habe jemand ein Laken über die Lehne geworfen. Er sah noch dünner und rückgratloser aus, als Tasso ihn von seiner ersten Begegnung in Erinnerung behalten hatte, als er mit ihm gesprochen hatte, weil die Schwester des Opfers ihn erwähnte. Auch Mara hatte gemeint, der Mann sähe aus wie ein Gespenst, und das war nicht übertrieben. Sein Gesicht war kalkweiß, umso deutlicher stachen die rot verquollenen Augen mit den tiefdunklen Ringen hervor.

»Signor Wörndl, bevor wir zu den Geschehnissen von gestern Abend kommen, möchte ich Sie bitten, mir ein bisschen was über Markus Hofer zu erzählen. Er ist gestern in die Wirtschaft gekommen und hat Antonio Bianco des Mordes an Georg Mayer beschuldigt. Ist das richtig?«

»Ja, der war es. Aber was soll ich Ihnen über den sagen? Der war Knecht bei meinen Eltern, aber mein Vater hat ihn rausgeworfen, vor einigen Jahren schon.«

»Warum?«

»Weil die Arbeit nicht mehr reichte. Und weil er sich gern mal im Weinkeller bedient hat.«

»Wo wohnt er?«

»Weiß ich nicht. Als der bei uns gearbeitet hat, hat er ein Mansardenzimmer gehabt.« Christoph Wörndl stützte sich auf den Tisch und ließ den Kopf hängen.

»Wieso haben Sie Hofer geglaubt, als er den Antonio gestern des Mordes beschuldigt hat?«

Der junge Mann schwieg. Tasso ahnte, dass es gar keinen Grund gab. Es war inzwischen früher Nachmittag, und noch immer schlug ihm eine gehörige Fahne entgegen. Christoph Wörndls gesamter Körper dünstete Alkohol aus.

Tasso nickte Mara zu.

»Herr Wörndl, warum sind Sie Markus Hofer gestern Abend hinterhergelaufen?«, wiederholte sie die Frage.

Tasso konnte hören, dass ihre Stimme ein klein wenig zitterte. Er nickte ihr abermals aufmunternd zu.

Jetzt blickte Christoph Wörndl auf. »Weil ich ein wenig zu viel getrunken hatte. Das wollen Sie doch hören, oder?« Er spuckte ein wenig beim Reden.

»Nun, vielleicht gibt es ja auch einen guten Grund, aus dem Markus Hofer diese Anschuldigung ausgesprochen hat. Vielleicht haben Sie ihn ja dazu ermuntert, um von sich abzulenken?«

Es dauerte ein paar Sekunden, bis Tasso die gesamte Tragweite ihrer Worte begriff. Das war nicht nur ein interessanter, sondern auch ein kluger Gedanke.

»Wie meinen Sie das?«

Mara richtete sich ein wenig auf. »Ich frage Sie, ob Sie Markus Hofer dazu angestiftet haben, Antonio Bianco zu beschuldigen. Möglicherweise haben Sie ihm ein wenig Geld gegeben, vielleicht reichten schon ein paar Flaschen Wein. Oder er war Ihnen auch noch eine Gefälligkeit schuldig. Könnte doch sein?«

Christoph Wörndl streckte den Zeigefinger aus. Seine Hand zitterte leicht. »Passen Sie auf, was Sie sagen! Das ist Verleumdung!«

Tasso wollte etwas sagen, aber Mara kam ihm zuvor. »Ich stelle lediglich Vermutungen an«, erklärte sie scharf. »Ich höre auch gerne wieder damit auf. Sagen Sie uns nur die Wahrheit, und dieses Gespräch ist sofort zu Ende.«

»Aber wie soll ich Ihnen denn beweisen, dass ich etwas nicht getan habe? Ich hab den Hofer seit Wochen nicht gesehen oder gesprochen, bevor der gestern Abend aufgetaucht ist. Ich hab mit dem nichts am Hut.« Er unterbrach sich, neigte unsicher den Kopf. »Aber Sie haben schon recht. Von allein kommt der nicht auf so eine Idee. Der wollte immer seine Ruhe, ist kein Typ, der freiwillig Ärger macht.«

»Und wer könnte ihm das eingeflüstert haben?«

»Der Mörder?« Christoph Wörndl lächelte hilflos. Mit dem leichenblassen Gesicht sah er aus wie ein grinsender Totenschädel.

Mara beugte sich scheinbar vertraulich über den Tisch. »Kommen Sie, Sie haben doch einen Verdacht. Wer könnte Markus Hofer etwas eingeflüstert haben?«

»Wozu denn?« Christoph Wörndl leckte sich über die Lippen. »Ich meine, wir hatten alle unsere verschiedenen Meinungen. Es ging auch mal hoch her beim Stammtisch, haben Sie ja selbst gestern erlebt. Aber darum bringen wir einander doch nicht gleich um.«

Tasso nickte gedankenverloren. Das war so ein Punkt, der ihm im Kopf herumspukte, seit er den Bericht des Rechtsmediziners gelesen hatte. Ein Messer in einer Menschenmenge, vermutlich ein gezielter Angriff. Es musste schnell gegangen sein. Und da waren starke Gefühle im Spiel, da war jemand sehr aufgebracht gewesen. Die allermeisten Menschen besaßen eine natürliche Tötungshemmung. Es brauchte einen starken inneren Antrieb, diese zu überwinden und wirklich zuzustechen, einem Menschen kaltblütig ein Messer über den halben Hals zu ziehen und dann ungesehen zu verschwinden.

Konnte einer der Kollegen Georg Mayers in der Genossenschaft so wütend werden, dass er seinen Kontrahenten mit einem Messer attackierte? Sprach das für eine geplante Tat, oder war doch alles aus dem Affekt geschehen? Hatte jemand einfach eine gute Gelegenheit genutzt, als das Schnappviech Alfons Unterbacher durch die Menge gerannt war und für Ablenkung gesorgt hatte?

»Wenn Sie mich fragen«, brach Christoph Wörndl plötzlich eine Spur zu laut das Schweigen, »dann war es der Sulzer. Der Ältere. Der ist … Ich trau dem nicht. Und der hatte sich auch mit dem Schorsch angelegt.«

Tasso war verwirrt. Sulzer hieß der Bürgermeister, und der hatte zwei Neffen erwähnt. Ging es um einen von denen? Mara schien dagegen zu wissen, um wen es sich handelte.

»Sie sprechen von Franz Sulzer, richtig? Er war gestern Abend auch beim Stammtisch.«

»Genau der. Ein Dickschädel ist das. Und manchmal benimmt er sich merkwürdig.«

»Können Sie das etwas näher erläutern?«, hakte Tasso nach.

Christoph Wörndl kratzte sich am Hinterkopf und rülpste leise. Sein nach Alkohol stinkender Atem waberte über den Tisch. »Weiß nicht. Tut immer so, als wüsste er alles. Aber der kann vielleicht Wein trinken, doch vom Keltern hat er kaum Ahnung. Soweit ich weiß, hat der mit seiner Familie in München gelebt, in Deutschland.«

»Wissen Sie, wo wir seinen Bruder finden? Josef Sulzer?«, fragte Mara.

Erstaunt starrte ihr Gegenüber sie einen wortlosen Augenblick an. »Jetzt, wo Sie fragen, fällt mir erst auf, dass der gestern Abend nicht dabei war. Er sagt meistens nichts, daher habe ich ihn wohl nicht vermisst. Der gibt nur Antwort, wenn er gefragt wird, und manchmal nicht einmal das. Ist an sich verständiger als sein Bruder, wirkt auf mich sogar recht pfiffig.« Er schüttelte den Kopf. »Ich weiß nicht, was er macht oder wo er sich herumtreibt. Ich weiß überhaupt nichts über ihn zu sagen.«

»Gut, das reicht für heute, Signor Wörndl. Agente, bitte bringen Sie den Mann zurück in die Zelle.«

»In die Zelle? Aber warum kann ich nicht gehen? Was werfen Sie mir denn jetzt vor?«

Tasso lächelte schmal. »Versuchte Körperverletzung und Anstiftung zur Körperverletzung. Mein Kollege wird Sie gleich zu einem Telefon führen, da können Sie einen Anwalt Ihres Vertrauens anrufen. Mit dem Mord an Georg Mayer haben Sie nichts zu tun, das glaube ich Ihnen. Aber wenn ich das richtig verstanden habe, waren Sie derjenige, der einen Knüppel geschwungen und ›Knüpft ihn auf!‹ gerufen hat? Nein, halt, bevor Sie jetzt etwas Falsches sagen, sagen Sie besser gar nichts. Das klärt Ispettore Amirante mit Ihnen.«

Kleinlaut senkte Christoph Wörndl den Kopf.

***

»Wo ist denn Mancuso?«, fragte Tasso Mara auf dem Weg zurück an seinen Schreibtisch.

»Ich habe keine Ahnung. Alessia sagte vorhin, er habe sich dienstunfähig gemeldet, bis einschließlich morgen.«

»Dann muss ja wirklich etwas passiert sein, meinen Sie nicht? Er war doch so begeistert, an der Mordermittlung teilzuhaben.« Er schaute Mara fragend an, doch die zog nur ratlos die Schultern hoch.

Wie merkwürdig. Dabei hatte Tasso geglaubt, die beiden würden sich austauschen. Er fand es unübersehbar, dass der junge Agente sich für die etwa gleichaltrige Frau aus Meran interessierte. Bei der Ermittlung während der Entführung von Bruno Visconti war er ständig um sie herumscharwenzelt. Und jetzt ließ er sich die Gelegenheit, offiziell mit Mara zusammenarbeiten zu dürfen, entgehen? Selbst wenn die sein Interesse nicht erwiderte, erschien Tasso das als unwahrscheinlich, und es verstärkte seine Vermutung, Mancuso müsste etwas Schwerwiegenderes zugestoßen oder er ernsthaft krank geworden sein.

Aber es gab andere Dinge, um die er sich viel dringender kümmern musste. Brunos Entführung und ihre Konsequenzen. Tasso seufzte laut und ließ sich auf den Schreibtischstuhl fallen.

Mara bedachte ihn mit einem aufmerksamen Blick, fragte jedoch nicht nach, wofür er ihr dankbar war. Er wollte ihr jetzt nicht erklären, um was sich seine Gedanken ständig im Kreis drehten. Er musste das alles verdrängen, wenigstens bis er den Mörder von Georg »Schorsch« Mayer gefunden hatte. Danach würde er zwangsläufig genug Zeit haben, sich um sich selbst und seine Zukunft zu kümmern – und gegebenenfalls um Brunos.

Er schaute zu Mara. »Ich wollte Mancuso bitten, diesen Markus Hofer zur Fahndung auszuschreiben. Möchten Sie das übernehmen?«

»Was muss ich da tun?«

»Sie verfassen einen Text und eine Personenbeschreibung, die sodann an sämtliche Behörden geleitet werden. Beschränken Sie sich aber zunächst auf Südtirol. Wenn wir Hofer nicht finden, können wir ihn immer noch landesweit oder auch in Österreich suchen lassen. Am besten wenden Sie sich an einen der Agenti. Der soll Ihnen helfen. Vielleicht ist Cosentino unten, den kennen Sie auch aus den Tagen im Dezember.« Eine bürokratische Fingerübung, genau das Richtige für seine Praktikantin. Da konnte nichts schiefgehen.

»Ja, das ist richtig. Das mache ich. Aber ist das denn nötig?«

»Die Fahndung? Was glauben Sie?«

Mara dachte kurz nach. »Nun, es ist sicher kein Zufall, dass wir ihn heute Morgen nicht in seiner Wohnung angetroffen haben. Soweit wir wissen, geht er keiner Arbeit nach. Das kann also nicht der Grund sein, warum er so früh nach Bozen gefahren ist.« Sie stockte kurz. »Sie glauben, dass Christoph Wörndl vorhin recht gehabt hat. Markus Hofer wurde von der Person angespitzt, die am meisten davon profitiert, dass sich die Polizei mit den falschen Leuten beschäftigt.«

»Vom Mörder, ganz richtig.«

»Sie glauben, dass es ein Mann war?«

»Offen gestanden ja. Ich habe Ihnen beigebracht, nichts auszuschließen, bis Ihnen unwiderlegbare Beweise vorliegen, aber ich gehe davon aus, dass einer der Jungwinzer dahintersteckt. Wir kratzen bisher nur an der Oberfläche, aber es zeigt sich doch schon, dass da Dinge schwelen. Am wahrscheinlichsten scheint mir, dass einige der Meinungsverschiedenheiten tiefer gingen und ein zunächst harmloser Streit eskaliert ist, bis dann eines zum anderen führte. Das ist meine – ich gebe zu, recht dürftige – Arbeitshypothese. Wir werden morgen mit den Sulzer-Brüdern sprechen. Dazu sollten wir Ihren und Johanns Gedanken, Manfred Oberhofer könnte das eigentliche Ziel gewesen sein, nicht außer Acht lassen. Aber jetzt kümmern wir uns erst mal um diesen windigen Knecht.«

Mara nickte eifrig. »Sie glauben, dass dieser Markus Hofer sich jetzt aus dem Staub gemacht hat. Vielleicht wusste er gar nicht so genau, was er da tat und wohin das führte. Aber angesichts der Randale und den Verhaftungen sollte er mittlerweile begriffen haben, was er angerichtet hat. Würde er dafür verhaftet?«

»Nun, er hat Antonio Bianco fälschlicherweise beschuldigt. Er muss uns schon verdammt überzeugend erklären, warum. Andernfalls ist es üble Nachrede und Verleumdung, und das ist ein Vergehen.«

»Also hat er einen guten Grund, von der Bildfläche zu verschwinden.«

»Nicht nur das. Hinzu kommt, dass er es möglicherweise

mit der Angst zu tun bekommen hat. Er weiß, wer der Mörder ist. Das kann gefährlich für ihn werden. Sollte er dann vielleicht noch versucht haben, Kapital aus seinem Wissen zu schlagen, indem er beispielsweise denjenigen erpresst, könnte das für ihn sogar ganz böse ausgehen.«

Mara erhob sich und reckte resolut das Kinn. »*Capito*. Ich kümmere mich um die Fahndung.«

17. Kapitel, in welchem Mara Tee trinkt und dann doch nicht abwartet

Es ging bereits auf neun Uhr zu. Mara saß mit Tasso und Johann Vierweger im *Goldenen Löwen* beim Abendessen. Sie fühlte sich zutiefst erschöpft. Der Tag war vollgestopft und anstrengend gewesen, obwohl sie die meiste Zeit in der Questura verbracht hatte. Außerdem forderte die viel zu kurze Nacht ihren Tribut.

Lustlos stocherte Tasso in seinem Rotkraut herum und murmelte etwas davon, dass jeglicher Kohl seiner Meinung nach nicht in einen Kochtopf gehöre. Das Stück Kasslerbraten hatte er nicht weniger widerwillig gegessen, wobei Mara zugeben musste, dass das Fleisch wirklich arg salzig ausgefallen war.

Zum Abschluss winkte Johann dem Wirt, ihnen einen Obstbrand für die Verdauung zu bringen. Mara lehnte ab. Gerade als die beiden Männer ihre Gläschen hoben, betrat Anton Sulzer die Schankstube, blickte sich suchend um und kam dann auf ihren Tisch zu.

»Guten Abend, Mara und die Herren. Könnte ich bitte kurz mit Ihnen sprechen?«

»Bitte, nur zu.« Tasso zeigte auf einen freien Stuhl.

Anton Sulzer setzte sich. »Ich komme direkt zur Sache. Mara, ich habe mit Selma gesprochen. Wir sind beide der Meinung, dass du wieder bei uns in der Pension übernachten solltest, solange du in Tramin bleibst. Selma wird dir auch ein

Frühstück zubereiten. Für dich allein wäre das ja keine Arbeit, sagt sie.«

»Vielen Dank, aber das ist nicht nötig«, erklärte Mara rasch, wobei sie sich eingestehen musste, dass sie schon froh wäre, dem stets missmutigen Blick des Löwenwirts zu entkommen. Er trug ihr die Geschehnisse der letzten Nacht nach, als sei es ihre Schuld gewesen, dass der Winzer-Stammtisch einen Sündenbock gesucht und gefunden hatte.

Tasso dagegen nickte aufmunternd. »Ich halte das für eine gute Idee, Signorina Mara. Signor Sulzer, wir wollten ohnehin von Ihnen wissen, ob Sie uns sagen können, wo wir Ihre Neffen finden.«

»Franz müsste zu Hause sein, ich habe vorhin in der Küche Licht brennen sehen.« Er zögerte, schien noch etwas sagen zu wollen und neigte dann nur leicht den Kopf. »Josef, der Jüngere, ist in München Freunde besuchen, wie mir Selma sagte. Sie wird wissen, wann er zurückkommt. Heute Abend ist sie allerdings mit den Landfrauen zu einem Vortrag in die Meraner Mühle gefahren. Sprich sie doch morgen beim Frühstück darauf an, Mara.« Er strich sich über seine Halbglatze.

Mara lachte auf. »Dann ist es also entschieden, dass ich wieder ein Zimmer in der Pension beziehe? Also gut, ich gehe rasch meine Sachen zusammenpacken.«

»Dann bestelle ich mir solange ein Glas Wein und nehme anschließend deine Tasche mit. Du kommst einfach nach und klingelst, sobald du hier fertig bist.« Anton Sulzer wandte sich an Tasso und Johann, die beide zustimmten.

Eigentlich hatten sie nach dem Abendessen die bisherigen Erkenntnisse zusammentragen wollen, aber ein Blick in die müden Gesichter der Polizisten ließ Mara vermuten, dass sie froh über das Auftauchen des Pensionswirts und das vorzeitige Ende des Abends waren.

Und richtig, als Mara kurz darauf mit ihrem Koffer zurückkehrte, waren Johann Vierweger und Anton Sulzer in ein angeregtes Gespräch über eine bestimmte Ziegenrasse aus dem Passeiertal vertieft. Tasso saß daneben und spielte mit seinem Schnapsglas. Der Löwenwirt hatte es noch immer nicht für nötig befunden, die leeren Teller abzuräumen.

Mara übergab ihr Gepäck, und Anton Sulzer verabschiedete sich.

»Und jetzt?«, fragte sie betont munter.

Tasso stand ruckartig auf und stieß seinen Stuhl nach hinten. »Ich habe genug. Ich fahre nach Hause und schlafe mich aus.«

»Nicht die schlechteste Idee.« Johann wandte sich an Mara. »Ich bringe Sie noch zur Pension, dann ist Schluss für heute.«

Mara wollte protestieren, dass der Weg kurz und wirklich ungefährlich sei, aber ein warnender Blick des alten Ispettore ließ sie innehalten. So wartete sie geduldig, bis Tasso die Rechnung für alle bezahlt hatte. Sie vereinbarten, sich am nächsten Morgen um zehn im Rathaus zu treffen und zu beraten, wie sie weiter vorgehen würden. Danach verabschiedete der Commissario sich und ging zu dem Polizeiauto, das vor dem Rathaus parkte.

»Wie geht es Ihnen, Mara?«, fragte Johann, als sie nebeneinander durch die kalte Nacht schlenderten.

»Wie meinen Sie das? Nicht besser oder schlechter als heute Vormittag.«

»Aurelio braucht Sie. Mehr denn je sogar, seit ich weiß, was bei dieser Anhörung herausgekommen ist.«

»Und wieso ausgerechnet mich? Ich kenne ihn doch kaum; gerade mal ein paar Wochen.«

Johann zog den Hut ein wenig tiefer in die Stirn und vergrub seine Hände in den Manteltaschen. »Sie geben ihm Zuversicht. Wenn Sie in seiner Nähe sind, ist er viel freundlicher, als ich ihn sonst kenne. Er ist beinahe schon zugänglich.«

»Oh, wir hatten nicht den allerbesten Start. Ich denke, er gibt sich in meinem Beisein einfach mehr Mühe, höflich zu sein.«

Johann erwiderte nichts.

»Ist es nicht eher seine Sorge um Bruno Visconti?«, fuhr Mara fort. »Ich muss zugeben, dass ich mich auch frage, wie es mit ihm weitergeht. Ich kenne den Questore als Freund unserer Familie. Über ihn kann ich sagen, dass er sich große Gedanken um seine berufliche Zukunft macht.«

»Das stimmt. Dazu stehen er und Aurelio in einem ganz besonderen Verhältnis zueinander, das ist ja kein Geheimnis.« Er wurde abrupt von Sirenengeheul unterbrochen.

Mara und Johann schauten sich suchend um. Sie befanden sich noch auf der Hauptstraße unweit des Rathauses. Im nächsten Moment brauste ein dunkelblauer Alfa Romeo mit der weißen Aufschrift *Carabinieri* und Blaulicht an ihnen vorbei. Die Bremsleuchten flammten auf. Der Wagen schoss in die nächste Straße links hinein und verschwand zwischen den Häusern. Kurz darauf verstummte die Sirene.

Johann schnalzte mit der Zunge. »Dieses Dorf kommt auch nicht zur Ruhe, was?«

Ohne dass es einer weiteren Absprache bedurfte, fielen sie beide in einen raschen Trab und folgten dem Auto.

Sie mussten nicht weit laufen. Es parkte mitten auf der Straße vor einer Toreinfahrt. Gerade zerrten zwei Carabinieri eine dritte Person durch die offen stehenden Torflügel. Besser gesagt hing diese Gestalt wie ein nasser Sack in den Armen der beiden. Es schien, als konnte sie sich nicht aus eigener Kraft auf den Beinen halten.

Mara blinzelte in die Dunkelheit, die nur von fahlgelben Lichtstreifen aus wenigen umliegenden Häusern erhellt wurde. »Das ist doch Manfred Oberhofer? Sieht aus, als wäre der sturzbetrunken.«

Hinter einem dunklen Fenster bewegten sich Gardinen. Wie aus dem Nichts tauchte ein dritter Carabiniere auf und reckte ihnen energisch die Hand entgegen. »Zurückbleiben! Sie haben hier nichts zu suchen«, bellte er auf Italienisch.

Mara erkannte Giulios untersetzten älteren Kollegen wieder, den sie am Aschermittwoch in der Kaserne angetroffen hatte.

»Schon gut, macht ihr nur eure Arbeit.« Johanns Tonfall klang sarkastisch, als traue er den Carabinieri genau das nicht zu.

»Was ist denn hier passiert?«, wollte Mara wissen.

Ihr Gegenüber reckte nur störrisch das Kinn. Seine beiden Kollegen hatten die leblose Gestalt inzwischen auf die Rückbank des Wagens verfrachtet.

»Kommst du?«, rief einer der beiden. Der andere stieg bereits auf der Beifahrerseite ein.

»Ich muss noch zwei Neugierige vertreiben«, erwiderte der Ältere. Er wich keine Handbreit von der Stelle.

»Kommen Sie, Mara, wir gehen.« Johann zupfte sie am Ärmelmantel. »Wir finden schon noch raus, was dieses Mal hier passiert ist.«

»Wer ist denn da?« Der andere Carabiniere näherte sich. Zu Maras Erleichterung war es Giulio. Sie lächelte ihm entgegen, natürlich ganz verstohlen, um ihn nicht vor dem anderen in Verlegenheit bringen.

Der Jüngere schlug seinem Kollegen kräftig auf die Schulter. »Ich gehe zu Fuß. Für uns beide ist kein Platz mehr im Wagen. Jetzt steig schon ein.«

Die Aussicht auf den nächtlichen Fußmarsch zurück zur

Kaserne schien den Älteren zum Einlenken zu bewegen. Mit einem Grollen verabschiedete er sich. Bald darauf leuchteten die Rücklichter des Alfa Romeo auf und verschwanden in der Dunkelheit. Hinter zwei Fenstern erlosch das Licht, weitere Gardinen wurden zurück an ihren Platz gezogen.

»Warten Sie.« Johann war einen Schritt auf den Carabiniere zugegangen. »Sind Sie nicht der Spaßvogel, der den Commissario während des Egetmanns bei seiner Arbeit behindert hat? Und der dann hinterher nicht mit den Namen herausrücken wollte?«

Giulios Miene verschloss sich. »Welche Namen?«

»Johann, das war doch …« Mara hob beschwichtigend die Hand, doch es war zu spät.

»Der Augenzeugen. Sie wissen schon, Personen vor Ort, die das Geschehen beobachtet haben.« Johann verschränkte die Arme vor der Brust und starrte auf den jungen Mann herab. Dessen Augenbrauen senkten sich drohend, während er dem Blick des großen Südtirolers standhielt.

Mara biss sich auf die Unterlippe. Zu spät, um einzugreifen.

Und richtig. Giulio schnaufte wütend, murmelte einen kurzen Abschiedsgruß, drängte sich an den beiden vorbei und stapfte davon. Seine Stiefelabsätze knallten auf das Kopfsteinpflaster und hallten von den Häuserwänden wider.

»Musste das sein?«, entfuhr es Mara, bevor sie sich besinnen konnte.

Johann schaute sie verdutzt an. »Was denn? Der war es doch, oder? Führt sich hier auf wie Graf Rotz persönlich.«

»Wir sind hergekommen, weil wir wissen wollten, was mit Manfred Oberhofer passiert ist. Er hätte es uns sicher gesagt, nachdem seine Kollegen außer Sichtweite waren.«

»Uns gesagt? Das glauben Sie doch selbst nicht.«

»Na ja, vielleicht nicht uns. Aber mir.« Mara hatte genug und setzte sich in Bewegung. Sie wollte noch einen Blick in den Hof werfen, aus dem die Carabinieri Manfred Oberhofer herausgeholt hatten. Und danach endlich zur Pension gehen und dort ihr Zimmer beziehen. Zwar hatte sie es vorhin im *Goldenen Löwen* zunächst bedauert, den Mordfall nicht mehr besprechen zu können, aber nun hatte auch sie endgültig genug von diesem Tag und wünschte sich nichts sehnlicher, als sich ins Bett zu legen.

»Sind Sie mit dem vertraut?«, vernahm sie Johanns Stimme hinter sich.

Mara hatte die Einfahrt erreicht. Die Torflügel standen immer noch offen. Aber wie erwartet lag dahinter ein Hof, an drei Seiten von Häuserwänden umschlossen, die vierte mit der Mauer zur Straße. Zwei Fässer standen unterhalb eines kahlen Rankgitters, und unter einem Unterstand parkten mehrere Motorräder sowie ein kleiner Traktor. Kein Hinweis darauf, was hier geschehen sein mochte.

Sie wandte sich ab und schlug den Weg zur Pension ein. Johann folgte ihr, sagte jedoch auch nichts mehr.

Mara erwog, sich zu entschuldigen. Es gehörte sich nicht, den altgedienten Ispettore so anzufahren. Was hatte sie sich dabei gedacht? Das war kein alter Freund, kein Gleichaltriger, sondern eine Respektsperson.

Und sie hatte großen Respekt vor dem Mann, das stand außer Frage. Daher zeigte ihre Überreaktion doch nur umso deutlicher, wie dünn ihr Nervenkostüm geworden war. Tasso hatte ganz recht, sie alle sollten erst einmal gründlich ausschlafen. Mit ausgeruhtem Verstand ließ es sich besser denken.

Sie erreichten die Pension Bacchus in unangenehmem Schweigen. Die Laterne über dem Schild war noch an, auch in der Küche brannte Licht. Mara schaute auf ihre Armbanduhr und stellte verwundert fest, dass es gerade halb elf war. Sie hätte gedacht, dass Mitternacht längst vorbei war.

»Nun, Herr Vierweger, danke ...«

»Johann. Sie sollten weiterhin Johann sagen, bitte.« Er nahm den Hut ab und ließ ihn verlegen zwischen den Händen hin- und herwandern.

»Also gut, Johann, danke sehr für die Begleitung, und ich möchte mich in aller Form bei Ihnen entschuldigen.«

»Wie bitte? Aber wofür denn?«

»Dafür, dass ich vorhin so ausfallend geworden bin. Das gehört sich nicht.«

Er hielt mitten in der Bewegung inne, dann knautschte er den Hut mit der Rechten. »Ach, ich bitte Sie, das ist doch kein Grund, sich zu entschuldigen!«

»Nicht?«

»Na, hören Sie mal. Wir sind alle ein wenig gereizt, oder nicht? Dieser Fall geht uns an die Nieren, weil wir auf der Stelle treten. Glauben Sie nicht, das wäre bei mir anders, nur weil ich nicht mehr offiziell dazugehöre. Ich kenne das. Und ich habe mir schon einiges von frechen Polizeianwärtern gefallen lassen müssen. Wenn sie allzu unverschämt wurden, habe ich ihnen klargemacht, wer hier das Sagen hat. Es herrscht bisweilen ein rauer Umgangston.«

»Das ist doch etwas anderes.«

Johann neigte den Kopf. Mit der Linken fuhr er sich durch den weißen Haarschopf. »Ist es das? Nein, ganz und gar nicht, es ist das Gleiche. Und mal ehrlich, es war ja berechtigt. Ich wusste nicht, dass dieser Carabiniere ...«

»Giulio di Fabar.«

»Da haben Sie es, Sie beiden kennen sich. Und offensichtlich mögen Sie ihn.«

»Nicht so, wie Sie denken, und darum geht es doch gar nicht.«

»Ja, richtig, das geht mich nun wirklich nichts an. Also, ich wusste nicht, dass Sie sich bereits … sagen wir, angenähert haben. Er hätte Ihnen sicherlich mit Freuden gesagt, was mit dem Oberhofer los ist. Ich hab's vermasselt.«

»Vielleicht wollte er sich auch nur aufspielen. Dann haben Sie gar nichts vermasselt.« Mara lächelte zaghaft. Sie konnte kaum in Worte fassen, wie erleichtert sie war, dass Tassos ehemaliger Kollege ihren nassforschen Kommentar so sportlich nahm.

»Wie auch immer. Ich fahre jetzt nach Hause, Sie schlafen sich gründlich aus, und wir sehen uns morgen wie vereinbart am Rathaus.« Er setzte den Hut auf und lüpfte ihn sofort wieder. »*Arrivederci*, Signorina Mara Oberhöller!«

Lächelnd winkte sie ihm hinterher und klopfte dann an die Tür der Pension.

***

Wenn Mara gedacht hatte, dass sie nun zur Ruhe käme, hatte sie sich gründlich getäuscht. Nachdem Selma Sulzer sich persönlich davon überzeugt hatte, dass sie den Trubel der vorangegangenen Nacht körperlich wie geistig unversehrt überstanden hatte, ließ die resolute Pensionswirtin sie mit einer großen Tasse Salbeitee allein.

Mara hatte sich in dem stillen Frühstücksraum an den einzigen Tisch gesetzt, der nicht mit Laken abgedeckt war, bis die Pension zu Ostern wieder öffnete. Sie hatte darauf verzichtet, die Deckenlampe anzumachen, da genügend Licht von der Außenleuchte über dem Eingang durch das Fenster fiel. Die Straße lag ebenso dunkel wie verlassen da.

Es war still. Nur das Blubbern eines Heizkörpers, der dringend entlüftet werden musste, störte den Frieden. Hin und wieder nippte Mara am Tee und starrte ansonsten gedankenvoll vor sich hin.

Immer noch gab es keine heiße Spur. Jemand hatte einen ehemaligen Knecht, den dubiosen Markus Hofer, aufgestachelt, den illegalen Aushilfsarbeiter der Pension Alpenrose zu beschuldigen. Tasso hatte recht gehabt, dieser Hofer war bis zum Abend nicht wieder aufgetaucht, niemand hatte ihn gesehen. Die Fahndung lief, doch bis sie Erfolg zeigte, würde es dauern. Wenn überhaupt. Der Mann hatte bisher weder Heldentaten vollbracht noch Verbrechen begangen. Er war es gewohnt, unauffällig zu bleiben und den Kopf unten zu halten, so kam er durchs Leben.

Mara drehte den Becher in den Händen. Der Tee war nur noch lauwarm und schmeckte jetzt nach Medizin.

Manfred Oberhofer, der gute, wenn nicht sogar der angeblich beste Freund des Opfers, hatte etwas mit der Sache zu tun. Tasso hatte nach dem ersten Gespräch im Krankenhaus gemeint, dass er das Verhalten des jungen Mannes nicht recht hatte einordnen können. Er hatte es aber auf die Medikamente oder den Schock geschoben, vielleicht sogar beides. Ursprünglich hatte er Mara gebeten, noch einmal mit dem Fredl zu sprechen, doch dazu war es bis jetzt nicht gekommen. Ebenso wenig zu den Gesprächen mit den Geschwistern Burkhardt und Annamaria Bichler. Wann diese geführt werden sollten, hatten sie eigentlich vorhin beim Essen vereinbaren wollen.

Mara lehnte sich auf den Tisch. Was Manfred Oberhofer anbelangte, waren es ja nicht nur fehlende Gelegenheiten gewesen. Jedes Mal, wenn sie ihm seit dem Geschehen begegnet waren, war er betrunken. Ob er seit dem Egetmann-Umzug überhaupt einmal nüchtern war?

Warum? War das wirklich nur die Verzweiflung über den Tod seines Freundes, oder steckte mehr dahinter? Der alte Herr Rittener hatte Manfred Oberhofer als einen linken Hund bezeichnet, dann aber alles wieder relativiert, weil ja nicht der Fredl, sondern der Schorsch umgebracht worden war.

Aber in dem Zusammenhang war der Name Franz Sulzer gefallen. Und nur wenige Stunden später hatte Christoph Wörndl im Verhör Franz Sulzer sogar beschuldigt.

Franz und Josef Sulzer waren Außenstehende im Dorf, so viel stand fest. Sie waren mehr oder weniger mittellos, hatten das alte Hofgebäude und einen Hang mit Weinreben von ihrem Onkel übergeben bekommen, konnten jedoch mangels Sachverstands und finanzieller Mittel gar nichts damit anfangen.

Mara stand auf und ging in die Küche, die nach hinten hinaus lag. Vom Fenster aus konnte sie den Schatten des größeren Nachbargebäudes sehen. Es mochte einst herrschaftlich gewesen sein, doch der Verfall war schon weit fortgeschritten. Der Putz hatte Risse, im Dach klafften Löcher, wo Ziegel fehlten. Jetzt, in der Dunkelheit, war das jedoch nicht so gut zu erkennen, und so wirkte der Ansitz Sulzer immer noch stattlich. Dahinter, wusste Mara, lag der Heuschober eines Nachbarn, ein weiteres aufgegebenes Gebäude, in dem nur Gerümpel lagerte. Vor sieben oder acht Jahren, als Vreni einmal in den Sommerferien längere Zeit bei ihrer Tante in Tramin verbracht hatte, hatte Mara sie besucht, und sie waren auf Entdeckungsreise dort herumgestrolcht. Natürlich erst recht, nachdem es ihnen verboten wurde, da es angeblich zu gefährlich sei, weil sie sich an den alten Sensen oder Pflugscharen verletzen könnten.

Vreni vermutete damals allerdings, dass sie beide vor allem nichts von den zwei Schweinen erfahren sollten, die der Bauer dort hielt. Warum das ein Geheimnis bleiben musste, hatte

Mara nie verstanden, und natürlich wusste sowieso die gesamte Nachbarschaft davon. Doch niemand sprach darüber, und es wurde allenthalben stillschweigend geduldet.

War die Sache mit dem Mord an Georg Mayer ähnlich gelagert? Wussten die Familienmitglieder, die Menschen, die nebenan lebten, die Winzergenossen mehr, als sie sagten?

Es war nicht so, als wären Tasso und Johann Vierweger in Tramin gegen die berühmte Mauer des Schweigens gelaufen. Mara hatte manches Mal vielmehr den Eindruck gehabt, als würde niemand etwas sagen, weil es allen so offensichtlich erschien. Ungefähr so, wie Menschen sich nicht darüber unterhielten, dass der Himmel blau und die Wolken weiß waren. Genauso wenig erzählten sie davon, dass dieser oder jener Winzer etwas gegen den Schorsch gehabt habe oder ihn umgekehrt über Gebühr bewundert hätte. Weil es für alle Beteiligten so selbstverständlich war.

Konnte das so sein?

Und wenn es so war, wie passten dann Manfred Oberhofer und Franz Sulzer ins Bild? Und was war mit dem kleinen Bruder des Letzteren?

Irgendwo draußen in der Ferne klirrte etwas. Mara verharrte und starrte in die Dunkelheit. Hatte sich dort drüben im Haus etwas bewegt?

Sie rührte sich nicht von der Stelle. Als nichts weiter geschah, ging sie zurück in den Frühstücksraum und spähte dort hinaus auf die stille Straße. Das Licht über dem Pensionsschild war inzwischen erloschen.

Gerade noch sah sie eine Gestalt die Straße entlanghuschen. Mara trat ganz nah an die Fensterscheibe, bis sie erschrocken feststellte, dass sie von ihrem Atem beschlug, und einen Schritt zurückwich.

Da draußen lief eine kräftige Person, die sich verstohlen

im Schatten der Häusermauern hielt, als wollte sie sich um jeden Preis verbergen. Dabei hatte sie es sehr eilig. Vor dem Körper hielt sie ein unförmiges Bündel, in etwa so groß wie ein kleiner Reisekoffer – es war schwer zu schätzen.

Mara überlegte nicht länger, sondern lief zur Haustür und öffnete sie vorsichtig. Sie beugte sich vor und konnte gerade noch erkennen, wie die Gestalt hinter dem Ansitz Sulzer einbog, dorthin, wo ein Trampelpfad an einer Hausweide vorbei zu ebenjenem Schuppen führte, in dem die Schweine gehalten worden waren.

Mara stand wie erstarrt. Was sollte sie tun? Der Person folgen? Sie atmete mehrmals tief durch. In einem Roman würde die Detektivin dieser verdächtigen Gestalt hinterherschleichen, sich in Gefahr bringen, um dann im letzten Moment von einem Helden gerettet zu werden. Aber das hier war keine erfundene Geschichte, dies war die Wirklichkeit. Und mal ehrlich, wer sollte sie retten, wenn niemand wusste, wo sie sich herumtrieb?

Aber was, wenn das dort etwas mit dem Mord zu tun hatte? Was, wenn gerade jemand dabei war, wertvolle Beweise zu vernichten? Machte sie sich dann nicht schuldig, wenn sie nichts unternahm?

Die Entscheidung wurde Mara abgenommen. Noch während sie mit sich haderte, tauchte die Person wieder zwischen den Häusern auf. Hastig schloss Mara die Tür und huschte zurück ans Fenster im Frühstücksraum.

Sie glaubte, ihren Augen nicht zu trauen, als die Gestalt mit leeren Händen die Straße entlanghastete, groß und stämmig, bekleidet mit einem dunklen grünen oder grauen Kapuzenmantel, wie Jäger ihn trugen. Die Kapuze war über den Kopf gezogen, dennoch quollen dicke helle Strähnen unter dem Stoff hervor.

Der weite Mantel verwischte die Konturen, dennoch war Mara sicher, dass es sich um eine Frau handelte.

Wer war sie?

Sie stand immer noch hinter dem Fenster, als die Frau längst außer Sichtweite war. Dann fasste sie einen Entschluss. Sie würde eine Taschenlampe suchen und sich dann in dem ehemaligen Heuschober umsehen. Aber nicht allein.

***

Nur wenige Minuten später nahm Mara den Weg, den die seltsame Frau kurz vor ihr gegangen war. Genau wie sie es in Erinnerung hatte, lag der verlassene Heuschober in Sichtweite des ehemaligen Sulzerhofes. Aufmerksam schaute sie sich nach allen Seiten um und packte dann die noch ausgeschaltete Taschenlampe fester. Nun war sie doch allein unterwegs – bis morgen früh zu warten war einfach keine Option gewesen. Sie musste wissen, was hier vor sich ging. Es konnte doch kein Zufall sein, dass genau in der Nacht, in der Manfred Oberhofer verhaftet worden war, hier eine Frau herumschlich, die ganz eindeutig den Eindruck machte, dass sie etwas zu verbergen hatte?

Mara hatte nicht das Gefühl gehabt, dass Giulio ihren Anruf ernst genommen hatte, im Gegenteil. Es hatte eher so gewirkt, als wäre ihm ihre Bitte, mit ihr gemeinsam den alten Heuschober zu durchsuchen, lästig gewesen.

Schritt für Schritt tastete Mara sich voran auf das Gebäude zu. Alles war still. Sie hielt sich ganz nah an der Häuserwand zur Linken, bis sie an der letzten Ecke anlangte. Jetzt galt es, unbemerkt ungefähr zweihundert Meter über eine freie Fläche zu laufen, bis sie den Eingang erreichte.

Sie verharrte, musterte abermals ihre Umgebung. Alles lag

still da. Am samtschwarzen Himmel über ihr hing nur eine fahle Mondsichel zwischen wenigen Wolken, ein letzter Winterfrost überzog die Grasbüschel mit Raureif.

Mara atmete durch und lief los. An der Tür des Schuppens angekommen, presste sie sich erst einmal gegen das Türblatt. Hatte sie jemand bemerkt? Sie legte ein Ohr an das Holz, lauschte. Nichts.

Das Mondlicht reichte aus, um einen Riegel ohne Schloss zu erkennen. So leise wie möglich schob Mara ihn zurück und öffnete die Tür. Drinnen war es stockfinster.

Rasch huschte Mara hinein, schloss die Tür und lauschte mit klopfendem Herzen in die Dunkelheit. Nichts rührte sich, nicht einmal ein Knacken im Gebälk oder das Scharren von Mäusen war zu hören.

Sie wartete, doch ihre Augen gewöhnten sich nicht an das Dunkel. Also fasste sie sich ein Herz und schaltete die Taschenlampe ein.

Das Gerümpel um sie herum sah genauso aus, wie sie es aus ihrer Kindheit in Erinnerung hatte. Auf einem Fass stand sogar noch der alte Vogelkäfig. Darin hatten sie und Vreni Zweige gesammelt, um eine Maus zu fangen und zu halten – was ihnen natürlich nie gelungen war.

Vorsichtig folgte Mara dem schmalen Pfad zwischen schimmelnden Pferdegeschirren, Kisten und altem Werkzeug. Dabei leuchtete sie alles gründlich ab. Hatte diese Frau ihr Paket hier irgendwo abgelegt?

Der Pfad endete nach wenigen Schritten vor einer Bretterwand. Dahinter lag der ehemalige Schweinekoben. Mara meinte, noch immer den Geruch nach Mist wahrzunehmen, doch zu ihrem Erstaunen befanden sich ein Tisch und drei Stühle in dem Verschlag, auf dem Tisch standen eine leere Flasche Obstbrand, eine Sturmlaterne und mehrere Gläser.

Die Lüftungsschlitze unterhalb des Dachs waren mit Lumpen verstopft. Deshalb also war es hier drinnen so stockfinster.

Ratlos leuchtete Mara alles gründlich ab. Hier war erst vor Kurzem jemand gewesen, das verrieten der fehlende Staub auf dem Tisch sowie Schleifspuren auf dem Boden. Doch wer, wann und warum? Darauf fand sich kein Hinweis. Nachdenklich nahm Mara die Flasche und betrachtete das Etikett. Möglich, dass sich hier nur ein paar Halbwüchsige getroffen und den Trubel während des Egetmann-Umzuges für ihre erste Mutprobe genutzt hatten, dieses scharfe Zeug zu trinken. Am Ende war diese Frau gar nicht hier drin gewesen, sondern hatte ihr Paket irgendwo da draußen deponiert. Vielleicht sogar im Nebenhaus, das sie durch den Hintereingang betreten hatte, damit niemand sie dabei beobachtete. Mara leuchtete den Boden aus dicken Holzbohlen ab. Sie wusste von einem Hohlraum unter dem ehemaligen Koben, doch der wäre für das Paket, das die Frau bei sich gehabt hatte, viel zu klein gewesen. Sinnlos, dort nachzuschauen.

Sie stellte die Flasche wieder ab. Das waren viel zu viele Möglichkeiten. Giulio hatte ganz recht damit gehabt, sie nicht ernst zu nehmen. Sie sah schon Gespenster.

Plötzlich rumpelte es hinter ihr. Mara fuhr herum, leuchtete mit der Taschenlampe hektisch umher.

Nichts. Das Geräusch schien von unten, aus dem Boden zu dringen. Gab es hier noch eine weitere Luke, einen Keller? Mara ging zurück, leuchtete abermals gründlich über den Boden. Ein Scheppern erklang von der Schuppentür. Sie fuhr zusammen, drückte sich gegen die Bretterwand und hielt angestrengt lauschend den Atem an. Sie hörte nur ihren eigenen wilden Herzschlag.

Und dann öffnete sich die Tür. Im letzten Moment knipste

Mara ihre Taschenlampe aus, wobei ihr klar war, dass ihr das wenig brachte. Sie saß in der Falle. Angespannt fixierte sie das helle Rechteck.

»Mara?« Ein greller Lichtstrahl flammte auf und traf sie voll ins Gesicht. »Sie haben es wahr gemacht und laufen hier mitten in der Nacht herum? Sind Sie eigentlich völlig von Sinnen?«

»Giulio? Sind Sie das?« Mara kniff geblendet die Augen zusammen. Gegen die große Stablampe des Carabiniere war ihre Taschenlampe eine lächerliche Funzel.

Er schloss die Tür und leuchtete die Umgebung ab. »Wer sonst? Sie haben mich doch vorhin angerufen, weil Sie hier eine Verdächtige haben herumlaufen sehen. Erinnern Sie sich?«

»Und Sie haben geantwortet, dass Sie es nicht für nötig halten, herzukommen und mit mir gemeinsam auf die Suche zu gehen.« Mara konnte den Vorwurf nicht ganz aus ihrer Stimme heraushalten. Zugleich war sie unendlich erleichtert, dass es Giulio di Fabar war, der aufgetaucht war, und nicht der Mörder oder seine mögliche Komplizin.

Er trat auf sie zu. »Ich finde es inakzeptabel, wie Sie sich in Gefahr bringen. Was immer Sie hier zu finden glauben, es hätte doch bis morgen früh warten können, bis Sie mit einem der Signori von der Polizia di Stato hätten herkommen können!«

»Damit diese Frau das, was immer sie hier versteckt hat, vorher wieder abholt? Was, wenn es mit dem Mord zu tun hat?«

Der Carabiniere schüttelte den Kopf. Er wirkte erschöpft, was vermutlich kein Wunder war, da er nun während seiner zweiten Nachtschicht zum dritten Mal im Einsatz war.

Mara lächelte ihn herzlich an. »Danke. Ich bin froh, dass

Sie trotzdem gekommen sind. Ich weiß natürlich nicht, ob das alles etwas mit dem Mord zu tun hat. Aber diese Frau hat sich merkwürdig benommen. Und dieser Schuppen steht direkt neben dem Anwesen der Brüder Sulzer. Der Christoph Wörndl hat den älteren Franz heute beschuldigt.«

»Haben Sie denn etwas gefunden?«

Sie zeigte hinter sich auf die Bretterwand. »Hier haben sich Leute getroffen, und es kann noch nicht lange her sein.«

Giulio runzelte nur die Stirn. Er ging an Mara vorbei in den Schweinekoben und nahm, wie sie gerade erst, die Schnapsflasche, betrachtete sie und stellte sie wieder ab.

Da erst fiel Mara etwas ein. »Warten Sie! Wir könnten die Flasche und die Gläser nach Fingerabdrücken untersuchen!«

»Wir?« Er schenkte ihr einen belustigten Blick.

»Schon gut. Ich meinte den Commissario. Die Spurensicherung.«

»Sie vermuten, es könnte etwas mit dem Mord zu tun haben? Weil jemand, der beschuldigt worden ist, nebenan wohnt?«

»So, wie Sie es jetzt formulieren, kommt es mir auch albern vor.«

»Haben Sie denn wenigstens eine Idee, wer diese Frau gewesen sein könnte, die Sie vorhin gesehen haben?«

Mara schwieg kleinlaut. Die Situation kam ihr immer absurder, ihre Vermutungen kamen ihr willkürlich vor. Sie sparte sich den Hinweis, dass es laut dem alten Herrn Rittener auch irgendwelche Querelen zwischen Franz Sulzer und Manfred Oberhofer gegeben haben sollte, denn Giulio würde nur ein weiteres Mal mit der Gegenfrage antworten, was das denn mit dieser Frau und dem Schuppen zu tun haben sollte.

Nichts nämlich, musste Mara sich eingestehen. Vermutlich lag es an der Müdigkeit und der trockenen Heizungsluft vorhin im Frühstücksraum. Eine Frau mit einem Kapuzenmantel hatte einen Gegenstand irgendwohin gebracht. Na und? Was konnte das schon groß bedeuten?

Sie räusperte sich. »Es tut mir leid. Vielleicht sollte ich endlich einfach ins Bett gehen.«

Giulio seufzte theatralisch. »Ich wünschte, ich könnte dasselbe tun. *Andiamo.*« Er scheuchte Mara mit einer Handbewegung vor sich her.

Auf der Höhe des Vogelkäfigs fiel Mara etwas auf. Einige Zweige lagen nicht mehr im Käfig, sondern daneben. Sie betrachtete den Fassdeckel, der nur lose auflag. Vielleicht, weil die Frau vorhin etwas hineingelegt hatte?

Es war eine letzte Chance. Mara stellte den Käfig auf einen Kistenstapel und öffnete das Fass. Der Deckel rutschte zur Seite und fiel polternd zu Boden. Metall klirrte, und eine Staubwolke wallte auf.

»Was ist denn jetzt schon wieder?«, fauchte der Carabiniere hinter ihr.

Mara leuchtete in das Fass. Darin lag etwas mit einem schwarzen Tuch Verhülltes. Kein einziges Körnchen Staub war auf dem Stoff zu erkennen. Sie zog ihn zur Seite.

Giulio trat neben sie, langte vorsichtig in das Fass hinein und hob das Paket heraus. Einen Augenblick später grinste ihnen eine grässliche rot-schwarz bemalte Holzfratze entgegen.

»Eine Maske«, murmelte der Carabiniere.

»Eine alte Krampusmaske, wenn Sie mich fragen.«

»Sie müssen es ja wissen.«

»Die liegt noch nicht lange hier.«

Giulio nickte. Er umklammerte die Maske so fest, dass seine Knöchel weiß hervortraten. Wüsste Mara es nicht besser, hätte sie vermutet, dass er sich unbehaglich fühlte. Sie selbst fand die Maske im Licht der huschenden Taschenlampen jedenfalls ganz schön gruslig.

Und dann hörten sie beide gleichzeitig das dumpfe Poltern, das Mara vorhin bereits einmal vernommen hatte.

Beinahe wäre dem Carabiniere die Maske aus der Hand gerutscht. »Was war das?«

»Ich weiß es nicht. Ich habe es vorhin schon einmal gehört und bloß wieder vergessen.«

Sie hielten inne, warteten, lauschten. Es folgte Stille, bis Giulio mit seiner Fußspitze gegen ein paar herumliegende Hufeisen trat, die klirrend auseinanderrutschten.

Er schüttelte den Kopf. »Geben Sie mir das Tuch, ich werde die Maske einwickeln und mit in die Kaserne nehmen. Sie holen sie morgen ab und übergeben das Ding der Spurensicherung.«

»Und die Schnapsflasche?«

»Bleibt fürs Erste hier. Wir schließen das Fass wieder. Es sollte möglichst alles so aussehen wie zuvor. Höchstwahrscheinlich hat das ja alles sowieso nichts zu bedeuten. Diese Frau wollte die Maske loswerden; vielleicht ist es ein Erbstück, und ihr Mann wollte es verbrennen. Was weiß ich? Ich würde so ein Ding auch nicht im Haus haben wollen. Jetzt kommen Sie, sehen wir zu, dass wir hier herauskommen.«

***

Nicht einmal eine Viertelstunde später standen sie beide mit der Maske im Flur der Pension Bacchus und unterhielten sich flüsternd. Erst nachdem sie die Haustür hinter sich geschlossen hatten, wurde Mara bewusst, wie sehr sie fror. Ihre Finger waren klamm, und die Zehen fühlte sie trotz der dicken Winterstiefel schon gar nicht mehr. In der Aufregung hatte sie das gar nicht bemerkt.

»Soll ich die Maske wirklich morgen direkt abholen?«, fragte Mara.

Giulio hielt das Tuch mit der Maske an die Brust gepresst wie ein Neugeborenes. »Was spricht denn dagegen?«

»Sie könnten sie Claudia Silva zeigen.«

Kurz hob er fragend die Augenbrauen, dann verstand er. »Das Zimmermädchen im *Goldenen Löwen*, Signorina Silva, hat ausgesagt, dass sie jemanden mit einer Maske in der Menschenmenge gesehen hat, bevor Georg Mayer mit dem Messer attackiert wurde.«

»Es könnte doch diese Maske sein, oder nicht? Wenn es so ist, hatte diese Frau sogar einen sehr guten Grund, sie zu verstecken«, fasste Mara triumphierend zusammen. Zugleich fiel ihr siedend heiß ein, dass sie weder Tasso noch Johann Vierweger von der Aussage des Zimmermädchens über die Maske berichtet hatte. Hoffentlich gab das keinen Ärger. Ihr Versäumnis hatte die Ermittlungen bisher nicht behindert, oder doch?

Er nickte ernst. »Ich kümmere mich darum, schaden kann es nicht.«

Gerade als er sich schon verabschieden wollte, fiel Mara noch etwas ein. »Dieser Manfred Oberhofer, was war denn jetzt mit dem?«

»Ach, das möchten Sie gern wissen?« Ein Grinsen hellte seine Miene auf.

»Wenn ich ehrlich sein soll, ja.« Sie schaffte es, ein wenig reumütig auszusehen, aber jetzt, da es ihr wieder eingefallen war, platzte sie beinahe vor Neugier.

Giulio rieb sich über die Wangen. Bei dem schabenden Geräusch seiner Bartstoppeln überlief Mara eine Gänsehaut.

»Wir konnten ihn noch nicht vernehmen, daher wissen

wir nicht genau, was passiert ist. Wir wurden durch einen anonymen Anruf alarmiert. Jemand meldete mit verstellter Stimme, dass da welche den Manfred Oberhofer verprügeln wollten. Als wir ankamen, haben wir aber nur das vermeintliche Opfer selbst in diesem Hinterhof gefunden; nahezu bewusstlos. Jetzt liegt er immer noch sturzbetrunken bei uns in der Zelle und ist nicht ansprechbar. Aber ihm wurde kein Haar gekrümmt.«

»Dann konntet ihr die Angreifer rechtzeitig vertreiben?«

»Entweder das oder es gab gar keine. Vielleicht hat ihn da einfach jemand liegen sehen. Warum das dann anonym angezeigt wird, verstehe ich auch nicht.«

»Es sei denn, diese Person, die angerufen hat, hatte etwas damit zu tun.«

Giulio schüttelte ungehalten den Kopf. »Das kann natürlich sein. Aber warum dann überhaupt anrufen? Ich hätte eher erwartet, dass sie ihn einfach liegen lassen oder seine Familie benachrichtigen. Da scheint es jemand darauf anzulegen, möglichst viel Verwirrung zu stiften.«

Und zu diesem Zweck die beiden Polizeiorgane gegeneinander auszuspielen, dachte Mara. Solange Manfred Oberhofer im Gewahrsam der Carabinieri war, war er für den Commissario und seine Kollegen nicht erreichbar. War das jetzt bloß ein Zufall oder vielmehr das Ziel dieser Aktion gewesen?

Mara sagte es nicht laut, denn damit hatte Giulio di Fabar ganz recht: Das alles war verwirrend genug.

»Ich danke Ihnen sehr, Giulio. Wenn das alles hier vorbei ist, gehen wir noch einmal eine Pizza essen.«

»Wirklich? Das sagen Sie jetzt nicht nur so?« Trotz seiner offensichtlichen Müdigkeit strahlte er übers ganze Gesicht.

»Natürlich. Das meine ich absolut ernst.« Und wenn Mara ehrlich zu sich war, freute sie sich auch schon darauf.

18. Kapitel, in welchem Picco sich aus seiner Lage befreit

Picco hatte in seinem Kellerverschlag längst jegliches Zeitgefühl verloren. Am Abend des Aschermittwochs hatte sein Bruder ihn eingesperrt. Seitdem hatte er ihm in unregelmäßigen Abständen etwas zu essen gebracht. Natürlich war er doch irgendwann schwach geworden, hatte das Wasser getrunken und auch auf dem Kanten Brot herumgekaut.

Inzwischen musste es Freitag sein, eher noch Samstag. Welche Tageszeit? Unmöglich zu sagen. Bis vorhin hatte Picco wieder nach einem Ausweg gesucht, ehe er zu erschöpft war und sich zum Schlafen hingelegt hatte. Wie meistens war er irgendwann müder als zuvor aufgewacht, weil seine verkrampften Muskeln so schmerzten. Sein Bruder hatte ihm zu den Kartoffelsäcken noch zwei dünne Laken gebracht, doch das alles hielt die aus dem Boden dringende Kälte nicht davon ab, sich in seinen Knochen einzunisten.

Niemand schien ihn zu vermissen, sonst wäre ihn doch jemand suchen gekommen? Nicht einmal seine Tante Selma. Auch das tat weh, wenn auch mehr im übertragenen Sinne. Sie hatte sich gekümmert, sich um sie beide bemüht, so gut es ging. Aber sein Bruder hatte sie mit seinen Launen vertrieben, sodass sie irgendwann auf sich allein gestellt waren. Franz war das nur recht gewesen, er schien sich damit etwas beweisen zu wollen. Sich selbst oder seiner Kaschi, dieser grässlichen Matrone, die schlimmer als alle Stiefmütter sämtlicher Märchen zusammen war.

Picco gab sich einen Ruck. Er kniete sich zunächst hin,

um Kräfte zu sammeln. Der beißende Geruch des Eimers für die Notdurft stieg ihm in die Nase. Es wurde wirklich Zeit, dass er hier rauskam.

Vorhin – vor einer Stunde oder zehn Minuten, er könnte es nicht sagen – hatte er eine Luke gefunden. Endlos war er durch diesen noch erstaunlich gut erhaltenen Kriechkeller gerobbt. Es war eine unterirdische Kammer, zumeist etwa ein Meter hoch, sodass er sich auf Knien fortbewegen konnte. Nur an einer Stelle war ein kleiner Teil der Wand eingestürzt. Picco hatte eine Ewigkeit damit verbracht herumzutasten, ob es dort einen Weg nach draußen gab. Und dann, als er schon aufgeben wollte, hatte er in der Wand direkt daneben Holz unter seinen Fingerspitzen gespürt, das sich als eine Art Luke erwies. Sie ließ sich nicht auf Anhieb bewegen, doch er war fest entschlossen, sie irgendwie zu öffnen. Wenn er Pech hatte, lag die Luke unter der Erde begraben.

Er musste sich die Hoffnung bewahren. Schwankend kam er auf die Beine. Sein Magen rumorte vor Hunger. Wie lange mochte es her sein, dass sein Bruder ihm etwas gebracht hatte? Das, was er ihm zuletzt als Abendessen hingestellt hatte, waren ein verbranntes Eisbein und zwei halbrohe Knödel gewesen. Letztere hatte Picco widerwillig in sich hineingestopft.

Er grinste sarkastisch in die Dunkelheit. Was auch aus ihnen beiden werden würde, zum Koch war sein älterer Bruder nicht berufen, das stand mal fest.

Immerhin sorgte sein »Abendessen« für das beste Werkzeug, das er hier unten bekommen konnte. Er packte die Gabel in die hintere Hosentasche, schob die Kiste zur Seite und kroch in das Loch. An die Dunkelheit hatte er sich längst gewöhnt, die machte ihm nichts aus. Und so krabbelte er auf allen vieren den Weg entlang, den er sich eingeprägt hatte. Erst ging es immer geradeaus, bis er an die gegenüberliegende

Wand stieß. Der Eingang blieb als schwaches Rechteck hinter ihm zurück; ein Dunkelgrau inmitten von Schwarz als einzige Orientierung. Picco tastete sich den krümelnden Putz entlang nach rechts, bis er auf das Holz stieß. Er kniete sich davor, suchte mit den Fingerspitzen nach dem Schlitz, den er zuvor gefunden hatte, und bohrte die Gabel, ohne zu zögern, hinein.

Er hatte nicht erwartet, dass es leicht werden würde. Eine Weile ruckelte er abwechselnd mit der Gabel und kratzte mit den Fingern, bis seine Kuppen blutig waren. Das Holz knarrte, die beiden Teile, von denen er vermutete, dass es die Flügel einer Falltür waren, schabten hässlich aufeinander. Putz bröckelte zu Boden, es roch nach feuchtem Stein und Schimmel.

Und dann endlich gab die linke Hälfte nach und fiel ihm entgegen. Überrascht schrie Picco auf und ließ die Gabel fallen. Das massive Holzbrett begrub ihn unter sich, ein Rumpeln folgte. Etwas Schweres rollte an ihm vorbei, streifte ihn schmerzhaft am Knöchel.

Eiskalte Luft brachte Picco sofort zur Besinnung. Er stieß das Brett zur Seite und blinzelte in fahles Mondlicht. *Also ist es noch tiefste Nacht,* war der erste Gedanke, der ihm durch den Kopf schoss. Vor ihm lag ein Schacht, aus dem sechs von Dreck und Pflanzenresten überwucherte Stufen herausführten. Der Kellereingang war schräg in die Erde eingelassen, und vor der rechten Luke, die noch in den Scharnieren hing, lagen mehrere fußballgroße Felsbrocken. Zwei davon waren durch die Öffnung gerollt.

Picco bekreuzigte sich. Zum Glück hatte der Stein ihn nur gestreift. Genauso gut hätten die Brocken ihn unter sich begraben können. Vielleicht hatte er ja doch einen Schutzengel.

Und er war frei. Vorsichtig, die Steine genau im Blick behaltend, stand er auf und kletterte in den Schacht. Dadurch brachte er weitere Felsbrocken ins Rollen. Es rumpelte so laut, dass Picco fast glaubte, ein Erdbeben ausgelöst zu haben.

Hastig sprang er über die letzte Stufe und stand im Freien. Er legte kurz den Kopf in den Nacken und inhalierte die eiskalte Luft. Noch nie war ihm der Anblick des Nachthimmels so schön erschienen.

Er blickte sich um. Er stand viel weiter vom Haus entfernt, als er erwartet hatte, genauer gesagt, ganz nah bei dem ehemaligen Heuschober des Nachbarn, in dem alles seinen Anfang genommen hatte.

Im ersten Stock des Hauses ging ein Licht an. Die Vorhänge wurden zurückgezogen, und eine Gestalt machte sich daran, das Fenster zu öffnen. Erschrocken machte Picco einen Schritt rückwärts und wäre beinahe wieder in den Schacht gerutscht. Das war das Schlafzimmer seines Bruders. Hatte er etwas gehört? Was würde der mit ihm anstellen, wenn er ihn hier auf der Flucht erwischte?

Picco war frei. Vermutlich war das jetzt ganz und gar kein guter Zeitpunkt, um vernünftig mit seinem Bruder zu diskutieren. Seinem Bruder, dem Mörder, der ihn in den Keller eingesperrt hatte.

Er rannte los in Richtung Straße, so schnell seine geschwächten Beine es erlaubten.

19. Kapitel, in welchem Mara Picco aus höchster Gefahr rettet

Mara trug immer noch ihren Angorapullover und die passende Wollhose. Sie hatte zwar gegenüber Giulio behauptet, ins Bett gehen zu wollen, aber kaum war der Carabiniere fort, war sie wieder ruhelos zwischen Küche und Frühstücksraum hin und her gewandert. Diese Maske hatte etwas zu bedeuten, da war sie sicher. Wer war bloß diese Frau? Und wie konnte sie ihre Identität herausfinden? Die Fremde hatte ihren Weg, ohne zu zögern, genommen, demnach kannte sie sich gut aus und lebte vermutlich sogar in Tramin.

Würde sie die Frau erkennen, wenn sie sie bei Tageslicht wiedersah? Die Umrisse und ihre Größe waren ungewöhnlich gewesen. Die wenigen Haarsträhnen mochten hellblond gewesen sein, aber da konnte auch das Licht getäuscht haben. Das Alter war ebenfalls unmöglich zu schätzen. Die Frau war kräftig ausgeschritten, also wohl keine Greisin. Aber das war auch alles.

Vor wenigen Minuten hatte es in der Ferne dumpf gerumpelt. Mara war einen Augenblick lang versucht nachzusehen, wo dieses Geräusch herkam. Aber dann hatte sie sich zur Ordnung gerufen. Ein Rumpeln in einem Dorf mit Bauernhöfen, jahrhundertealten Gebäuden und Autoverkehr, was hatte das schon zu bedeuten? Das war nichts Ungewöhnliches, auch nicht des Nachts.

Nachdenklich trat sie an das Fenster im Frühstücksraum und starrte zum wohl dutzendsten Mal in dieser endlosen Nacht hinaus.

Was war das? Ein Kind?

Mara beugte sich vor. Aus dem Weg zum Heuschober rannte eine kleine Gestalt auf die Pension zu.

Nicht weit dahinter folgte eine größere Gestalt und holte rasch auf. Die kleinere schien erst auf die Pension zuzuhalten, überlegte es sich dann aber anders.

Mara stürzte zur Eingangstür und riss sie auf. »Hier! Komm rein!« Sie erkannte einen Jungen oder jungen Mann mit weit aufgerissenen Augen.

Mit einem kurzen Schrei taumelte er auf sie zu. Mara knallte die Tür zu und schob hastig die Kette vor. Schon bollerte der Verfolger an die Tür. »Macht sofort auf! Tante Selma? Aufmachen!«

Der Kleine ergriff Maras Arm. »Nicht! Bitte! Der will mich umbringen! Wie den Schorsch!«

»Was ist hier los? Wer reißt denn da die Tür ein?« Selma Sulzer stand wie in der Nacht zuvor mit Lockenwicklern unter einer Haube und in einem dicken Flanellnachthemd auf dem oberen Treppenabsatz.

»Tante Selma! Wir müssen die Polizei rufen!«

Rasch stieg sie die Treppe herab. »Josef! Herrschaftszeiten, was machst du hier? Wie siehst du denn aus? Ich dachte, du wärst in München!«

Erneut erklangen Faustschläge an der Tür. »Komm sofort raus, Picco! Wir müssen reden! Das geht die anderen nichts an.«

Josef sprang zurück und drückte sich gegen die Wand. Er öffnete mehrmals den Mund und schloss ihn wieder, ohne ein Wort hervorzubringen. Panisch schüttelte er den Kopf. Trotz seiner vor Kälte geröteten Wangen stand ihm der Schweiß auf der Stirn.

»Das ist doch der Franz, oder nicht? Dein Bruder.« Selma Sulzer ließ ihren Blick von ihrem Neffen zur Tür und wieder zurück wandern.

Mara zögerte nicht länger und packte nun ihrerseits Josef am Arm. »Komm, wir schließen uns im Frühstücksraum ein. Frau Sulzer, lassen Sie ihn rein und reden mit ihm. Finden Sie heraus, was geschehen ist.«

»Nein«, rief Josef, dann versagte ihm die Stimme. »Franz ist der Mörder«, flüsterte er rau, sodass Mara annahm, dass nur sie es hören könnte.

Der will mich umbringen. Erst jetzt erreichten die Worte, die der Junge vorhin gerufen hatte, Maras Verstand.

Sie zeigte in Richtung Büro. »Frau Sulzer, wir rufen die Polizei!«

»Ja, tut das.« Grimmig trat die Wirtin an die Tür. »Und ich nehme mir diesen Burschen vor. Der soll mich kennenlernen!«

Mara hörte den Riegel zurückschnappen, während sie Josef ins Büro der Pension folgte. Dort verriegelten sie die Tür. Während Mara genau wie in der vorangegangenen Nacht die Nummer der Questura in Bozen wählte, schob Josef einen schweren Holzstuhl unter die Klinke. Er musste tatsächlich riesige Angst vor seinem Bruder haben. Konnte der wirklich der Mörder sein?

Sie wollte gerade auch noch die Nummer der Carabinieri wählen, als der Lärm im Flur zunahm. Es polterte, Selma Sulzer schrie auf, die tiefe Stimme ihres Mannes Anton mischte sich ein. Dann knallte eine Tür so hart gegen die Wand, dass im Büro sogar die Fensterscheibe erzitterte. Mara stand wie erstarrt, den Telefonhörer immer noch in der Hand.

Josef fuhr zu ihr herum. »Was sollen wir machen?«

Jetzt wurde es still.

Hastig legte Mara den Hörer auf die Gabel. »Nachsehen. Traust du deinem Bruder zu, dass er eurer Tante etwas antut?«

»Eigentlich nicht«, erwiderte er zögernd.

Sie schob den Stuhl zur Seite und öffnete die Tür.

Josef hielt sich ängstlich hinter ihr. »Aber ich hätte ihm auch nicht zugetraut, dass er den Schorsch absticht. Er kann das gar nicht.«

Das Rätsel hinter diesen Worten musste warten. Mara blickte in einen leeren Flur.

Gerade kam Selma Sulzer mit einem Schwall kalter Luft durch die offen stehende Haustür herein. »Ich kann das nicht glauben! Das fasse ich einfach nicht!«

»Was ist passiert?«, fragte Mara.

»Wo ist er hin?«, wollte Josef wissen.

Seine Tante blickte ihn nachdenklich an und schloss endlich die Tür. »Setzen wir uns in die Küche. Der Franz ist abgehauen, Anton hinterher.«

»Er wird ihn nicht kriegen, der Franz ist schnell.«

»Ich weiß. Nun geht schon, ich koche uns einen Tee. Wir können jetzt hier nur warten. Habt ihr die Polizei angerufen?«

»Nur die in Bozen. Soll ich die Carabinieri noch alarmieren?«

»Lass nur, Mara. Entweder ist gleich das ganze Dorf in Aufruhr, dann bekommen die das auch mit, ohne dass wir ihnen Bescheid geben. Oder der Franz kann fliehen. Bis die Carabinieri hier sind, ist der längst über alle Berge. Ich frag mich ja, wo er denn hinwill?«

»Vielleicht zur Kaschi. Die steckt da auch mit drin.« Josef ließ sich auf die Eckbank am Küchentisch fallen.

Mara horchte auf. Eine Frau? Sie setzte sich auf einen der

beiden Stühle und beobachtete die Wirtin dabei, wie sie den Wasserkessel auf den Gasherd stellte und die Flamme anzündete.

»Kaschi, ja?« Selma Sulzer lehnte sich gegen die Anrichte und verschränkte die Arme. »Du meinst die Witwe Bozener, die Schwester vom Schorsch.«

»Genau die. Der Josef hat was mit der.«

»Wie bitte? Die ist fast doppelt so alt wie er. Was will die denn von dem? Und was denkt sich dein Bruder dabei? Hofft er, in die Familie einzuheiraten, um endlich seinen großen Traum zu verwirklichen, ein erfolgreicher Winzer zu werden?« Ihr spöttischer Tonfall ließ keinen Zweifel daran, wie wenig sie von der Wahl ihres Neffen hielt.

»Die hat großen Einfluss auf ihn, Tante Selma, wirklich. Die hat ihn zu alldem angestiftet.« Josef wirkte, als verließen ihn gerade die letzten Kräfte. Er war nicht nur einen ganzen Kopf kleiner als Mara, sondern dazu dürr und schlaksig. Jetzt sank er auf der Bank zusammen wie eine Marionette, der die Fäden durchtrennt worden waren.

Mara musterte ihn verstohlen. Nur die Augenpartie verriet, dass er keine vierzehn oder fünfzehn mehr war, sondern Anfang zwanzig.

»Zu was angestiftet? Was ist überhaupt mit dir passiert? Wo warst du die ganzen Tage seit dem Egetmann? Dein Bruder hat behauptet, du wärst in München, um Freunde zu besuchen.« Wie aus dem Nichts stand plötzlich ein Brett mit dicken Roggenbrotscheiben, einem Stück Speck und einem Tiegel Butter vor dem jungen Mann. »Aber zuerst iss! Dir kann ich ja das Halleluja durch die Backen blasen.«

»Eingesperrt hat er mich. Im Keller unterm Haus. Ich bin über einen Kriechkeller hinaus.« Josef bestrich eine Scheibe Brot dick mit Butter.

»Der alte Kriechkeller! Anton wollte den Schacht mit der alten Luke längst zugemacht haben. Ein Glück, dass er es nicht getan hat.« Selma Sulzer nahm eine Strickjacke von einem Haken hinter der Tür und zog sie über. Dann goss sie das Wasser in eine Teekanne, und der Duft von Salbei und Fenchel durchströmte den Raum.

»Was genau beim Egetmann passiert ist, weiß ich nicht. Ich war nicht in der Nähe«, berichtete Josef zwischen hastigen Bissen. »Aber eigentlich ging es nur darum, den Manfred Oberhofer einzuschüchtern. Mit einer alten Krampusmaske, die Kaschi da irgendwo auf dem Dachboden ihrer Familie gefunden hat.«

»Den Fredl einschüchtern? Indem ihr den Schorsch abstecht? Na, das ist euch gelungen. Der Oberhofer war seit Faschingsdienstag nicht mehr nüchtern, und jetzt haben sie ihn vorhin verhaftet.«

»Tante, ich habe damit nichts zu tun! Deshalb hat Josef mich auch eingesperrt, er hatte Angst, dass ich zur Polizei gehe und ihn und die Kaschi verpfeife.«

Selma Sulzer stellte drei Becher mit Tee auf dem Tisch ab und setzte sich.

Wenn Mara ehrlich war, konnte sie keinen Tee mehr sehen. Dennoch zog sie einen Becher heran und legte die Hände darum. Die Wärme tat gut. Sie musste ja nichts trinken.

»Ich verstehe das alles immer noch nicht, Josef. Der Franz kann doch kein Blut sehen. Als wir das letzte Mal Hühner geschlachtet haben, ist er fast in Ohnmacht gefallen.«

»Ich kann es dir nicht erklären. Aber er sagt selbst, er war's. Er ist sogar stolz darauf. Er hätte es mit seinem Jagdmesser getan, behauptet er. Und damit hat er mich auch bedroht, am Dienstagabend schon.«

»Du musst morgen zur Polizei und eine Aussage machen.

Oder gleich heute Nacht noch. Die Mara hier, die hilft dem Commissario.«

Da wurde sie von Anton Sulzer unterbrochen, der schwer atmend die Küche betrat. Er trug ein offenes Hemd über einer Hose, deren Hosenträger lose um die Hüfte baumelten. Der Haarkranz um seine Halbglatze stand zu allen Seiten ab.

»Er ist fort. Ich hab ihn nicht zu fassen bekommen. Ist den Hang hinauf und zwischen Rebstöcken verschwunden. Der Himmel weiß, wo wir ihn finden. Habt ihr die Polizei verständigt?«

Seine Frau nickte.

Anton Sulzers Blick fiel auf Mara, und er begann verschämt, sich das Hemd zuzuknöpfen.

Sie wandte höflich die Augen dem Stück Speck zu, von dem Josef sich gerade eine daumendicke Scheibe absäbelte.

»Was ist denn nur in den Jungen gefahren? Er macht alles nur noch schlimmer.« Selma Sulzer stöhnte.

»Diese Kaschi, die ist an allem schuld«, wiederholte Franz kauend.

Anton Sulzer starrte ihn verwirrt an. »Die Schwester vom Schorsch? Warum will die denn ihren Bruder tot sehen?«

»Nein, Onkel, eigentlich ging es um den Fredl, Manfred Oberhofer. Der hat ein ganz falsches Spiel mit uns getrieben. Wollte dem Franz erst helfen und uns beibringen, wie das geht mit dem Weinkeltern und alldem. Aber er und Franz haben sich zerstritten. Franz hat da irgendwelche Pläne gehabt. Was der machen wollte, war nicht ganz sauber, und der Fredl hatte vor, ihn deswegen bei der Genossenschaft anzuschwärzen.« Josef kaute, schluckte und holte Luft. Je mehr er aß, desto hungriger schien er zu werden. »Das war schon wirklich ein linkes Ding, das der Fredl da abgezogen hat, sehe ich auch so. Dabei hat er Franz überhaupt erst darauf gebracht, den Wein zu panschen. Ich glaube schon, dass der das mit Absicht gemacht hat, damit wir drauf reinfallen und er sich dann darüber lustig machen kann. Jedenfalls wollten Franz und Kaschi ihm einen Schreck einjagen, damit er den Mund hält.«

»Was hat das alles mit Georg Mayer zu tun?«, wagte Mara es, den Redestrom zu unterbrechen. Sie überlegte schon, sich ihr Notizbuch zu holen, um das alles aufzuschreiben. Hoffentlich trafen Tasso oder seine Kollegen bald ein.

Josef bedachte sie mit einem kläglichen Blick. »Ich versteh's auch nicht. Alles, was passiert ist, war gegen die Abmachung. Alles! Und als ich gefragt habe, warum sie es getan haben, haben sie mich ausgelacht und meinten, so wäre es noch viel besser gelaufen, denn der Fredl würde jetzt ganz sicher nichts mehr sagen. Der Josef war stolz, und der Kaschi war es recht.«

Selma Sulzer nahm seine Hand und drückte sie. »Und als du das alles der Polizei erzählen wolltest, haben sie dich weggesperrt.«

Er nickte und schob sich einen weiteren Bissen Brot in den Mund. Anton Sulzer schüttelte den Kopf und murmelte abwechselnd Verwünschungen und Fürbitten. Dann endlich näherte sich auf der Straße die Sirene eines Polizeiautos. Selma Sulzer ging, um die Tür zu öffnen.

Mara fühlte sich mit einem Mal wieder todmüde. Diese Nacht schien wirklich kein Ende zu nehmen.

***

Commissario Tasso war dieses Mal nicht mit den Kollegen gekommen, da sie ihn nicht rechtzeitig hatten erreichen können. Es war sein Schreibtischnachbar Ispettore Amirante, der den Einsatz leitete. Nachdem sie sich angehört hatten, was Josef Sulzer zu berichten hatte, wollten sie ihn zunächst mitnehmen. Seine Tante bestand jedoch darauf, dass er sich erst einmal ausschlafen und satt essen sollte, bevor er seine Aussage machte. Sie verbürgte sich dafür, dass er mit dem Mord an Georg Mayer nichts zu tun habe.

Amirante wirkte nicht überzeugt, doch mit einem Blick auf Mara, die ihm versicherte, ein Auge auf den Zeugen zu haben, beließ er es dabei. Der flüchtige Franz Sulzer war im Moment das größere Problem. Der Ispettore ließ seine drei Agenti den ehemaligen Hof, auf dem Franz und Josef lebten, durchsuchen. Dann ordnete er an, Verstärkung anzufordern und die Zufahrtsstraßen nach Tramin überwachen zu lassen. Am kommenden Morgen würden sie die Schuppen und Scheunen durchforsten und die Menschen befragen. Aber wenn er zu Fuß in die Berge geflüchtet war, hatten sie kaum eine Chance, ihn in die Hände zu bekommen, bevor er vermutlich ohne jegliche Ausrüstung erfror. Soweit Mara das gesehen hatte, hatte er nicht einmal eine Jacke getragen, als er hinter seinem Bruder hergelaufen war.

Sie fanden im Haus alles so vor, wie Josef es beschrieben hatte: den Kartoffelkeller, in dem er eingesperrt gewesen war, und hinter einer Kiste auch den Durchschlupf zum Kriechkeller. Sein Bruder musste, geweckt vom Lärm, als die Felsbrocken von der Falltür gerollt waren, direkt aus dem Bett gesprungen sein.

Mara hatte Amirante bedrängt, die Schwester des Ermordeten, Margarete Bozener, zu befragen. Doch der Ispettore zögerte und sprach davon, sich nicht in die Ermittlungen einmischen zu wollen. Er wies seine Leute an, auch nach einer auffallend großen Frau Ausschau zu halten, doch mehr wollte er nicht tun. Mara merkte bei Josefs Beschreibung dieser Kaschi auf. Könnte das die Frau gewesen sein, die die Maske im Heuschober versteckt hatte? Möglich war es.

Gegen vier Uhr scheuchte Selma Sulzer dann endgültig die Polizei aus dem Haus sowie ihre Familie und Mara ins Bett.

20. Kapitel, in welchem Mara überraschend eine bühnenreife Inszenierung erlebt

Beim Frühstück am nächsten Morgen konnte Mara kaum die Augen offen halten. Sie und Josef Sulzer saßen wie in der Nacht zuvor auf der Eckbank in der Küche. Selma Sulzer hatte entschieden, dass Mara nach all den Ereignissen und weil sie ihren jüngsten Neffen gerettet hatte, jetzt quasi zur Familie gehörte und nicht allein im Frühstücksraum sitzen sollte.

Mara war das völlig egal. Sie dachte gerade noch daran, sich für diese rührende Geste zu bedanken. Darüber hinaus benötigte sie alle Energie, um die Kaffeetasse zu heben, ohne etwas zu verschütten.

»Guten Morgen. Ist hier jemand?« Commissario Tasso trat unschlüssig in die Küche, den Hut in der Hand. Er zeigte hinter sich. »Die Tür stand offen, es hat wohl niemand mein Klopfen gehört. Mara, geht es Ihnen gut?«

Sie zwang sich zu einem Lächeln. »Ich bin sehr müde, aber ansonsten ist alles in Ordnung, danke sehr.«

Neben ihr spannte sich Josef an und kauerte sich in sich zusammen.

»Tasso, das ist Josef Sulzer, der Neffe der Wirtin«, beeilte Mara sich zu erklären. »Er will so schnell wie möglich seine Aussage machen. Gibt es etwas Neues über seinen Bruder?«

»Bis jetzt nicht. Johann ist noch unterwegs zu den Kollegen an den Straßensperren und lässt sich Bericht erstatten.

Ich werde gleich dieser Margarete Bozener und dann ihren Eltern einen Besuch abstatten.«

In dem Moment erschien Selma Sulzer hinter dem Commissario und schob ihn resolut durch die Türöffnung in die Küche. »Guten Morgen, werter Herr. Ziehen Sie Ihren Mantel aus und setzen Sie sich. Zeit für einen Kaffee muss sein.«

»Ich kann doch nicht … Aber wenn Sie meinen. Danke schön.« Seine Miene verriet deutlich, dass er gegen den Kaffee nichts einzuwenden hatte.

»Werden Sie Kaschi verhaften?« Josef Sulzer hatte die Schultern immer noch verkrampft und hielt den Kopf gesenkt. Die gesamte Situation schien ihn zu überfordern.

»Wir werden Sie auf jeden Fall offiziell verhören. Aber vielleicht erzählen Sie mir alles noch einmal von vorne. So ganz bin ich aus Ihren Anschuldigungen nicht schlau geworden.« Tasso sprach freundlich, doch Mara kannte ihn inzwischen gut genug, um zu erkennen, dass er ebenfalls sehr angespannt war. Und ihr wurde bewusst, dass für ihn von der Aufklärung dieses Mordes vielleicht sogar noch mehr abhing. Ein Erfolg würde sich auf seine persönliche Laufbahn und das Disziplinarverfahren jedenfalls besser auswirken als ein flüchtiger Mörder oder eine Beschuldigung, die im Sande verlief.

Mara zog das Notizbuch hervor und schlug eine neue Seite auf. Noch in der Nacht hatte sie alles aufgeschrieben, was sie behalten hatte. Josef erzählte von dem Plan, Manfred Oberhofer mit der alten Krampusmaske einen Schreck einzujagen, damit dieser Franz Sulzer nicht bei der Winzergenossenschaft wegen seiner geplanten Panscherei anschwärzte – zu der er den unerfahrenen Franz zuvor selbst angestiftet hatte.

Die Geschichte stimmte mit der überein, die er bereits in der Nacht erzählt hatte, soweit Mara sich erinnerte. Das würde sie dem Commissario später bestätigen. Er hatte ihr zu

Beginn des Praktikums einmal erklärt, dass es hin und wieder ganz hilfreich war, Verdächtige alles mehrmals berichten zu lassen, um zu sehen, ob sie sich in Widersprüche verwickelten, die auf Lügen hindeuteten. Was dies anbelangte, schien Josef aber bei der Wahrheit zu bleiben, besser gesagt bei dem, was er dafür hielt. Ob beispielsweise Kaschi die Drahtzieherin war und die gesamten Zusammenhänge sich so verhielten, wie er glaubte, würde sich erst noch zeigen müssen.

Tasso hörte die ganze Zeit schweigend zu und nippte lediglich hin und wieder an seinem Kaffeebecher, den Selma Sulzer einmal nachfüllte. Sie stand die ganze Zeit schweigend und mit verschränkten Armen gegen den Herd gelehnt da.

»Ich verstehe immer noch nicht«, begann der Commissario, nachdem Josef geendet hatte, »wie diese Geschichte so eskalieren konnte. Was hat der Georg Mayer mit der ganzen Sache zu tun?«

Erschöpft hob Josef die Schultern ein ganz klein wenig, dann schüttelte er den Kopf. »Ich weiß, dass das nicht zusammenpasst. Es passt auch nicht zu meinem Bruder. Eigentlich ist er kein Mensch, dem ich zutrauen würde, einen anderen abzustechen. Aber er hat sich wirklich sehr verändert, seit er mit dieser … Frau zusammen ist.«

Tasso warf Mara einen hilfesuchenden Blick zu, doch die wusste mit dieser Einschätzung auch nichts anzufangen.

»Signor Sulzer. Hat denn Ihr Bruder Ihnen gegenüber klar und deutlich gesagt: Ich war es? Sind Sie ganz sicher? Und würden Sie das auch unter Eid bezeugen?«

Mara räusperte sich. »Sie müssen dazu jetzt nichts sagen. Sie haben das Recht, die Aussage zu verweigern, bevor Sie ein Familienmitglied belasten.«

Sie begegnete dem bösen Blick des Commissario ungerührt. Natürlich verstand sie, wie wichtig Josefs Aussage war.

Und dennoch: Was Recht war, musste Recht bleiben. Wenn er das anders sah, war das sein Problem.

Josef zögerte mit einer Antwort. Auf seinem runden Gesicht malte sich Erstaunen ab. »Nein!«, meinte er plötzlich und richtete sich ein wenig aus seiner geduckten Haltung auf. »Nein, das hat er nicht. Er hat … mit dem Messer herumgefuchtelt, und ich … ich habe mir vorgestellt, wie er es blutverschmiert in den Händen hält. Und die Kaschi hat ihn ihren ›starken Krieger‹ genannt. Aber er hat niemals ausdrücklich gesagt, dass er den Schorsch abgestochen hätte.« Er stockte noch einmal mehrere Atemzüge lang. »Ich würde sogar sagen, er hat mehr so *getan,* als ob er es gewesen wäre.«

Tasso war jetzt hoch konzentriert. Er nickte nachdenklich. »Und Sie sagen, dass Ihr Bruder nichts gegen Georg Mayer hatte, richtig? Es war eher der Manfred Oberhofer, mit dem er Differenzen hatte?«

»Ja. Das mit Fredl war sogar ein ausgewachsener Streit. Auf den Kerl war ich auch sauer. Bin ich immer noch. Er hat meinen Bruder reingelegt, und zwar aus reiner Boshaftigkeit.«

Mara notierte sich die Aussagen, so wortwörtlich sie es vermochte. Tasso nickte abermals und starrte einen Moment lang an die Decke.

Dann drehte er sich um. »Signora Sulzer?«

»Was möchten Sie von mir?« Selma Sulzer trat einen Schritt vom Herd weg.

»Hören Sie, auch Sie, Signor Sulzer. Wenn sich Ihr Neffe beziehungsweise Bruder bei Ihnen melden sollte, sagen Sie ihm, er soll sich stellen. Ihm wird nichts geschehen, er wird auch nicht verhaftet. Ich brauche seine Aussage als Zeuge. Haben Sie beide das verstanden? Er wird nicht verhaftet.«

»Wie meinen Sie das?« Zum ersten Mal an diesem Morgen fühlte Mara sich richtig wach. Ihr Verstand arbeitete mit einem Schlag wieder. Verwundert schielte sie in ihren leeren Kaffeebecher.

Tasso lächelte grimmig. »So, wie ich es sage. Er war es nicht. Er versucht, die Schuld auf sich zu nehmen. Vermutlich, weil er glaubt, damit den Helden zu spielen.«

»Nicht? Aber wer war es dann?«

»Das finden wir jetzt heraus, Signorina Oberhöller. Kommen Sie!« Mit einem Ruck stand er auf, nahm seinen Mantel, der neben ihm über einer Stuhllehne hing, und eilte hinaus.

Mara hatte keine Ahnung, worauf sich Commissario Tassos Zuversicht begründete. So fand sie auch keine Worte, um dem völlig verdatterten Josef Sulzer Mut zuzusprechen. Er blickte ihr mit offenem Mund hinterher.

***

»Meinten Sie das ernst? Dass Sie Josef Sulzer nicht verhaften werden, Tasso?«, wollte Mara wenige Minuten später wissen. Sie war bereits außer Atem, gab sich aber redlich Mühe, mitzuhalten.

»Das wird sich noch zeigen. Aber im Moment ist er ein Zeuge, ganz recht.«

»Wenn Josef Sulzer nicht der Täter ist, wer dann?«

Der Commissario gab keine Antwort. Er eilte in einem Laufschritt durch die engen Straßen Tramins, den Mara ihm gar nicht zugetraut hätte. Sie erreichten den fast menschenleeren Rathausplatz. Nur eine alte Frau, die vornübergebeugt mit einem Stock daherschlurfte, war hier unterwegs.

Tasso blickte auf seine Armbanduhr. »Wo bleibt er denn?«

»Wer? Wer ist der Täter? Warum antworten Sie denn nicht?«

Endlich blieb er stehen und wandte sich ihr zu. »Sie sind sehr aufgekratzt. So kenne ich Sie ja gar nicht.«

»Das könnte daran liegen, dass ich die letzten beiden Nächte kaum geschlafen habe.« Zerknirscht richtete Mara den Schal über ihrem Pelzmantel und schwor sich, sich mehr zusammenzureißen.

»Schon gut. Sehen Sie, da kommt Johann. Hören wir uns erst mal an, was er zu berichten hat.«

»Nicht viel«, brummte der ehemalige Ispettore wenige Augenblicke später. Er zündete sich eine Zigarette an und bot die Schachtel reihum an. Tasso schüttelte unwirsch den Kopf, auch Mara lehnte ab.

»Die Streifen sind gut postiert, insgesamt fast zwei Dutzend Männer an den Ortsausgängen und an größeren Kreuzungen. Seit heute Morgen helfen Richtung Süden sogar die Carabinieri mit.« Er warf Mara einen amüsierten Seitenblick zu. »Haben Sie damit etwas zu tun? Dieser junge Sizilianer meinte, er hätte auch ein Beweisstück, das Sie heute Morgen noch abholen sollen.«

»Um Gottes willen, die Maske habe ich ja völlig vergessen!« Mara schlug sich erschrocken die Hand vor den Mund.

»Welche Maske?«, fragte Johann.

Tasso musterte sie erstaunt. »Sie wissen, wo die Maske ist, von der Josef Sulzer vorhin gesprochen hat?«

»Ja, also nein. Vielleicht. Ich bin noch gar nicht dazu gekommen, Ihnen zu erzählen, dass es eine Augenzeugin gibt, die während des Egetmann-Umzugs eine Person mit Maske gesehen hat. Kurz bevor es passiert ist. Es ist mir erst wieder eingefallen, als ich gestern Abend … Das tut nichts zur Sache. Carabiniere di Fabar hat in der Kaserne eine Maske, die die Zeugin gesehen haben könnte. Und es könnte auch die sein, von der Josef gesprochen hat, richtig.«

Tasso runzelte die Stirn.

»Ich verstehe gar nichts.« Johann neigte den Kopf. »Ist das jetzt wichtig?«

»Nein, das hat Zeit, bis ich Ihnen das in Ruhe erklären kann«, meinte Mara.

Zu ihrem Erstaunen akzeptierte Tasso das und wandte sich an Johann. »Erinnerst du dich an das Gespräch mit der Familie Mayer? An die älteste Tochter, Margarete Bozener?«

»Diese Walküre? Was für eine Frage. Ich habe jedes Mal, wenn sie mir einen Blick zugeworfen hat, erwartet, dass sie sich auf mich stürzt. Eine Männerhasserin, wie sie im Buche steht.«

»Männerhasserin?« Mara stutzte.

Sofort hob Johann abwiegelnd die Hand. »Bitte, nichts für ungut. Sie hat mir einfach das Gefühl gegeben, als ob sie mich persönlich dafür verantwortlich macht, dass sie als Frau im Leben zu kurz gekommen ist. Dabei kenne ich die doch gar nicht. Verstehen Sie, was ich meine?«

»Ich verstehe es jedenfalls nicht, Johann«, warf Tasso ein, bevor Mara ein Wort hervorbringen konnte. »Aber komm, das kannst du unterwegs erzählen. Wir statten dieser Dame jetzt einen Besuch ab.«

»Sie sprach sehr abfällig von den Männern in der Winzergenossenschaft«, fuhr Johann fort. »Und dass dort einige Traditionalisten Schwierigkeiten damit hätten, weil sich die Zeiten ändern. Gegen Ende des Gespräches sagte sie so etwas wie: *Es soll sogar schon eine Frau dort gesehen worden sein.*«

»Das stimmt, ich erinnere mich. Sie sprach aber auch abfällig über ihre beiden Schwestern, die ihre Ehemänner nur durch ihren Bruder kennengelernt hätten. Als wären sie sogar dafür zu unselbständig.«

»Sie ist das älteste Kind der Mayers, richtig?«, fragte Mara.

»Korrekt«, stimmte Johann zu. »Alle drei Schwestern des Opfers sind älter, der überlebende Bruder ist der jüngste Spross der Familie.«

Tasso blieb stehen und stach dem Älteren triumphierend einen Finger in die Brust. »So ist es. Noch nicht einmal großjährig, aber von nun an Hoferbe.«

»Na und? So sind die Gesetze nun mal«, meinte Johann.

Tasso lachte laut auf, bevor Mara empört widersprechen konnte. »Das magst du so sehen, aber das heißt nicht, dass Margarete Bozener das ebenfalls so sieht. Und sie ändert auch nichts daran, indem sie ihren Bruder absticht. Aber ich denke schon, dass es sie gehörig befriedigt hat, ihrer Rache nachzugeben.«

»Was?«

»Wie bitte?«

»Ist das dein Ernst?«

»Aber warum …«

Tasso blieb stehen und unterbrach die Zwischenfragen mit einer Geste. »Es ist bis jetzt nur eine Vermutung. Aber sie ergibt Sinn. Die ganze Zeit habe ich darüber nachgegrübelt, welche Rolle Manfred Oberhofer in der ganzen Sache gespielt hat. War er das eigentliche Ziel, so wie es diese Geschichte mit der Maske andeutet? Oder ging es nicht doch um Georg Mayer, der als Person für mich nach wie vor schwer zu greifen ist? Angeblich beliebt, aber doch mit einigen Kontrahenten. Und dann das Messer. Der Angriff muss schnell und gezielt erfolgt sein. Da steckte mehr dahinter, als nur jemandem einen Schreck einjagen zu wollen. Wer das getan hat, war von der Richtigkeit dieses Tuns überzeugt.«

Johann nickte. »Tötungshemmung. Kaum ein Mensch setzt einem anderen einfach ein Messer an den Hals. Es braucht Überwindung, das zu tun. Erst recht, wenn es das erste Mal ist. Es ist nicht dasselbe, wie einem Huhn den Kopf abzuschlagen.«

Mara erschauderte. Er sagte das wie jemand, der wusste, wovon er sprach. Und wieder fiel ihr ein, dass diese beiden Männer einen grausamen Krieg erlebt – Johann Vierweger als Jugendlicher sogar einen zweiten – und vermutlich Dinge getan hatten, die ihnen für den Rest ihres Lebens auf der Seele lasten würden.

»Da sind wir.« Tasso blieb vor einem Mehrfamilienhaus stehen. Sie befanden sich am westlichen Ende des Ortes, wo mehrere Neubauten errichtet worden waren. Neben dem grau verputzten Haus mit den modernen metallenen Balkonen, vor dem sie standen, befand sich eine Baustelle.

Tasso klingelte bei *Bozener*. Eine Gegensprechanlage knackte einmal, ansonsten rührte sich nichts. Nach kurzem Zögern drückte der Commissario willkürlich zwei weitere Klingeln. Erneut ein Knacken, dann öffnete sich die Tür mit einem Summen. Sie traten ein.

Eine weißhaarige Frau in einem geblümten Kittel stand in der Wohnungstür im Erdgeschoss und blickte ihnen misstrauisch entgegen. »Ich dachte, das ist der Postbote«, erklärte sie in so breitem Dialekt, dass sogar Mara Mühe hatte, sie zu verstehen. Entsprechend verwirrt starrte Tasso zurück.

Johann lupfte kurz den Hut. »Haben Sie herzlichen Dank. Wir sind vom Amt und müssen zur Frau Bozener.«

»Ah, verstanden. Zweiter Stock, links.« Sie nickte energisch mit dem Kinn Richtung Treppe und ging zurück in die Wohnung.

»Vom Amt?«, wunderte Mara sich leise.

»Natürlich, das ist offiziell genug, damit sie keine Fragen stellt, aber es macht sie nicht so neugierig wie die Aussage, dass wir von der Polizei sind. Dann würde sie die ganze Zeit an der Tür stehen bleiben, um herauszufinden, was los ist.«

»Erstaunlich nur, dass sie es geglaubt hat. Was für ein Amt stattet samstagmorgens Hausbesuche ab?«

Johann stutzte und lachte dann auf. »Sie sind wirklich sehr aufmerksam, Mara.«

Die Tür im zweiten Stock war von einem Türspion in der Mitte abgesehen kahl. Vor allen anderen Wohnungen standen Schuhe, Topfpflanzen oder hingen Trockenblumenkränze.

Tasso klopfte energisch gegen das Holz. »Signora Bozener?« Er wartete einige Sekunden, dann noch einmal. »Signora Bozener, bitte öffnen Sie die Tür!«

Angespannt starrten sie die Tür an. Sie alle hörten Schritte wie von Stiefeln über Holzparkett, dann wieder Stille.

Johann schob die anderen beiden zur Seite. »Darf ich?« Er ließ die Schultern kreisen und trat einen Schritt zurück.

Was dann folgte, überrumpelte Mara völlig. Er bückte sich, machte eine Handbewegung, die nicht länger als fünf Sekunden gedauert haben konnte, und die Tür schwang auf wie von Zauberhand geöffnet.

Tasso trat sofort ein. Mara wollte etwas sagen, doch ihr fiel nichts ein.

Johann grinste wie ein zu groß geratener Lausbub. »Sagen Sie es nicht weiter. Außer Tasso und Bruno Visconti weiß das niemand in der Questura. Eine Begabung aus Kindertagen. Kommen ...«

»Halt! Stehen bleiben!«, schrie Tasso. Ein Rumpeln folgte. Und schon stürzte der Commissario durch den Flur auf sie zu und an ihnen vorbei. »Er ist über den Balkon raus! Kümmert euch um die Frau!« Schon war er den ersten Treppenabsatz hinunter.

»Wer?«

»Sulzer!«

Eine blonde Frau in einem hellblauen Morgenmantel kam auf sie zu. In dem engen Flur wirkte sie noch größer und wuchtiger, als sie eigentlich sein konnte. Ihre Augen weiteten sich vor Schreck, als sie Mara und Johann an der Wohnungstür warten sah.

»Grüß Gott, Frau Bozener, Vierweger mein Name. Wir kennen uns ja bereits von dem Gespräch bei Ihren Eltern.« Mit einem charmanten Lächeln lüpfte er den Hut, als wäre er gerade zufällig in der Gegend und kein Commissario auf der Jagd nach einem Flüchtigen an ihnen vorbeigestürzt. »Wir sind von der Polizei und möchten Sie bitten, uns zu begleiten. Wir hätten da einige Fragen.«

Sie drehte sich hektisch einmal um die eigene Achse. Doch der Balkon schien für sie als Fluchtweg nicht infrage zu kommen. Und so schob sie die Unterlippe nach vorne und verschränkte die Arme vor ihrem ausladenden Busen. »Und wenn ich nicht will?«

»Ich fürchte, Sie haben keine Wahl. Gerade eben ist ein Verdächtiger von Ihrem Balkon gesprungen. Das werden Sie erklären müssen.«

»Ein Verdächtiger? Wir kennen uns nur flüchtig. Das ist ein Kerl, den ich hin und wieder zu mir mit nach Hause nehme. Ansonsten habe ich mit dem nichts am Hut.« Sie lächelte kokett. »Das ist natürlich unsittlich, absolut unmoralisch.« Sie stockte und schlug sich theatralisch die Hand vor den Mund. »Ich werde es gleich morgen nach der Messe beichten. Aber es ist doch nicht ungesetzlich, oder?«

Jetzt verstand Mara zumindest, was Johann zuvor gemeint hatte. Zu diesem falschen Lächeln hatte sie die Augen dramatisch aufgerissen, der Blick wirkte dadurch stechend und bedrohlich. Dazu wippte sie in den Knien und trommelte unbewusst mit den Fingern gegen ihre Ellbogen. Falls sich die Frau jetzt auf den Ispettore stürzte, wäre Mara weniger erstaunt als vorhin beim Schlösserknacken.

»Das werden Sie uns ganz genau erzählen.« Er winkte Richtung Treppe.

Ihre Miene verzog sie erst spöttisch. Dann warf sie die Brust nach vorn und machte einen Kussmund. »Ich werde mir aber doch etwas anziehen dürfen. Möchten Sie zuschauen?« Sie klimperte mit den Augenlidern.

So eine Scharade hatte Mara noch nicht erlebt. Sie wusste nicht, ob sie lachen oder weinen sollte, auf jeden Fall schämte sie sich für diese Frau. Ganz egal, was sie erlebt haben mochte oder auf welche Weise sie am Mord ihres Bruders beteiligt war, mit diesem Auftritt machte Margarete Bozener sich einfach nur lächerlich.

Der ehemalige Ispettore blieb dagegen äußerlich gelassen wie ein Dolomitenfels. Er winkte Mara, ihm in die Wohnung zu folgen, schloss die Tür und stellte sich davor. »Sie ziehen sich im Schlafzimmer um, und Fräulein Oberhöller wird Sie dorthin begleiten. Ich warte hier an der Tür.«

21. Kapitel, in welchem Tasso sich fragt, ob im Wein wirklich immer die Wahrheit liegt

Tasso konnte kaum begreifen, was er da sah. Gerade noch war Franz Sulzer über die Baustelle auf dem Nachbargrundstück gerannt. Er selbst haderte mit sich, weil er der offensichtlich frisch gegossenen Bodenplatte nicht traute und sich entschieden hatte, drum herumzulaufen. Und zu Recht. Der Flüchtende war bis ungefähr zur Mitte der Fläche gekommen, da gab der Boden unter ihm nach. Er brach durch die dünne ausgehärtete Schicht und sank in den feuchten Beton.

Tasso war stehen geblieben und wartete, bis er sicher war, dass Franz Sulzer sich nicht von selbst befreien konnte. »Hören Sie auf zu zappeln, Sulzer. Ich rufe die Feuerwehr an, die holen Sie raus!«

»Ich sinke immer tiefer! Helfen Sie mir, ich werde ersticken. Gnade!«

»Das ist eine Bodenplatte, die ist keinen Meter dick. Ihnen passiert nichts!« Er wandte sich ab und lief zurück zum Haus, um den Notruf zu tätigen.

Dieser Sulzer schien wirklich ein Pechvogel zu sein. Da Tasso inzwischen überzeugt war, dass er Georg Mayer nicht umgebracht hatte, sondern dessen Schwester hinter dem feigen Mord steckte, tat der junge Mann ihm beinahe schon leid. Wie dämlich war dieser Kerl, dass er nicht gesehen hatte, dass der Beton frisch gegossen war? An manchen Stellen war die Oberfläche sogar noch feucht.

Er erreichte die Wohnung und fand einen amüsierten Vierweger vor, der auf die verschlossene Schlafzimmertür deutete und erklärte, die Dame des Hauses würde sich gerade unter Maras Aufsicht ausgehfein machen.

»Das ist gut, aber hat sie ein Telefon? Der Sulzer steckt im Beton fest. Wir brauchen die Feuerwehr mit einer Leiter oder so etwas.«

Vierweger zeigte auf einen grauen Tischapparat mit Wählscheibe auf einer kleinen Kommode. Tasso setzte den Notruf ab.

»Soll ich da unten nach dem Rechten sehen?«, fragte der Ispettore anschließend. »Dann kannst du Mara und diese Bozener begleiten.«

Tasso nickte zögernd. Dann griff er erneut zum Hörer und forderte zwei Streifenwagen an. »Wir werden beide wegen des gemeinschaftlichen Mordes an Georg Mayer verhaften und getrennt voneinander verhören. Dann werden wir sehen, was am Ende dabei herauskommt.«

Mara kehrte gerade zurück in den Raum und bekam die letzten Worte mit. »Haben Sie Frau Sulzer nicht vorhin versprochen, Franz nicht zu verhaften, sondern nur als Zeugen zu vernehmen?«

»Ja, wenn er sich stellt. Die Chance hat er mit seiner Flucht verwirkt. Wie es jetzt mit ihm weitergeht, hängt ganz von seiner Aussage ab.«

* * *

Genau wie Tasso prophezeit hatte, war Franz Sulzer nichts Schlimmeres geschehen, als dass seine Hose und die Schuhe durch den feuchten Beton völlig unbrauchbar geworden waren. Sie gaben ihm in der Questura eine ausgediente Uniformhose und ein paar Filzpantoffeln, von denen Tasso gar nicht wissen wollte, unter wessen Schreibtisch die gestanden haben mochten.

Anschließend begann er gemeinsam mit Mara das Verhör, während Vierweger und Amirante sich Margarete Bozener vornahmen.

Franz Sulzer gestand sofort. Ohne große Vorrede und dramatisches Gehabe straffte er seinen Rücken und erklärte aufrecht hinter dem Metalltisch in dem kahlen Verhörraum sitzend: »Ich habe es getan, Herr Kommissar. Ich meine ... Signor Commissario. Ist das überhaupt in Ordnung, wenn ich weiterhin Deutsch spreche? Das Italienisch fällt mir arg schwer, ich bin nun mal in Deutschland aufgewachsen.«

Als hätte es damit etwas zu tun, dachte Tasso bei sich. Wäre er in Tramin aufgewachsen, wäre sein Italienisch vermutlich kaum besser.

»Das ist völlig in Ordnung, Signor Sulzer«, sagte er laut. »Wir zeichnen das Gespräch auf. Ihre Aussage kann später von einem vereidigten Übersetzer übersetzt werden.« Er deutete auf den modernen Tonbandapparat, den er bereits eingeschaltet hatte. Darüber hinaus machte Mara sich wie immer Notizen.

Franz Sulzer nickte eifrig.

»Ich gebe außerdem offiziell zu Protokoll, dass außer mir, Commissario Aurelio Tasso, meine Mitarbeiterin Mara Oberhöller anwesend ist. Signor Sulzer verzichtet auf den Beistand eines Anwalts. Bestätigen Sie das?«

»Ja, ich brauche keinen Anwalt. Ich will ja gestehen.«

»Dann von vorne. Name, Geburtsdatum und Meldeadresse bitte.«

»Franz Josef Sulzer, geboren am 6.8.1938 in München-Grafing, wohnhaft auf dem Sulzerhof in Tramin.«

»Der Sulzerhof gehört eigentlich Ihrem Onkel Jakob Sulzer, richtig?«

»Ja. Er hat ihn mir und meinem Bruder vor ungefähr eineinhalb Jahren überlassen, als wir hierhin zurückkamen. Unsere Eltern sind verstorben. Ich habe noch zwei ältere Schwestern, die in München und Rosenheim leben.« Er lächelte breit. Es sollte vielleicht charmant wirken, aber Tasso empfand es als falsch und anbiedernd. Er musste sich wirklich zusammenreißen, diesen jungen Mann nicht vorzuverurteilen, nur weil er ihm herzlich unsympathisch war. Am besten versuchte er, ihn wieder zu bemitleiden, so wie vorhin, als Franz Sulzer im Beton versank. Kurz schielte er auf die Filzpantoffeln. Das half ein wenig.

Er räusperte sich. »So, und nun von vorne. Was haben Sie getan? Bitte schildern Sie ganz genau den chronologischen Ablauf.«

»Am Faschingsdienstag bin ich gegen Mittag Richtung Hauptstraße gegangen. Dabei hatte ich eine alte Krampusmaske auf und als Kostüm mehrere Lagen Felle und alte Säcke übergeworfen.« Wieder dieses schmierige Lächeln. »Was der Mann von Welt auf dem Egetmann halt so trägt.«

Da weder Tasso noch Mara reagierten, fuhr er fort. »Ich habe gezielt nach der Gruppe von Manfred Oberhofer Ausschau gehalten. Als der und Georg Mayer sich vom Rest der Clique getrennt hatten, habe ich die Gelegenheit genutzt.«

Tasso vermerkte, dass er Manfred Oberhofer zuerst genannt hatte. Auf wen hatte Franz Sulzer es denn nun abgesehen?

»Dann ist ja dieses Schnappvieh durch die Menge gestürmt. Das war ein Glück für mich, denn die Leute um mich herum waren in Bewegung, sodass niemand auf mich geachtet hat.« Franz Sulzer griff sich an die Hüfte, an der er auch bei seiner Flucht vorhin aus Margarete Bozeners Wohnung einen Gürtel mit einem Jagdmesser getragen hatte. Das war natürlich längst auf dem Weg ins Labor. »Ich habe also die Gelegenheit genutzt, das Messer gezogen und zack!«

»Bitte sprechen Sie es aus, Signor Sulzer. Diese Geste, sich mit dem Zeigefinger über den Hals zu fahren, kann das Tonbandgerät nicht aufzeichnen.«

»Ich habe zugestochen.«

»Präziser. Wen wollten Sie treffen?«

»Na, wen wohl? Ist das nicht offensichtlich?« Er grinste noch breiter.

Tasso fiel eine irritierende Zahnlücke auf. Das passte gar nicht zu dem ansonsten einigermaßen gepflegten jungen Mann. Sein Oberhemd war – von Betonspritzern abgesehen – sauber und sogar gebügelt, die Manschetten wiesen keine grauen Ränder auf. Rasiert hatte er sich auch vor nicht allzu langer Zeit.

»Den Schorsch wollte ich treffen, natürlich. Den Georg Mayer«, erklärte Franz Sulzer ungeduldig. »Der Oberhofer hat auch was abbekommen, aber das hat nicht geschadet. Trifft ebenfalls den Richtigen.«

»Stand Manfred Oberhofer direkt neben Georg Mayer?«

»Ja, ja, ganz nah, links der Fredl, rechts der Schorsch.«

Tasso faltete die Hände zusammen. »Bitte erzählen Sie ganz genau, was Sie gemacht haben.«

»Wie meinen Sie das?«

»In welcher Hand haben Sie das Messer gehalten?«

»In der Rechten. Ich bin Rechtshänder.«

»Wo standen Sie in Bezug zu Georg Mayer? Frontal vor ihm? Etwas nach rechts oder links? Wie viel Platz war da zwischen Ihnen?«

Zum ersten Mal wurde ihr Tatverdächtiger unsicher. Er

blinzelte mehrmals und murmelte dann kaum verständlich, er habe ein wenig rechts versetzt gestanden. Dabei machte er einige ungelenke Gesten, als müsse er sich selbst erst davon überzeugen, wie er sich während der Tat bewegt hatte.

»Noch einmal ganz haarklein, Signor Sulzer. Wie haben Sie das Messer geführt?«

»Ich habe es angesetzt und dann zu mir gezogen.«

»Abwärts oder aufwärts?«

»Abwärts. Sonst hätte ich es doch in den Hals drücken müssen. Wie stellen Sie sich das vor?«

Tasso nahm das zunächst zur Kenntnis. Diese Aussage deckte sich nicht mit Dottore Agnellis Einschätzung, dass der Schnitt vom Schlüsselbein aus über die Schulter Richtung Nacken ausgeführt wurde, weshalb es wahrscheinlicher war, dass der Täter hinter dem Opfer gestanden hatte.

»Haben Sie mit dem Messer in der Hand ausgeholt?«

»Nein, dazu war es zu eng. Obwohl, doch, ein wenig. Dabei habe ich wohl Fredl gestreift. Wie das passiert ist, weiß ich nämlich nicht mehr.« Schmieriges Grinsen. »Sehen Sie, ich habe das Messer so von schräg unten geführt, auf den Hals zu. Er hat ja gar nichts geahnt. Von unten nach oben zugestochen.«

»Was nun? Gestochen oder gezogen?«

Wieder versuchte Franz Sulzer sich an einer Pantomime, um seiner Erinnerung auf die Sprünge zu helfen. »Erst gestochen und dann gezogen. Ja, so war es. Es hat heftig geblutet. Das Fell, das ich um den Arm hatte, konnte ich später nur noch wegwerfen. Völlig verklebt.« Er schüttelte sich.

Tasso seufzte. »Franz Sulzer beschreibt während seiner Worte mit der ausgestreckten rechten Hand einen Halbkreis von seiner Körpermitte ausgehend nach oben. Habe ich das richtig wiedergegeben, Signor Sulzer?«

Er nickte eifrig. »Genauso war es.«

»Wie haben Sie das blutige Stück Fell entsorgt? Das wäre ein Beweisstück.«

»Ach, das habe ich im Ofen verbrannt, tut mir leid. Ich wusste ja nicht, dass das noch wichtig wird.«

»Wollten Sie Georg Mayer töten oder nur verletzen?«

»Was glauben Sie denn? Ich hab ihm in den Hals gestochen, nicht in den Finger.«

»Bitte sagen Sie eindeutig aus, was Sie vorhatten.«

»Ich habe auf Georg Mayer eingestochen und hatte dabei die Absicht, ihn zu töten. So recht?«

»Also gut. Dann verraten Sie mir noch, warum.«

»Warum? Warum was?«

»Warum Sie Georg Mayer töten wollten.«

»Warum denn nicht?«

Für einen Augenblick war Tasso sprachlos. Er hatte über die Jahre schon Hunderte Verhöre geführt, aber so einer wie Franz Sulzer war ihm noch nicht untergekommen.

Er zwang sich zur Ruhe. »Sie müssen doch einen Grund gehabt haben.«

»Keinen so richtigen. Die Gelegenheit war gut.«

Spielte der auf Unzurechnungsfähigkeit?

Mara stieß Tasso sacht an und hob die Augenbrauen, als er sie anblickte. Er nickte ihr zu.

»Herr Sulzer, wir wissen von Ihrem Plan, Wein zu panschen. Sie wollten Ihre Produkte mit betrügerischen Maßnahmen verbessern«, sagte sie.

Bei diesen Worten entglitt Franz Sulzer das schmierige Grinsen. »Hat mein Bruder das behauptet?«

»Wir wissen davon«, wiederholte Mara ausweichend.

»Ja dann.« Er stockte kurz. »Der Schorsch wollte uns bei der Genossenschaft verpfeifen.«

»Der Schorsch?«, fragte Tasso. »Nicht der Fredl Oberhofer?«

»Der auch. Aber das hätte nichts gegolten, da wäre uns nichts passiert. Auf den hört doch niemand. Außerdem war das ja ursprünglich seine Idee gewesen, der hätte da mit dringehangen. Die Worte vom Schorsch hatten dagegen Gewicht. Wenn der was gesagt hätte, hätten wir alt ausgesehen.«

»Und deswegen haben Sie Georg Mayer umgebracht? Um Ihre betrügerischen Machenschaften zu vertuschen?«

Franz Sulzer blickte zur Decke. Sein Grinsen kehrte zurück. »Ja. Ganz genau.«

***

»Die Idee, ihn auf die Panscherei anzusprechen, war an sich gut. Leider ist das in die falsche Richtung gelaufen.« Tasso kratzte sich am Kopf. Sie gönnten sich eine kurze Kaffeepause, bevor sie sich mit Vierweger besprechen wollten, und standen in der kleinen Küche, in der die Polizisten ihren Kaffee zubereiten und Becher spülen konnten. Letzteres schien vor dem Wochenende kaum jemand getan zu haben. Das schmutzige Geschirr stapelte sich im Spülbecken unter dem darüber hängenden Heißwasserboiler.

»Sie meinen, weil er sich bei seinem heroischen Geständnis kein Motiv für seine Tat zurechtgelegt hatte und ich ihm das sozusagen geliefert habe?«

Tasso lächelte. Mara überraschte ihn wieder einmal. Sie hatte offensichtlich schon die richtigen Schlussfolgerungen gezogen.

»Erklären Sie mir das *heroisch*, Signorina Mara.«

»Er war es nicht. Er übernimmt die Verantwortung für die Tat eines anderen. Oder *einer* anderen. Und er fühlt sich gut dabei.«

»Wie begründen Sie das?«

Mara legte einen Zeigefinger ans Kinn. »Das, was er erzählt, ist nicht schlüssig. Wenn er dem Georg Mayer etwas nach rechts versetzt gegenübersteht und mit der rechten Hand ausholt, kann er den Oberhofer nicht treffen. Der soll weiter links gestanden haben.«

»Sie haben völlig recht.« Tasso freute sich, dass sie sein Bauchgefühl bestätigte. »Mehr noch: Der Rechtsmediziner sagt, dass der Schnitt höchstwahrscheinlich von hinten ausgeführt wurde. Stellen Sie sich vor, Sie setzen ein Messer an und ziehen es durch … sagen wir einmal, ein Stück Butter. Der Schnitt ist zu Beginn flacher und wird dann tiefer.«

»Und das kann Dottore Agnelli feststellen?«

»Sie würden sich wundern, was dieser Mann alles herausfindet.«

Mara lachte begeistert auf. »Vielleicht ergibt sich ja irgendwann die Gelegenheit, ein zweites Praktikum zu absolvieren.«

Ihre Freude konnte Tasso nicht teilen. Sosehr er die Arbeit seiner Kollegen von der Spurensicherung oder die des Dottore auch schätzte, wäre es ihm lieber gewesen, sie wären bei der Ermittlung des Ablaufs seiner eigenen Schießerei im vergangenen Dezember etwas weniger gründlich vorgegangen. Weshalb er sich jetzt auch eher die Frage stellte, ob er denn noch da sein würde, falls Mara während des Studiums oder danach für ein zweites Praktikum zurückkehrte. Schlagartig wurde ihm wieder bewusst, wie ungewiss seine eigene Zukunft war. Was, wenn sich die Vorwürfe wegen seiner Lüge zugunsten Ricardo Boscos tödlichem Schuss nicht aus der Welt schaffen ließen?

»Ich würde es uns beiden wünschen, Signorina Mara«, sagte er laut.

Sie schien zu bemerken, dass ihm etwas anderes durch den Kopf ging, und fragte nicht weiter.

Vierweger duckte sich unter den Türrahmen zum Großraumbüro hindurch. »Hier versteckt ihr euch. Wir sind durch. Die knacken wir nicht.«

Tasso stellte seinen leeren Kaffeebecher ab. »Was sagt sie denn?«

»Nichts, gar nichts. Sie habe eine Liebschaft mit diesem Sulzer-Jüngling, und das wäre es gewesen. Das sei ja auch nicht verboten.« Er schlug mit gespieltem Entsetzen die Hand vor den Mund und sprach mit verstellter Stimme weiter. »Nein, wie schrecklich, wenn der ein Mörder wäre! Mit so einem habe ich ... Ach Gott, Herr Inspektor, was hätte mir da passieren können!«

Mara kicherte.

»Da haben sich wirklich die zwei Richtigen gefunden«, stimmte Tasso zu. »Ich schlage vor, wir reden mit den Carabinieri. Manfred Oberhofer müsste doch noch immer bei denen sitzen und ausnüchtern, oder?«

Vierweger wurde wieder ernst. »Vermutlich.«

»Mara, würden Sie dort anfragen, ob wir ihn vernehmen können? Wenn möglich, auf eine ... unbürokratische Weise. Ohne formalen Antrag auf Amtshilfe und all das.«

»Ich versuch's.«

* * *

»Sie schon wieder? Sind Sie denn immer im Dienst?« Tasso musterte Carabiniere Giulio di Fabar. Dessen Augenringe zeigten deutlich, dass er in letzter Zeit wenig geschlafen hatte.

Auch der Agente hinter dem Empfangstresen der Questura von Bozen blickte neugierig zu ihnen herüber. Di Fabars schwarze Uniform hob sich erstaunlich wenig von denen der

Polizia di Stato ab. Für Tassos geübten Blick fiel er dennoch auf wie der Fremdkörper, der er hier war.

Di Fabar zuckte auf die Frage hin mit den Schultern. »Am Wochenende ist die Kaserne normalerweise gar nicht besetzt. Aber wir können den hier ja schlecht allein lassen.« Er gab Manfred Oberhofer einen sanften Schubs, was den schwanken ließ. »Die Schicht wollte niemand übernehmen, da ist es an mir hängengeblieben.«

Der junge Häftling sah mit seinen blutunterlaufenen Augen und den hohlen Wangen erbärmlich aus. Die Kleidung hing an ihm wie an einer Vogelscheuche, und der Verband am Unterarm musste auch mal wieder dringend gewechselt werden.

Tasso packte ihn am Handgelenk. »Kommen Sie mit, wir müssen miteinander reden. Di Fabar, möchten Sie dabei sein?«

Der Carabiniere verzog erschrocken den Mund, dann lächelte er vorsichtig. »Wenn ich darf, Signor Commissario?«

»Sagen Sie Tasso, das reicht. Folgen Sie mir.« Er winkte auch Mara hinzu.

Zu viert betraten sie denselben Verhörraum wie zuvor. Tasso und Mara setzten sich Manfred Oberhofer gegenüber, di Fabar blieb stehen.

»Können Sie reden, Signor Oberhofer?«, fragte Tasso freundlich. »Möchten Sie ein Glas Wasser?«

Der Angesprochene nickte. Ein dünner Speichelfaden rann ihm aus dem Mundwinkel. Tasso hatte von di Fabar erfahren, dass bei der Verhaftung am Vorabend 2,4 Promille gemessen worden waren. Es war also davon auszugehen, dass ihr Gegenüber immer noch nicht nüchtern war. Eine Fahne bemerkte Tasso nicht, aber die konnte auch von dem durchdringenden Geruch nach Schweiß und ungewaschener Haut überlagert sein.

»Signor Oberhofer«, begann Tasso, nachdem dieser etwas getrunken hatte, »sind Sie damit einverstanden, dass wir das Gespräch mit diesem Tonbandgerät aufzeichnen?«

»Ja, bin ich.«

»Sehr gut, vielen Dank. Sie erinnern sich vielleicht an unser erstes Gespräch im Krankenhaus. Damals waren Sie es, der als Erster gemeint hat, es wäre Absicht gewesen.«

»Ja. Glaube ich aber nicht mehr.« Manfred Oberhofer schien Mühe zu haben, seine Zunge zum Sprechen zu bewegen.

»Wieso nicht?«

»Weil es ja nicht sein kann. Der Schorsch war ein lieber Kerl.«

»Oder auch, weil Sie dachten, dass der Angriff Ihnen gegolten hat?«

Er hob den Kopf etwas höher. »Mir? Wieso mir?«

»Sie haben den Brüdern Franz und Josef Sulzer reichlich übel mitgespielt. Sie haben sie erst zum Panschen animiert, und dann wollten Sie die beiden bei der Genossenschaft anschwärzen.«

Manfred Oberhofer riss die Augen auf. Sein Blick irrte von Tasso über Mara zu di Fabar und zurück. Offenbar war er nicht in der Lage, sich eine glaubwürdige Ausrede auszudenken.

»Das war doch nur ein harmloser Spaß«, nuschelte er schließlich. Dabei zupfte er sich so stark am Ohrläppchen, dass Tasso meinte, den Schmerz am eigenen Ohr zu spüren.

»Ein harmloser Spaß, ja?«

»Die wären sowieso nie aufgenommen worden. Die Reben taugen nichts, der Boden an dem Hang, wo die anbauen, taugt schon gar nicht. Die hätten dort doch höchstens ein paar Liter fabriziert. Die hat niemand ernst genommen. Also ist auch kein Schaden entstanden.«

»Da haben Sie recht, es gab keinen Schaden, nur Ihren toten Freund.« Tasso verlor allmählich die Geduld. Er beugte sich weit über den Tisch. »Was ist während des Egetmanns passiert? Sie haben alles gesehen. Sie sind selbst verletzt worden. Sagen Sie mir jetzt die Wahrheit und ich vergesse Ihren *harmlosen Spaß.*«

Manfred Oberhofer war ein wenig zurückgewichen. Er öffnete den Mund und schloss ihn wieder. Auf seinen Wangen malten sich hektische rote Flecken ab. Und er schwitzte, obwohl er nur ein dünnes Hemd trug und es eher kühl im Raum war.

»Schabnixgsehn!«

»Reden Sie!«

Manfred Oberhofer reckte flehentlich die Hände zur Decke. »Die bringt mich um. Die bringt mich auch um! Sie hat's doch schon versucht!«

»Sie?« Di Fabar machte einige Schritte auf Manfred Oberhofer zu. »Gestern Abend kam uns auf dem Weg zu diesem Hinterhof, in dem wir Sie aufgesammelt haben, eine große Frau mit einem Kapuzenumhang entgegen. Hat die Sie angegriffen?«

»Sicher nicht! Ich hab nichts gesagt, hören Sie? Nichts gesagt. Oder?« Er wedelte mit den Händen.

Dann sprang er plötzlich auf, sodass der Stuhl nach hinten kippte und hässlich über den Boden schrammte. Manfred Oberhofer wandte sich um, rannte zur gegenüberliegenden Wand und donnerte mit der Faust gegen die stählerne Tür. Vergeblich, das war Tasso klar. Die Tür führte zum Zellentrakt, und da von dort niemand gekommen war, wartete da auch kein Wachmann, der sie öffnen würde.

Ein wenig hilflos blickte Manfred Oberhofer die anderen beiden an, doch sowohl Mara als auch di Faber begegneten ihm mit der gleichen ratlosen Miene.

Da jaulte er auf wie ein waidwundes Tier. Dann kauerte er sich neben der Tür in der Ecke zusammen, bedeckte den Kopf mit den Händen und begann zu schluchzen.

Tasso sprang auf und beugte sich zu Mara hinunter. »Bitte laufen Sie zum Empfang, und sagen Sie, die sollen einen Notarzt kommen lassen«, raunte er ihr zu.

Sie nickte und verließ den Raum.

Tasso hockte sich vor Manfred Oberhofer hin. Di Fabar blieb in respektvollem Abstand stehen.

»Fredl, beruhigen Sie sich. Sie sind hier in Sicherheit, wir werden Sie beschützen. Hat Margarete Bozener Sie gestern Abend angegriffen?«

Er schüttelte den Kopf und wiederholte nur immer wieder: »Ich weiß nicht, ich weiß gar nichts.«

Unbeholfen klopfte Tasso ihm auf die Schulter und wartete darauf, dass wenigstens das Schluchzen ein wenig nachließ.

Nach einer Weile beruhigte Manfred Oberhofer sich ein bisschen. Dafür bekam er Schluckauf. Er lehnte sich mit angezogenen Knien gegen die Wand und begann, ziellos an dem Verband herumzuzupfen.

»Sie haben gesehen, wer es war, habe ich recht?«

Er starrte an Tasso vorbei geradeaus und kratzte jetzt wie wild an den Mullbinden. Eine Stelle färbte sich dunkel, dann eine zweite.

Tasso packte Manfred Oberhofers Hand und riss sie fort. »*Madonna mia*, hören Sie auf damit! Sie reißen sich die Wunde auf!«

Der junge Mann versuchte, sich zu entwinden. Ob es nun am Restalkohol lag oder an seiner Verzweiflung, Tasso hatte jedenfalls keine Mühe, den Arm weiterhin festzuhalten. Nach einigen Sekunden ließ der Widerstand nach.

Manfred Oberhofer richtete seinen glasigen Blick auf Tasso. »Haben Sie eine Schwester?«

Sein erster Impuls war zu sagen, dass ihn das nichts anginge. Verdächtige versuchten immer wieder, das Gespräch auf eine persönliche Ebene zu bringen. Doch vor ihm saß kein Verdächtiger.

»Ja, ich habe eine jüngere Schwester. Sie heißt Aurora und lebt in Rom. Ich besuche sie, wann immer ich dort bin.« Und nicht ganz selten vermisste er sie, doch er verbot sich, darüber nachzudenken. »Und Sie haben mir von Ihrer Schwester Sophie erzählt. Sie war auch beim Egetmann, mit ihrem Verlobten.«

Manfred Oberhofer ruckte mit dem Oberkörper nach vorne, sodass Tasso zurückwich und ihn losließ. »Und jetzt stellen Sie sich das mal vor!«, brüllte er unvermittelt. »Wie die da einfach auf dich losgeht! Mit einem Messer! Grinst dabei wie eine Wahnsinnige. Das gibt es doch gar nicht! Die eigene Schwester! Das darf nicht sein, oder?«

Tasso wappnete sich, falls sein Gegenüber jetzt auch auf ihn losgehen würde. Doch der Ausbruch schien den jungen Mann alle Kraft gekostet zu haben. Er sank wieder in sich zusammen, umschlang den Oberkörper mit den Armen und fing erneut laut an zu schluchzen.

»Also war es Georg Mayers Schwester? Hat Margarete Bozener ihn abgestochen? Stand sie hinter ihm? Und hat Sie Ihnen anschließend gedroht? Für das Tonband: Manfred Oberhofer nickt bestätigend auf alle meine Fragen.«

Erschrocken hob der den Kopf, schaute mit einem Anflug von Panik zum laufenden Tonbandgerät und wieder zurück zu Tasso. Er presste die Lippen aufeinander. Nach und nach zeichnete sich auf seinen Zügen Entschlossenheit ab.

»Ja, Signor Commissario«, sagte er schließlich. »Margarete

Bozener war es. Die Schwester von Schorsch, ich meine Georg. Mayer. Der war von der Krampusmaske abgelenkt. Schorsch hat die Maske wiedererkannt, die war von seiner Familie. Er hat noch versucht, sich umzudrehen. Da hatte sie bereits zugestochen. Er hat sie auch erkannt. Das war das Letzte, was er gesehen hat. Dass seine eigene Schwester ihn absticht.« Er senkte den Kopf auf die Brust, atmete und schluchzte.

Tasso selbst fühlte sich mit einem Schlag völlig erschöpft. Er hatte also recht gehabt.

***

Es dauerte noch den gesamten, allen Beteiligten endlos erscheinenden Nachmittag, doch Tasso ließ nicht nach. Er bearbeitete das ungleiche Liebespärchen abwechselnd mit Vierweger, Ispettore Amirante und di Fabar als stillem Zeugen.

Gegen fünf Uhr zog Franz Sulzer endlich sein falsches Geständnis zurück und verweigerte ab da jegliche Aussage. Margarete Bozener schwieg bis zum Schluss. Ihr Vater hatte ihr einen Anwalt geschickt, der ständig Pausen forderte, in denen er sie instruierte.

Während der Gespräche strich sie sich immer wieder über das Dekolleté und zupfte es ein wenig abwärts, eine Geste, die Tasso wahnsinnig machte. Er vermutete, dass das beabsichtigt war. Doch ihre Selbstsicherheit bröckelte allmählich. Sie verstrickte sich in Widersprüche darüber, wo sie während des Egetmann-Umzuges gewesen sein wollte. Dazu wippte sie ständig mit den Füßen, ertappte sich selbst dabei und hörte auf, nur um Sekunden später wieder anzufangen.

»Machen wir Schluss für heute«, erklärte Tasso, nachdem Margarete Bozener abgeführt worden war und ihr Anwalt sich verabschiedet hatte. Er erhob sich und winkte Mara, ihm aus dem Verhörraum zu folgen. Die kalte, sterile Atmosphäre des Raums sollte Verdächtige einschüchtern, aber inzwischen schlug sie ihm selbst aufs Gemüt. Oder war es die Müdigkeit, die Erschöpfung, dieses Gefühl, zwar viel, aber nicht genug erreicht zu haben?

Auf dem Flur warteten bereits Vierweger und di Fabar, die beide nicht weniger verknittert aussahen. Neben ihnen stand der Bürgermeister von Tramin, Jakob Sulzer, mit seinem Neffen Josef.

Tasso lächelte den beiden entgegen. »Ich habe gute Nachrichten. Ihr Neffe, beziehungsweise Ihr Bruder, hat ein falsches Geständnis abgelegt, aber inzwischen widerrufen. Ich bin zuversichtlich, dass Sie ihn Anfang nächster Woche wieder zu Hause haben.« Tasso vermerkte, dass sich Josefs Freude bei diesen Worten in Grenzen hielt.

Dagegen war Jakob Sulzer erleichtert. »Das beruhigt mich ungemein. Es war also die Bozener?«

»Davon gehen wir aus.«

Manfred Oberhofer war nach seinem Zusammenbruch abermals ins Krankenhaus eingeliefert worden. Tasso sorgte persönlich dafür, dass für seine Bewachung zwei fähigere Agenti ausgewählt wurden als der, der nach dem Egetmann auf ihn hatte aufpassen sollen. Nicht, dass noch weitere überraschende *Unfälle* geschahen, verursacht von bisher unbekannten Dritten.

»Hat sie denn noch nicht gestanden?«, fragte Jakob Sulzer.

»Nein, das wusste ihr Anwalt zu verhindern. Der ist ziemlich gut.« Tasso erlaubte sich ein gereiztes Seufzen.

Vierweger nickte kräftig zur Bestätigung.

Der Bürgermeister blickte ein wenig kläglich von einem zum anderen. »Was sage ich denn jetzt? Ich als Bürgermeister muss das abwägen, wenn ich nicht möchte, dass sich Gerüchte verbreiten. Außerdem wartet in Tramin dieser Reporter.«

»Salvatore Girolamo?«, fragte Mara.

»Genau der. Kennen Sie ihn?«

»Er war auch in der Nacht anwesend, als diese Jungwinzer auf Antonio Bianco losgegangen sind«, erklärte Mara. »Und ich muss zugeben, dass er sich dabei als unerwartet nützlich erwiesen hat. Ohne ihn hätte der Mann vielleicht schon am Baum gehangen.«

»Ich bitte Sie, die Traminer Jungwinzer sind doch keine Wilden!«, widersprach Jakob Sulzer empört.

Tasso fand es klüger, dazu zu schweigen. Zum Glück begriff auch Mara das und ging nicht auf die Bemerkung ein.

»Sie erzählen den Leuten«, sagte Tasso, »dass wir Verdächtige verhaftet haben und Ihr Neffe sehr wahrscheinlich nichts mit dem Mord zu tun hat. Am besten sprechen Sie sich mit dem Kurat ab, sein Wort hat das gleiche Gewicht wie Ihres.«

»Ein größeres. Ich bin nur der Bürgermeister, er ist der Mann Gottes.«

»Da haben Sie es. Bitten Sie ihn, für die Familie Mayer, den verstorbenen Georg und seine Schwester zu beten. Halten Sie es vage.« Tasso hatte keine Zweifel mehr daran, was passiert war. Aber solange Margarete Bozener nicht gestand oder sie weitere Beweise fanden, stand eine mögliche Anklage auf tönernen Füßen. Das Wichtigste war der Augenzeugenbericht Manfred Oberhofers. Und dessen Glaubwürdigkeit würde jeder halbwegs gute Anwalt infrage stellen. Manfred Oberhofer war zweifelsohne emotional mitgenommen und stand noch immer unter Alkoholeinfluss. Es würde sich zeigen, was seine Aussage am Ende des Tages wert war.

Jakob Sulzer verabschiedete sich. Vierweger brachte ihn und seinen Neffen zum Ausgang.

Tasso wandte sich Mara zu. »Ich werde Ihnen einen Wagen organisieren, der Sie erst nach Tramin fährt, damit Sie Ihr Gepäck abholen können, und dann anschließend nach Meran. Ich möchte nicht, dass Sie in Ihrem Zustand noch mit dem Zug fahren müssen.«

»In meinem Zustand? Was meinen Sie denn damit?«

»Signorina Mara, wenn Sie auch nur halb so müde sind wie ich und nur halb so erschöpft, wie Sie aussehen, dann werden Sie noch in den falschen Zug steigen und erst in Neapel wieder aufwachen!«

Mara lachte auf. »*Capito*, Signor Commissario!«

»Mit Verlaub, wenn Sie erlauben, kann ich Sie fahren«, mischte di Fabar sich zaghaft ein.

Tasso bedachte ihn mit einem strengen Blick. »Sie sind doch nicht weniger müde.«

»Dann schlage ich vor, dass ich Signorina Oberhöller nur bis zur Pension nach Tramin bringe. Von dort hole ich sie dann morgen früh ausgeruht wieder ab und bringe sie nach Meran?«

Mara blickte unsicher zu Tasso. Der wusste nichts zu sagen. Er war weder ihr Vater noch ihr älterer Bruder. Es war nicht seine Aufgabe, ihr lästige Verehrer vom Hals zu halten.

Zu seiner Überraschung lächelte sie den Carabiniere an. »So machen wir es, sehr gern.«

22. Kapitel, in welchem Mara auf den Pfaden ihrer Erinnerungen wandelt

Mara legte den Kopf gegen die kühle Seitenscheibe des Alfa Romeo der Carabinieri und starrte hinaus auf die Straße. Giulio fuhr hoch konzentriert und vorsichtig, während Mara Mühe hatte, sich wachzuhalten, was nicht zuletzt an der entsetzlichen Hitze im Auto lag. Die Heizung ließ sich nicht richtig regeln. Dabei fauchte und rasselte sie so laut, dass sie jede Unterhaltung erschwerte, weshalb sie kaum ein Wort miteinander sprachen.

Wenn sie ehrlich war, fand Mara dieses Schweigen gar nicht mal so unangenehm. Sie hatten beide über den gesamten Nachmittag Ähnliches gesehen und gehört. Für den Moment war alles gesagt.

Dabei ging Mara eine Erinnerung nicht aus dem Kopf. Es müsste der Sommer 1953 gewesen sein, eine der Ferien, die Vreni bei ihrer Tante in Tramin verbracht hatte und in denen Mara sie besuchen durfte. Sie waren zwölf Jahre alt und hatten gerade das frisch erschienene Buch *Fünf Freunde erobern die Schatzinsel* der britischen Autorin Enid Blyton gelesen, deren *Abenteuer-Reihe* sie liebten, seit sie beide flüssig lesen konnten. Inspiriert von den Büchern hatten sie »Schatzsuche« gespielt. Die eine versteckte Dinge, die die jeweils andere dann mithilfe einer selbstgemalten Schatzkarte finden musste. Ein Junge aus Tramin war auch dabei gewesen, der jedoch später mit seiner Familie fortgezogen war. Von ihm wusste sie nur noch, dass er Hannes geheißen hatte. In jenem Sommer hatten die Eltern ihm mehrmals den Kopf geschoren, da er ständig Läuse hatte. Eigentlich sollten Mara und Vreni genau deswegen auch nicht mit ihm spielen, aber sie taten es natürlich trotzdem. Er war ein fröhlicher Kerl und kannte die besten und ungewöhnlichsten Verstecke.

Unter anderem hatte er ihnen gezeigt, dass es unterhalb des ehemaligen Schweinekobens dieses alten Heuschobers mehrere Hohlräume gab. War es möglich, dass Margarete Bozener dort die Tatwaffe versteckt hatte?

»Wir sind da.« Giulio stellte den Motor ab. Er parkte direkt neben der Pension Bacchus.

Mara schreckte auf. »Tut mir leid, ich war noch ganz in Gedanken. Danke fürs Fahren.«

Er lächelte, sodass seine Zähne im Dunkeln weiß aufblitzten. »Wenn Sie das Angebot immer noch annehmen möchten, fahre ich Sie auch morgen nach Meran. Dann natürlich mit meinem eigenen Auto.«

Mara verkniff sich eine Antwort. Sie hatte überhaupt nichts dagegen, wenn er sie fuhr, nur seinem altersschwachen Fiat traute sie nicht so ganz. Sie hätte der Rostlaube sogar diesen überheizten Wagen vorgezogen. Das konnte sie allerdings schwer zugeben. Und was konnte schon passieren? Giulio war ein guter Fahrer, sportlich, aber nicht allzu draufgängerisch, in der Hinsicht hatte sie nichts zu bemängeln.

»Sagen Sie …«, begann Mara.

»Wann soll ich Sie abholen?« Er beugte sich ein wenig vor.

»Moment noch. Haben Sie die Taschenlampe dabei, die Sie gestern benutzt haben?«

»Ich … glaube schon.« Er reckte sich nach hinten und tastete mit der rechten Hand hinter dem Beifahrersitz.

Dabei kam er ihr so nahe, dass Mara einen Augenblick

lang dachte, er wolle sie küssen. Nicht, dass sie etwas dagegen gehabt hätte. Aber der Moment verging. Metall schlug gegen Metall und dann hielt Giulio die Stabtaschenlampe in der Hand. Mara war froh, dass es zu dunkel war, um Einzelheiten zu erkennen. Zum Beispiel, dass ihr die Röte in die Wangen gestiegen war.

»Und was wollen Sie jetzt damit?«

»Würden Sie mit mir noch einmal auf Schatzsuche gehen?«

»Jetzt?«

Mara konnte den Ton, den der Carabiniere anschlug, nicht recht deuten, er lag irgendwo zwischen belustigt, gereizt und neugierig.

Sie räusperte sich hastig. »Ich will nur noch einmal zu diesem Schuppen, in dem wir die Maske entdeckt haben. Mir ist da etwas eingefallen. Es wird auch nicht lange dauern. Und ich werde nicht allein dorthin gehen, falls Sie sich Sorgen machen. Wir könnten das auch auf morgen früh verschieben.«

»Was erhoffen Sie sich davon?«

»Ich kenne dort ein Versteck. Noch von früher. Wäre ich an Margarete Bozeners Stelle, hätte ich dort die Tatwaffe abgelegt. Wenn ich recht habe, können wir dieses Jagdmesser jetzt sicherstellen. Andernfalls wird das spätestens verschwinden, sobald unsere Verdächtige wieder aus der Untersuchungshaft entlassen wird.«

Er zögerte. Sie hörte nur seinen Atem.

Dann stieß er die Autotür auf. »Also gut. Sie geben ja doch keine Ruhe, bevor Sie da nicht nachgeschaut haben.«

Mara stieg aus. Die eiskalte Nachtluft weckte ihre Lebensgeister. »Schlafen können wir, wenn wir tot sind«, zitierte sie ihren älteren Bruder.

»Schon recht«, brummte Giulio kopfschüttelnd.

Es war nur ein Verdacht, dass das Messer dort liegen

könnte, aber ein in Maras Augen so naheliegender, dass sie dem einfach nachgehen musste. So erschöpft sie auch war, würde sie sich trotzdem vermutlich nur hin und her wälzen, wenn sie sich jetzt ins Bett legte.

Der Carabiniere verschloss das Auto und ging mit der Taschenlampe voran zum Schuppen.

Zu ihrer beider Überraschung war die Tür mit einem großen Vorhängeschloss gesichert.

»Damit habe ich jetzt nicht gerechnet. Waren das die Leute vom Commissario oder jemand anders? Der Besitzer vielleicht?« Ratlos ließ Giulio das Licht der Taschenlampe umherhuschen.

Mara zischte einen leisen Fluch durch die Zähne. Warum hatte sie auch nicht früher daran gedacht, dass es sich lohnen könnte, diesen Treffpunkt, von dem Josef Sulzer ihnen erzählt hatte, eingehender zu untersuchen? Aber hatten das wirklich bereits Tassos Kollegen von der Spurensicherung gemacht? Wenn sie etwas gefunden hätten, so hätte sie das doch im Laufe des Tages erfahren?

»Was machen Sie da, wenn ich fragen darf?«, ertönte plötzlich eine Männerstimme hinter ihnen.

Sie fuhren beide herum. Der Carabiniere richtete die Lampe auf sein Gegenüber, das geblendet die Hände hochriss und die Augen abschirmte.

»Girolamo! Sie haben hier nichts zu suchen!«

»Sie dagegen schon? Nehmen Sie doch die Lampe runter, Mann.«

»Schon gut. Ich bin Carabiniere. Ich mache nur meine Arbeit.«

»Und ich bin Reporter. Ich mache ebenfalls meine Arbeit. Es ist meine Aufgabe, Informationen zu sammeln und die Öffentlichkeit über das, was ich herausfinde, zu informieren. Ich habe mich hier vorhin nur ein wenig umgesehen, da sah ich Sie beide herkommen.«

»Aber jetzt verschwinden Sie schön wieder«, stieß Giulio scharf hervor.

»Sie können mir gar nichts ...«

»Und ob ich das kann, Sie ...«

Mara stellte sich zwischen die beiden und hob die Hände. »Jetzt beruhigen Sie sich, bitte. Das bringt doch nichts!« Sie wandte sich an Salvatore Girolamo. »Haben Sie denn etwas herausgefunden?«

»Es wäre ja hilfreich, wenn die Ermittler ein wenig mehr preisgeben könnten. Dann wüsste ich vielleicht, wonach ich suchen soll.« Sein Tonfall wurde etwas freundlicher. »Nicht, dass es hier irgendetwas zu entdecken gäbe. Seit Einbruch der Dunkelheit habe ich höchstens eine Handvoll Leute gesehen, und die allesamt in der Nähe des *Goldenen Löwen.*« Er machte eine weit ausladende Armbewegung. »Hier ist es stiller als auf einem Friedhof. Leute vom Land eben. Die gehen mit den Hühnern zu Bett.«

Giulio nickte unbewusst zustimmend.

Mara blickte sich um. Das alte Haus der Sulzers lag verwaist, Josef übernachtete heute – und vielleicht auch weitere Nächte – in der Pension bei seiner Tante. Das Haus auf der anderen Seite schien zwar bewohnt, aber wenn sie es recht bedachte, hatte sie dort bisher auch kein Lebenszeichen gesehen.

»Dass dieser Schuppen hier Teil der Ermittlungen ist, haben Sie schon einmal selbst herausgefunden«, meinte sie.

»Hier wurde die Maske versteckt. Die Maske, mit der der Täter sich beim Egetmann-Umzug dem Opfer genähert hat«, erklärte der Reporter triumphierend.

Mara setzte zu einem »So war es nicht« an. Aber was durfte sie gegenüber der Presse preisgeben? Stellte er vielleicht sogar mit Absicht irgendwelche Behauptungen oder Gerüchte in den Raum, damit sie ihm widersprach und Tatsachen verriet?

»Wer hat das Schloss angebracht?«, fragte Giulio und rettete sie damit vor einer Antwort.

»Der Besitzer. Die Polizei war heute Mittag hier und hat Spuren gesichert. Danach haben sie ihn gebeten, das Schloss vorzuhängen, damit sich niemand dadrin herumtreiben kann. Sie wollten es erst versiegeln, aber irgendetwas sprach dagegen.« Ein Grinsen flackerte über sein Gesicht. Im Schein der Taschenlampe, die der Carabiniere zu Boden gerichtet hielt, wirkte das ein wenig unheimlich. Mara war froh, dass sie nicht allein hergekommen war. Sie glaubte zwar nicht, dass ihr seitens Salvatore Girolamo eine Gefahr drohte, dennoch hätte sie sich etwas unwohler gefühlt, wenn sie sich hier nur zu zweit begegnet wären.

»Wollen Sie da hinein?«, fragte der Reporter listig.

»Wo hinein?« Giulio tat arglos.

»Na, in den Schuppen.«

»Ja, wollen wir«, sagte Mara.

»Ich wüsste nicht, was Sie das angeht«, schnappte ihr Begleiter.

Salvatore Girolamo hob beschwichtigend beide Hände. »Nein, ganz recht, geht mich nichts an. Ich wollte nur behilflich sein.«

»Was heißt behilflich?«, fragte Mara.

»Nun, ich wüsste, wie Sie hineinkommen.«

Giulio packte sie am Arm. »Das reicht jetzt. Gehen wir.«

»Halt, nein, wenn er weiß, wie wir in den Schuppen kommen, ohne das Schloss zu zerstören, könnten wir das doch tun.«

»Signorina Mara, ich glaube kaum, dass Ihr Commissario begeistert davon wäre.«

Mit einem wissenden Grinsen kam der Reporter auf sie zu und ging weiter zur Längsseite des Schuppens, die vom Gutshaus des Sulzerhofes abgewandt lag. »Hier an der Seite sind zwei Latten nicht mehr richtig fest. Und bevor Sie auf dumme Gedanken kommen: Ich war das nicht! Das muss schon länger lose sein. Ich hab's zufällig entdeckt. Sie sind schlank genug, Signorina Oberhöller, Sie können sich hindurchwinden.«

»Dann versuche ich das.« Sie löste sich aus Giulios Griff, ignorierte dessen Protest und folgte Salvatore Girolamo.

Der blieb plötzlich stehen und drehte sich zu ihr um. »Ich erwarte aber eine Gegenleistung.«

»Die wäre?« Mara konnte sich schon denken, dass sie seine Hilfe mit Informationen würde bezahlen müssen.

»Wenn Sie etwas finden, verraten Sie es mir.«

»Ich mache Ihnen ein anderes Angebot: Sie kommen jetzt mit. Wenn wir etwas finden, bewahren Sie Stillschweigen, und zwar so lange, wie ich sage. Wenn die Sache ausgestanden ist, bekommen Sie von mir ein exklusives Interview mit allen Einzelheiten, dazu die Fotos, die ich am Faschingsdienstag geschossen habe.«

Er überlegte nicht lange. »Das klingt fair. Ich bin einverstanden.«

»Signorina Oberhöller, sind Sie sicher, dass Sie das tun wollen?«, beharrte Giulio. »Ich habe noch keinen Journalisten oder Fotoreporter kennengelernt, der sich an eine solche Abmachung hält.«

Mara baute sich ganz nah vor Salvatore Girolamo auf, der zu ihrer Befriedigung einen halben Schritt zurückwich. »Da hören Sie es. Für Sie stehen nicht nur mein Wohlwollen und Ihr guter Ruf auf dem Spiel, sondern das Ansehen Ihrer gesamten Zunft. Überlegen Sie sich gut, ob Sie es sich leisten können, mich zu enttäuschen.«

Der Reporter zögerte keine Sekunde, ihr zu versichern, dass er sich an ihre Bedingungen halten werde. Dann hob er zwei Latten mitten aus der Holzwand aus dem Weg und gab einen schmalen Durchlass ins Innere frei.

Mara quetschte sich hindurch. Dabei löste sich eine dritte Latte. Die beiden jungen Männer grinsten begeistert und folgten ihr.

Drinnen leuchtete Giulio mit der Taschenlampe umher. Da hielt Mara schon, ohne zu zögern, auf den alten Schweinekoben zu und kniete sich neben den Tisch, wobei sie hoffte, dass ihre Wollhose nicht allzu sehr litt. Aber darauf konnte sie jetzt keine Rücksicht nehmen. Sie tastete herum und schob die Fingerspitzen in die Ritzen zwischen den dicken Holzbohlen. Sie sandte ein Stoßgebet gen Himmel, dass ihre Erinnerung sie nicht trog und außerdem dass Spinnen, Asseln und anderes Getier im Winter nicht aktiv war.

»Die Spurensicherung hat alles mitgenommen«, murmelte Giulio über ihr.

»So? Was denn?«, hörte sie die interessierte Stimme des Reporters. Papier raschelte, offenbar zog er ein Notizbuch hervor.

»Nichts Besonderes«, erwiderte Giulio ausweichend. »Hier haben sich Leute getroffen und etwas getrunken. Womöglich nur ein paar Jugendliche, die sich am Obstbrand ausprobieren wollten.«

»Ach, kommen Sie, das glauben Sie doch selbst nicht.«

Endlich fand Mara, wonach sie suchte. In einer Bohle war eine Klappe versteckt. Sie ließ sich nur schwer öffnen, der Rand war völlig mit feuchtem Dreck verklebt. Fast schien es Mara, als wäre das Zeug voller Absicht in die Fugen hineingedrückt worden. Mit einem kräftigen Ruck löste sie die Klappe und wäre beinahe nach hinten gefallen.

Giulio hielt die Taschenlampe in die Öffnung. »Das gibt es doch nicht.«

Mara hatte ihr Gleichgewicht wiedergefunden und beugte sich vor. Vor ihr lag ein kleiner Kartoffelsack, frei von Staub. Der Stoff wies lediglich einige dunkle Flecken auf, ob von Feuchtigkeit oder etwas anderem war schwer zu sagen.

Sie wollte hineingreifen, doch der Carabiniere hielt sie zurück. »Nicht anfassen.«

»Sie haben recht.« Rasch holte sie ein unbenutztes Taschentuch aus ihrer Handtasche und hob damit das Bündel aus dem Loch. Triumphierend lachte sie auf. »Da ist ein Messer drin. Ganz eindeutig. Das reicht! Wir werden das ins Labor bringen.«

»Ist das etwa die Tatwaffe?«, rief Salvatore Girolamo ungläubig.

»Das weiß ich nicht. Aber es könnte sein.« Mara starrte ihn durchdringend an und konnte sich gerade noch zurückhalten, mahnend den Zeigefinger zu heben.

Er schnaubte dennoch belustigt. »Sie können sich auf mich verlassen. Ich bin nicht dumm, und das ist nicht meine erste Berichterstattung in einem Mordfall. Wenn es die Tatwaffe ist, handelt es sich bei diesem Versteck um Täterwissen.«

Giulio blickte auf seine Armbanduhr und seufzte tief. »Nun also. Es ist erst kurz nach neun Uhr, aber meine Schicht ist schon seit drei Stunden zu Ende. Sind Sie einverstanden, wenn ich diesen Beweis bis morgen sicher in der Kaserne aufbewahre und wir jetzt alle endlich schlafen gehen? Ich werde das Messer persönlich zur Questura bringen und der Spurensicherung übergeben. Und Sie anschließend wie versprochen nach Meran fahren.«

»Ja, natürlich. So machen wir es.«

Wenige Minuten später standen sie wieder vor dem Schuppen. Salvatore Girolamo hatte die losen Bretter so hingestellt, dass dieser »Seiteneingang« nicht auf den ersten Blick zu erkennen war. Mit hochzufriedener Miene verabschiedete er sich.

Mara und Giulio schlenderten zurück zur Pension. »Die Arbeit der Spurensicherung interessiert Sie, oder?«, stellte sie fest.

»Woran haben Sie das bemerkt?«

»Ich hatte vorhin den Eindruck, dass Sie ganz genau wussten, was die alles aus dem Schuppen mitgenommen haben. Und auch heute Mittag, als Dottore Agnelli uns erklärte, dass auf Franz Sulzers Messer nur seine eigenen Fingerabdrücke seien, jedoch keine Blutspuren, da waren Sie aufmerksamer als bei jedem einzelnen Verhör.«

»Das stimmt.« Er legte verlegen eine Hand in den Nacken. »Wenn ich könnte, würde ich lieber heute als morgen anfangen, in so einem Labor zu arbeiten. Was da heutzutage alles möglich ist, das ist einfach unglaublich!«

Er knipste die Taschenlampe aus, da die Lampe über dem Eingang zur Pension hell genug war.

»Dann schreiben Sie doch eine Bewerbung.«

»Wie soll das gehen? Ich weiß doch nicht einmal, welche Qualifikationen dafür nötig sind. Ich habe in der Schule kaum etwas über Biologie und Chemie gelernt. Carabiniere, das kann … nahezu jeder. Ein gutes Abschlusszeugnis, ein Jahr Ausbildung an der Accademia Militare in Rom, das ist schon alles. Es braucht keine besonderen Kenntnisse.« Die letzten Worte presste er schon beinahe unwillig hervor.

Mara fand, dass er das alles jetzt ein wenig zu sehr herunterspielte, aber darum ging es jetzt nicht. Sie lächelte ihn an. »Dann finden Sie heraus, was Sie können müssen. Lernen Sie es. Versuchen Sie es! Sie sind neugierig und wollen etwas erreichen. Das werden Sie kaum schaffen, indem Sie Ihr Leben lang hier in Tramin stationiert bleiben.«

»Meinen Sie?« Seine Augen glänzten. »Ich könnte es ja zumindest versuchen.« Doch dann wandte er den Blick ab, als wäre er von seinem eigenen Mut überrascht.

Schweigen breitete sich zwischen ihnen aus, und anders als auf der Herfahrt wollte Mara es brechen, etwas Tröstendes sagen, doch ihr fiel nichts ein. Und so verabschiedeten sie sich ein wenig unbeholfen und gingen auseinander.

Il Gatto randagio – die Straßenkatze

Bräuche und Traditionen bestimmen, wohin wir gehören. Ich habe weder das eine noch das andere.

Vielleicht fühle ich mich deshalb so heimatlos. Zerrissen zwischen dem Erbe meiner Eltern. Dem meines Vaters, Römer durch und durch, so tief verwurzelt mit der Stadt meiner Kindheit, dass es mich nicht wundern würde, wenn er noch eines Tages anfangen würde, Latein zu sprechen. Dem Erbe meiner Mutter, Angehörige dieses Volkes der Berge, selbst mit einem Willen wie aus grauem Fels ausgestattet, unbeugsam, stark und ewig.

Ich will hier nicht sein, fühle Beklemmungen in diesen engen lichtlosen Tälern, spüre die Kälte jedes Jahr schlimmer bis ins innerste Mark.

Und doch kann ich nicht woanders sein. Treue hält mich, bedingungslose Zuneigung, manche würden es Liebe nennen. Mir ist es gleich, wie es heißt, es ist dieses Gefühl, das zählt. Es sind nicht Grund und Boden, die mich halten. Es ist kein Besitz, es sind die Menschen.

Bruno behauptet, ich wäre einsam. Vielleicht stimmt das. Aber was ist dann er? Wen haben wir außer uns?

Dieser heimtückische Mord in Tramin hat es doch wieder gezeigt: Sie alle suchen nach dem, was wir haben, nach Freundschaft und Vertrauen. Und niemand kann vorhersagen, wo es zu finden ist. Bedenke ich, wie meine Mutter und ihre Schwester zueinanderstehen, kann es solche Verbindungen auch in der Familie geben.

Natürlich hat Bruno dennoch recht, wie immer. Ich muss meinen eigenen Weg finden. Eine neue Freundschaft finden, mich selbst finden, mein Glück finden.

Es wird noch ungefähr sechs Wochen dauern, bis diese Meineidssache vom Tisch ist, das hat Avvocato Fiorentin mir versprochen. Dann ist April. Mit etwas Glück bin ich rechtzeitig zum Osterfest in Rom. Danach wäre eine gute Zeit zum Pilgern. Ich könnte bis nach Santiago di Compostela gehen. Um den Kopf klar zu bekommen. Zum heiligen Jakob beten. Und danach werden wir weitersehen. Vielleicht gefällt mir das Kontemplative, und ich trete in ein Kloster ein.

Ich sollte Johann fragen, ob er mich begleitet. Er ist Rentner, er hat Zeit. Seine Bienen werden ihren Nektar auch ohne ihn finden. Wenn er mitkommt, wird die Reise sicherlich weniger kontemplativ. Aber dafür unterhaltsamer. Das ist doch auch etwas.

Santo Pietro e Santo Paolo mi proteggete …

1. Epilog, in welchem Tasso eine neue Verbindung anbahnt, von der fraglich ist, ob Bruno Visconti sie gutheißen wird

Tasso blieb stehen und betrachtete die Schneeglöckchen, die sich in dichten Büscheln zu beiden Seiten des Wegs zu Tante Hedwigs Haus der Sonne entgegenreckten. Die ersten Blätter früher Narzissen und Hyazinthen brachen durch die braune Erde. Noch ein oder zwei Wochen, und sie würden erblühen.

Grübelnd betrachtete Tasso den Strauß Tulpen, den er auf dem Obstplatz in Bozen gekauft hatte. Er würde nie verstehen, warum Tante Hedwig sich so an Schnittblumen erfreute, wo sie den ganzen Vorgarten voller blühender Pflanzen hatte. Aber was tat er nicht alles, um sie milde zu stimmen.

Er klopfte an die Tür und musste nicht lange warten, bis seine Tante freudestrahlend öffnete. »Aurelio, endlich! Wie schön, dich zu sehen.«

Bevor er sie davon abhalten konnte, hatte sie sein Gesicht in beide Hände genommen und ihm feuchte Küsse auf die Wangen gedrückt.

»Schon gut, Tante Hedwig, so lange ist es nun auch wieder nicht her, dass ich dich besucht habe.«

»Fast drei Wochen!«

Er hielt ihr den Tulpenstrauß hin, den sie mit einem freudigen Ausruf entgegennahm. »Es tut mir leid, dass ich nicht zum Fischessen am Aschermittwoch kommen konnte.«

»Ich weiß ja, du arbeitest hart. Bist du denn wenigstens in der Kirche gewesen?«

»Selbstverständlich, in Tramin feiern sie schließlich auch Gottesdienst.«

Sie zwinkerte ihm zu, bevor sie ihn energisch ins Wohnzimmer winkte. »Und natürlich sollte dir klar sein, dass ich dir nur verzeihe, wenn du mir aus erster Hand alles über den schrecklichen Vorfall beim Egetmann-Umzug erzählst. Stimmt es, was in der Zeitung steht? Dass es die eigene Schwester war? Mit Absicht?«

»Natürlich stimmt das. Über so etwas würden nicht einmal die schlimmsten dieser Schmierfinken lügen.«

»Jetzt sei nicht so hart. Wir kleinen Leute wollen schließlich auch informiert werden. Es ist deren Pflicht, darüber zu berichten.«

»Schon recht.«

Er zog Mantel und Stiefel aus und ging auf Socken ins Wohnzimmer, das wie stets völlig überheizt war. Der Tisch war bereits für zwei eingedeckt.

»Nun setz dich doch, mein Junge. Du siehst blass aus.« Tante Hedwig kam mit der gefüllten Blumenvase zurück und stellte sie auf den Tisch. »Hast du während der Ermittlungen wieder nicht genug gegessen? Oder rauchst du zu viel? Das wird noch deinen vorzeitigen Tod besiegeln, das prophezeie ich dir.«

»Nicht doch.«

Er setzte sich und ließ sie reden. Während sie das Essen auftischte, dachte er darüber nach, ob seine Idee wirklich so klug war. Doch zunächst ließ er sich die Forelle in Butter schmecken. Mit dem Fisch konnte er mehr anfangen als mit den bei Tante Hedwig sonst so beliebten Haxen oder Schweinsfüßen. Auch die Salzkartoffeln waren akzeptabel. Lediglich vom Spinat, der mit reichlich Speck und Sahne verfeinert war, aß er gerade so viel, dass seine Tante nicht nachfragte.

Sie plauderten über Gott und die Welt, und beinahe hätte Tasso vergessen, dass er sich inmitten des bullernden Kachelofens und der Häkeldeckchenidylle meistens gar nicht so wohl fühlte.

Nach dem Essen stellte Tante Hedwig einen frischgebackenen Topfenstrudel mit Rosinen und eine Thermoskanne Filterkaffee bereit. Zu gern hätte Tasso jetzt eine Zigarette geraucht, aber zum einen mochte seine Tante das nicht, da der Geruch sich in den Polstermöbeln und Gardinen einnistete, und zum andern wollte er keine weiteren Bemerkungen über seine angeblich angeschlagene Gesundheit provozieren. Und eigentlich war ja auch noch Fastenzeit. Das hatte er inzwischen völlig verdrängt. Irgendwie gab es in diesem Jahr so vieles, das wichtiger war.

»Wie geht es dem Herrn Visconti, Aurelio? Rosalinde Lanz, das ist die Nachbarin der Damenboutique *Bella Figura* in den Lauben, hat von Thomas, dem Sohn des Inhabers der *tabaccheria* am Obstplatz, gehört, dass er angeblich im Rollstuhl sitzt. Das kann ich mir bei diesem rüstigen Mann nun wirklich nicht vorstellen! Er ist doch all die Jahre zurechtgekommen.« Sie legte schnaufend eine Hand an ihren ausladenden Busen.

»Genau darüber wollte ich mit dir sprechen. Könntest du dir vorstellen umzuziehen?«

»Umziehen? Wohin denn? Bist du von Sinnen? Und was hat das mit Herrn Visconti zu tun?«

»Du vermietest doch die Zimmer im ersten und zweiten Stock.« Tasso zeigte zur Decke.

»Richtig. Und?«

»Ich habe mich gefragt, ob es vielleicht möglich wäre, dass du nach oben ziehst und Bruno hier … wohnen könnte?«

»Herr Visconti? In meinem Haus? Das ist …« Tante Hedwig verzog skeptisch den Mund, aber Tasso konnte ihr bereits ansehen, wie gut ihr die Idee gefiel: ein Questore im Haus und die neuesten Informationen über Bozner Verbrechen aus erster Hand.

»Würde er das denn wollen? Sucht er eine neue Wohnung?«

»Ja. Am Obstplatz kann er nicht wohnen bleiben.« Die erste Frage ignorierte er. Bruno wusste diesbezüglich noch gar nichts von seinem Glück.

»Hm. Also … ja.« Sie legte die Stirn in Falten. »Oben sind ja nur drei kleine Zimmer und der Dachboden. Ich hätte keine Küche.«

»Ich bin sicher, dass du deine Küche hier unten weiter benutzen kannst. Bruno kocht nicht selbst, sondern isst in der Questura und am Wochenende in den Wirtshäusern.«

»Na gut, denn er kann nicht erwarten, dass ich auch noch für ihn koche!«

»Natürlich nicht. Davon gehe ich nicht aus.« Sofort fragte sich Tasso, wie lange es dauern würde, bis Bruno sich bei ihm beschwerte, weil seine Tante ihm ständig *zufällig* etwas übrigließ. Daran hatte er gar nicht gedacht. Aber Bruno war Manns genug, sich zu wehren. Sogar gegen Tante Hedwig.

»Ich müsste natürlich meinen beiden Mietern kündigen, das ist dir bewusst, oder? Herr Feltrinelli und Herr Moser bewohnen je ein Zimmer und teilen sich die Toilette. Die ist ja nur angebaut, das weißt du ja. Ich werde mir sicher keine teilen, mit keinem von beiden. Wo kämen wir denn da hin?«

»Ich bin sicher, dass Brunos Gehalt die bisherige Miete der beiden Herren abdeckt. Das ist das kleinste Problem.«

»Herrn Viscontis Toilette wäre hier unten. Aber was ist mit einem Badezimmer?«

Tasso legte die Kuchengabel beiseite. Was hatte er noch alles nicht bedacht? »Du badest immer noch im Zuber im Keller?«

»Selbstverständlich! Jeden Samstag. Wo denn sonst?« Tante Hedwig blickte ihn entrüstet an, als habe er gerade behauptet, sie wäre nicht reinlich. »Und einmal im Monat gehe ich ins Schwimmbad.« Sie legte ihm ungefragt einen Streifen Strudel auf den Teller. »Noch Kaffee?«

»Ich nehme mir schon selbst, danke.«

»Herr Visconti kann sich natürlich in der Küche an der Spüle waschen. Das mache ich schließlich auch. Aber Aurelio, sind wir ehrlich: Das klingt nicht danach, als könnte das ein Zustand auf Dauer sein.«

»Vielleicht könnte Bruno dir einen Anbau finanzieren. Hinten zum Garten raus wäre Platz dafür. Hier ließe sich in deinem Schlafzimmer ein Durchbruch machen und oben in der Kammer von Herrn Moser, wo das Fenster nach hinten hinausgeht.«

»Herr Visconti soll das finanzieren? Kann er sich das denn leisten? Das wird ja immer besser.« Lächelnd schüttelte sie den Kopf.

Die Frage, ob er sich das leisten konnte, beschäftigte Tasso weniger als die, was Bruno wohl insgesamt von der Idee hielt. Er hatte erst einmal Tante Hedwig überzeugen wollen, denn das hatte er sich leichter vorgestellt. Sie reagierte, wie er erwartet hatte, und war vom ersten Wort an begeistert, auch wenn sie noch so tat, als würde sie sich zieren.

Allerdings gab es offenbar noch viel mehr zu bedenken. Dennoch hielt Tasso das Haus für gut geeignet, und Tante Hedwig war keine schlechte Hauswirtin. Sollte es dazu kommen, würde sie erst fürchterlich über den Umbau fluchen und den ganzen Dreck, den er verursachte. Später würde sie über die vielen Umstände schimpfen, die der Herr Visconti ihr machen würde. Aber am Ende würde sie es kaum erwarten können, ihren Freundinnen von ihrem Mieter und dessen aufregender Arbeit zu berichten. Tasso bekam hin und wieder über Umwege zu hören, was sie alles über ihren Neffen, den Verbrecherjäger, erzählte.

Natürlich musste Bruno einverstanden sein. Ihn zu überzeugen würde schwieriger werden. Aber die Saat war gesät und konnte keimen. Das würde sich schon finden. So wie sich alles findet im Leben.

»Tante Hedwig, du warst doch in den Fünfzigern mit Onkel Alfred mal in Santiago di Compostela ...«

2. Epilog, in welchem sowohl Mara als auch Giulio zu neuen Ufern aufbrechen

Der Beginn des Studiums war wie ein Rausch, so viele Eindrücke stürmten auf Mara ein, nachdem sie in Mailand angekommen war. Und so kam es ihr vor, als wären nur wenige Tage vergangen und nicht ganze sechs Wochen, seit sie sich von Commissario Tasso, Johann Vierweger und all den anderen verabschiedet hatte. Pino Mancuso sah sie nicht wieder, er war immer noch krankgeschrieben, ohne dass jemand etwas Genaueres wusste. Und Mara stellte fest, dass ihr das tatsächlich so gleichgültig war, wie sie Vreni gegenüber behauptet hatte.

Ein anderer sehr charmanter, junger Italiener aus dem Süden hatte indes ihr Herz erobert. Zumindest schien es ihr so. Denn wenn sie an ihn dachte, dann war da dieses Ziehen in der Magengegend, die kribbelnde Vorfreude. Sie wartete in Bozen auf dem Obstplatz vor dem Neptunbrunnen und trat nervös von einem Bein aufs andere. Es war einer der ersten warmen Tage. Sie trug eine cremefarbene Bluse zu einem knielangen dunkelblauen Faltenrock und hatte sich ein passendes Haarband in die inzwischen kinnlangen Haare geknotet. Sie wollte sie länger wachsen lassen, um sich später an den zur Zeit angesagten Aufsteckfrisuren zu versuchen.

Und dann kam er, vorbei am Törggelen-Haus, direkt auf sie zu. Sie freute sich, dass er genauso fein wie sie angezogen war, mit einer braunen Stoffhose, einem passenden beigen

Hut und einem hellblauen Hemd, dessen Manschetten er locker aufgekrempelt hatte. Er lachte fröhlich, als er sie neben dem Neptun entdeckte, ergriff ihre beiden Hände und gab ihr zwei Küsse auf die Wangen.

»Sie sehen wundervoll aus, Mara!«

»Waren wir nicht bei unserem Abschied beim *Du* angelangt?«

»Ja, das stimmt.« Genau wie bei ihrem letzten Abenteuer, der erfolgreichen Suche nach der Tatwaffe, legte er die Hand in den Nacken und lachte laut auf.

Mara erkannte an dieser Geste, dass er nicht weniger nervös war als sie. Das beruhigte sie ungemein. »Wollen wir einen Aperitivo auf dem Waltherplatz trinken? Es ist genau richtig; noch nicht zu heiß, um in der Sonne zu sitzen.«

»Sehr gern.« Er bot ihr ganz selbstverständlich den Arm an, zuckte aber dann unsicher zurück.

Mara hakte sich ein, bevor er es sich anders überlegen konnte. Er blickte zur Seite und biss sich auf die Unterlippe, dann lachte er erfreut auf.

»Es tut gut, dich wiederzusehen. Es gibt einige Neuigkeiten zu berichten«, meinte er, während sie die Laubengasse in Richtung Kornplatz und weiter zum Waltherplatz mit dem Bozner Dom schlenderten.

»Das will ich hoffen«, erwiderte Mara. »Mein Vater hat mir ältere Zeitungen nachgeschickt. Und auch Salvatore Girolamo hat Wort gehalten. Er hat mir eine Abschrift meines Interviews nach Hause geschickt. Davon abgesehen hat er nur sehr wenige weitere Details verlauten lassen.« Und es erstaunte sie, dass sie darüber fast enttäuscht gewesen war. Sie hatte mehr wissen wollen. Inzwischen konnte sie seine Beharrlichkeit, mit der er immer wieder Informationen forderte, weil die Öffentlichkeit ein Recht darauf habe, jedenfalls besser verstehen. »Ist es wahr, dass es von Margarete Bozener kein Geständnis gibt?«

»Ja, das ist richtig. Sie schweigt. Soweit ich weiß, gibt es ausschließlich schriftliche Aussagen, die zuvor über den Schreibtisch des Anwalts gegangen sind. Aber der Commissario ist sehr zuversichtlich, dass es zu einer Anklage und Verurteilung kommen wird. Es gibt die Aussage von Manfred Oberhofer. Aktuell versucht der Anwalt, diese als nicht glaubwürdig oder sogar ungültig abzutun. Selbst dann bliebe da aber immer noch der tätliche Angriff auf ihn in der Nacht zum Freitag. Hinzu kommen die Beobachtungen des Zimmermädchens vom *Goldenen Löwen*. Claudia Silva hat die Maske zweifelsfrei identifiziert. Außerdem gibt es eine Aussage von Alois Unterbacher, dem Schnappviech, mit dem alles angefangen hat. Er hat unter Eid geschworen, dass er Margarete Bozener kurz vor der Tat in der Nähe ihres Bruders gesehen hat. Er hatte es nur nie erwähnt, da er dachte, das wäre nicht wichtig. Natürlich hätte er ihr das auch niemals zugetraut.«

»Wer hätte das schon?« Mara schauderte. Wenn sie sich vorstellte, dass von einem ihrer Brüder oder einem anderen nahestehenden Familienmitglied Gefahr drohte …

Fröhlich lächelte Giulio sie an. »Dann kann ich noch gleich zwei neue Informationen beisteuern, von denen du sicher noch nichts weißt: Die Zeugin, die in der Nacht, als Manfred Oberhofer bedroht worden ist, die Carabinieri alarmiert hat, hat sich gemeldet. Signora Reschner, die Frau des Metzgers. Sie hat Margarete Bozener ebenfalls gesehen, als sie vom Tatort geflohen ist und Manfred Oberhofer dort halb bewusstlos liegen gelassen hat.«

»Das ist ja großartig!«

»Und der Commissario hat diesen Knecht gefunden, der die Jungwinzer auf den Antonio Bianco gehetzt hat, und zwar ein paar Tage nach der ganzen Sache. Markus Hofer hat gestanden, dass die Bozener ihn aufgestachelt hat, den Hilfsarbeiter zu beschuldigen. Das beweist natürlich nicht, dass sie ihren Bruder getötet hat, aber es ist ein weiteres kleines Mosaiksteinchen, das sie belastet.«

Sie hatten den Waltherplatz erreicht. Es war wirklich warm, und viele Menschen genossen die Frühlingssonne. Erst nach einigem Suchen fanden sie einen freien Tisch, setzten sich und bestellten beide Gespritzten.

»Also dann, Giulio, lass uns noch einmal anstoßen! Auf den Erfolg unserer gemeinsamen Ermittlung. *Salute*!« Mara hob ihr Weinglas und prostete ihm zu.

Giulio stieß mit ihr an. Sein breites Grinsen zeigte, wie sehr er sich über das Lob freute.

Er hob den Zeigefinger. »Aber nicht zu vergessen: deine Schatzsuche, die das Messer zutage befördert hat! Mir ist zu Ohren gekommen, dass die Spurensicherung daran Blutspuren und Fingerabdrücke nachweisen konnte.«

»Danke schön.« Mara spürte eine leichte Hitze auf den Wangen. »Zu Ohren gekommen? Warst du denn im Labor und hast dich vorgestellt?«

»Ja, also tatsächlich. In Begleitung von Commissario Tasso, der sich sogar für mich ausgesprochen hat.« Er wischte mit der Fingerkuppe einen kondensierten Wassertropfen vom Weinglas. »Danke, dass du das arrangiert hast, Mara. Du ahnst gar nicht, was das für mich bedeutet. Ich meine … Mein Vater ist Olivenbauer, meine Mutter zieht meine Geschwister groß. Meine Perspektive im Süden war … Versteh mich nicht falsch, ich liebe meine Familie. Aber für mich gab es dort keine Zukunft. Und jetzt träume ich manchmal wirklich davon, mich weiterzubilden und … Also erst einmal absolviere ich ein Praktikum im chemischen Labor für drei Monate. Sie haben schon gesagt, dass ich länger bleiben könne, aber dafür reicht mein Geld nicht. Und mein Chef ist alles andere als begeistert. Er unterstellt mir quasi die Verbrüderung mit dem Feind. Ich arbeite zwar offiziell für Dottore Agnelli im Krankenhaus, aber du weißt ja selbst, welche Arbeiten der für die Polizia di Stato übernimmt.«

»Das klingt doch großartig. Lass es auf dich zukommen. Das wird sich schon ergeben.«

Er schien ihre Zuversicht nicht ganz zu teilen, doch er nickte tapfer.

Mara hielt es für klüger, das Thema zu wechseln. »Schau dir die Familie von Georg Mayer an. Der Vater ist einer der wohlhabendsten Winzer Tramins, doch es hat ihn nicht davor geschützt, dass die älteste Tochter aus lauter Missgunst einen der Söhne umbringt.«

Giulio stimmte ihr zu. »Das ist auch so etwas, über das ich ständig nachgrüble. Was hat Margarete Bozener jetzt davon, dass ihr Bruder tot ist? Sie ist dem Erbe keinen Schritt nähergekommen als zuvor. Dafür müsste sie erst noch Stefan Mayer töten.«

»Und mit beiden Morden ungestraft davonkommen. Ja, natürlich, du hast völlig recht. Ich denke, am Ende ging es um Rache. Um Rache an ihrem Bruder Schorsch, der alles bekam, während sie sich als mittellose Witwe so durchs Leben schlägt. Um Neid auf Georg Mayers Erfolge in der Winzergenossenschaft. Die Rache an ihm diente stellvertretend für all die verbohrten Traditionalisten, die sie nicht aufnehmen wollten, nur weil sie das falsche Geschlecht hatte.« Mara lächelte bitter. »Dabei war ihr Bruder einer ihrer Fürsprecher. An meinem letzten Tag in der Questura habe ich zwei Aussagen mitbekommen, in denen Burkhardt Bichler und ein weiterer Jungwinzer aussagten, Schorsch habe wirklich einiges versucht, damit sie seine Schwester aufnähmen. Aber damit hat er gegen Betonköpfe angeredet. Am Ende war sie vermutlich zu verblendet, um das anzuerkennen.«

»So könnte es gewesen sein.«

Sie schwiegen beide nachdenklich.

»Hast du etwas vom Commissario gehört?«, fragte Giulio nach einer Weile.

Mara merkte, dass das Verhältnis des Carabiniere zu Tasso sich deutlich verbessert hatte. Giulio sprach in respektvollem Unterton, nicht mehr mit der arroganten Abfälligkeit, die er zu Beginn gezeigt hatte.

»Nicht viel«, sagte sie. »Bruno – du kennst ihn, oder? Bruno Visconti, der Questore …«

»Ich weiß. Ihn schätze ich ebenfalls sehr.«

»Das freut mich. Er ist ein feiner Mensch.«

»Das ist er.« Giulio lachte auf. »Allerdings war er anfangs nicht sehr erfreut, weil der Commissario ihn bei seiner Tante unterbringen wollte. Da habe ich ihn von einer dunkleren Seite kennengelernt – was mich ehrt, um offen zu sprechen. Denn in der Questura sollte das niemand mitbekommen.«

Mara fiel in sein Lachen ein. »Das kann ich mir lebhaft vorstellen. Aber soweit ich weiß, hat er eingewilligt.«

»So ist es. Er wird zu Tassos Tante ziehen, sobald der Umbau fertiggestellt ist.«

»Nun, Bruno meinte, dass er froh ist, dass sein Schützling auf diese Pilgerreise geht. Tasso war zu Ostern in Rom und ist von dort aus nach Genua aufgebrochen. Und wenn er im Herbst zurückkehrt, kann er rehabilitiert seinen Dienst wieder antreten.«

Ob er das tun würde, blieb in Maras Augen offen. Tasso hatte zuletzt recht unstet auf sie gewirkt. Sie traute ihm zu, dass er sich während der Monate auf Pilgertour etwas völlig anderes einfallen ließ. Aber das würde sie dann schon erfahren.

»Das klingt, als müssten wir beide hier die Stellung halten?« Giulio zwinkerte ihr zu und hob abermals sein Glas.

»So ist es wohl. Also dann, auf gute Zusammenarbeit!«

La retrospettiva e la prospettiva – Rückblick und Ausblick

Das Wichtigste vorweg: Schon im Herbst 2024 wird es mit Aurelio Tasso und Mara Oberhöller mit einem vierten Abenteuer weitergehen. Die beiden sind inzwischen einfach ein viel zu eingespieltes Team, als dass sie jetzt aufhören könnten.

Nachdem Ende des Jahres 2020 meine Lektorin Martina Wielenberg die Idee des »Winter-Nostalgie-Krimis« an mich herangetragen hatte, wagte ich kaum zu hoffen, dass sich daraus einmal eine erfolgreiche Reihe entwickelt. Es sind merkwürdige Zeiten, und mir ergeht es kaum anders als anderen Autorinnen und Autoren: Kaum ist der Coronablues einigermaßen überwunden, setzt dem Buchmarkt die Inflation zu. Und dass Textgeneratoren zukünftig meine Arbeit beeinflussen werden, daran habe ich keinen Zweifel. Ich bin aber zuversichtlich, dass ich noch einige Zeit selbst weiterschreiben darf – und das werde ich tun!

Es freut mich wirklich sehr, dass Aurelio und Mara überzeugen konnten. Ich danke von ganzem Herzen fürs Lesen, fürs Empfehlen und fürs Bewerten.

Auf bald in einem neuen Abenteuer im Spätherbst 1963, in dem die Welt vom Attentat auf den amerikanischen Präsidenten John F. Kennedy erschüttert wird.

Tanti Saluti!
Gianna Milani (Diana Menschig) im August 2023